海南省哲学社会科学专项课题（编号HNSK 12—35）

20世纪中国文学研究丛书

"诗"与"史"的缠绵
——中国现代文学研究论集

The complication of poetry and history: Essays on Chinese modern literature

程振兴 ● 著

中国社会科学出版社

图书在版编目(CIP)数据

"诗"与"史"的缠绵：中国现代文学研究论集／程振兴著．—北京：中国社会科学出版社，2014.5

（20世纪中国文学研究丛书）

ISBN 978 - 7 - 5161 - 4252 - 3

Ⅰ．①诗… Ⅱ．①程… Ⅲ．①新诗—诗歌研究—中国②小说评论—中国—20世纪③鲁迅研究 Ⅳ．①I207.25②I207.42③I210

中国版本图书馆CIP数据核字（2014）第091027号

出 版 人	赵剑英
责任编辑	门小薇
责任校对	王雪梅
责任印制	戴 宽

出　版	中国社会科学出版社
社　址	北京鼓楼西大街甲158号（邮编100720）
网　址	http://www.csspw.cn
	中文域名：中国社科网　010 - 64070619
发 行 部	010 - 84083685
门 市 部	010 - 84029450
经　销	新华书店及其他书店
印刷装订	三河市君旺印务有限公司
版　次	2014年5月第1版
印　次	2014年5月第1次印刷
开　本	710×1000　1/16
印　张	17
插　页	2
字　数	213千字
定　价	56.00元

凡购买中国社会科学出版社图书，如有质量问题请与本社联系调换

电话：010 - 64009791

版权所有　侵权必究

目录

"20世纪中国文学研究丛书"总序 ……………… 房福贤 1

辑一 新诗论集

"景观诗歌"视野中的穆旦 ………………………………… 3
卞之琳1930年代诗歌与中国古典诗歌传统之关系 ……… 15
"诗"与"史"的缠绵
　　——试论闻一多的诗人气质对其文学史研究的影响 … 70
宗白华：关于魏晋的一种诗性言说
　　——读《论〈世说新语〉和晋人的美》………………… 82
朱自清诗论的综合性 …………………………………………… 85

辑二 小说评论

论《呼兰河传》的空间形式 ………………………………… 99
哲思的诗意表达
　　——读《在时光之外》……………………………………… 110
大时代里的小人物
　　——崽崽小说中的海南土著 ……………………………… 123
抢救方言
　　——论崽崽的海南书写 …………………………………… 132

1

辑三 关于鲁迅

鲁迅肖像：刺丛里的行走 …………………………… 143

党的鲁迅
　　——以《解放日报》和《新华日报》上的鲁迅纪念
　　为例 …………………………………………………… 175

鲁迅与《莽原》：《新青年》理想的幻灭 ………………… 218

当孔子遭遇鲁迅
　　——读《鲁迅与孔子》………………………………… 238

辑四 杂说

人文科学研究与建设和谐社会 …………………………… 247

血统论：观察"潘知常事件"的一个角度 ……………… 252

后现代文化语境中的马克思主义与当前文学批评 …… 255

后　记 …………………………………………………………… 263

"20世纪中国文学研究丛书"
总　序

　　著名历史学家余英时先生在谈及自己的学术研究时说："我研究中国文化、社会、思想史，一向比较重视那些突破性的阶段，所以上下两千年都得一一涉及，但重点还是观其变。比如上至春秋战国之际、魏晋之际、唐宋之际、明清之际，下到清末民初之际，都做比较深入的研究。而至于一个时代定型之后没有什么太大波动的，往往置之不论，所以在学术思想史方面，我并没有从事前人所谓'述学'或'学案'式的工作。"余英时对"变动"的兴趣给人以极大的启发，而20世纪的中国正是这样一个极具"变动"特色的时代。在这一百年里，不仅发生了由大清到民国、由民国到共和国的转变，涌现出了各种各样的主义与思想，也诞生了与传统迥然不同的新文学。时间虽然短暂，但由于处于历史的剧烈变动期，却留给了中国的革命家、思想家、文学家巨大的活动空间。也正是这样的原因，近百年来的中国社会、历史、思潮、文学等也成为当代中国学术研究的重镇。"20世纪中国文学研究丛书"就是我们作为当代学人对这个时代文学思考的成果。

　　本丛书的作者都是海南省普通高等学校省级重点学科、海南师范大学中国现当代文学学科的中青年教师。海南师范大学成立于1949年，迄今已有60余年历史。由于历史的原因，它经历了由学院到师专，由师专到师院再到师大的曲折过程。但无论什么时候，海南师范大学的中国现当代文学都是学校的优势学科。20世纪50年代初，全国高等学校进行院系调整，海南师范学院调整为海南师专，五四时期北京大学的五大学生领袖之一、全国学联主席、中国新诗的开拓者、时任华南联合大学文法学院院长的康白情，也被调到海南师专任中文系教授。虽然这是作为学者、诗人的康白情人生中与海南的一次短暂交集，且不乏贬谪的苦涩意味，但他的到来还是为当时海南这所惟一留存下来的高等学校刻下了一道深深的印记。康白情在海南师专工作期间，虽然主讲的是中国古代文学，但他作为五四运动的组织者、新文学的直接参与者，却给当时中文系的师生们以很大的影响。特别是当师生们得知郭沫若是因为读了康白情的《草儿》等新诗，"委实吃了一惊，也唤起了我的胆量"才开始写作新诗之后，他们对中国新文学的感受更直接了。海南师范大学的学生一向有写诗的传统，海南师范大学中文系一向有现当代文学研究的热情，与此不无关系。20世纪80年代，随着改革开放政策的实施，一大批优秀人才怀着创业的激情从内地来到海南，特别是海南建省之时，更出现了十万人才下海南的盛况。本学科现在还在工作的几位骨干老师就是那时候从内地高校来到海南的。这些老师的到来不仅强化了当时尚在发展的中国现当代文学学科，而且，他们还以辛勤的努力和众多的学术成果让地处一隅的海南的中国现当代文学研究步入了国内学界的先进行列。20世纪90年代以后，海南师范大学的中国现当代文学学科有了更好的发展机遇，不仅被批准为海南省普通高等学校省级重点学科，还被国务院学位办列为博士学位授予权建设学科进行立项建设，海南师大的中国现当代文学学科从此进入快速发展的新时期。"20世纪中国文学研究丛书"就是我们这些年来学科建设成果的集中展示。

本丛书的编写原则，以集中体现个人的研究方向、特色为主，不强求体例上的一致性。总体上看，这套丛书有两个比较明显的特点。明确的问题意识，是丛书的第一个特点。丛书的作者虽然都从事现当代文学的教学与研究，但普遍有着自己的专长与学术兴趣，有些问题已经研究了多年，有着比较深厚的学术积累，因而使丛书具有较强的理论建设意义。积极的创新意识，是丛书的第二个特点。丛书的作者特别是年轻的作者多是近些年来新毕业的博士，思想束缚少，学术上有冲劲儿，虽然有许多论题并非人所未论，但由于观点新颖，故而研究也不乏新意与创意。当然，我们也知道，由于研究者自身的局限，丛书的一些观点未必完全正确，学术质量也有待进一步提高，但是不管怎样，如果这套丛书能够对读者在学术上有所启迪，我们的目的与愿望则庶几达成矣。同时，借丛书出版的机会，我们更加期望得到学界同行和热心读者的指教。

本丛书既是海南省普通高等学校省级重点学科中国现当代文学学科的重点建设项目，也是海南省哲学社会科学博士点建设专项课题的成果，特记。

是为序。

房福贤

2012年5月1日

于海口金花村

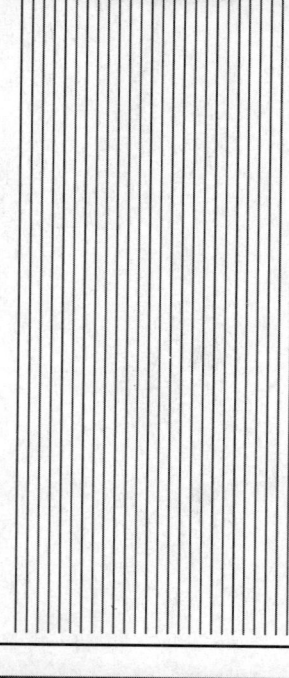

辑一

新诗论集

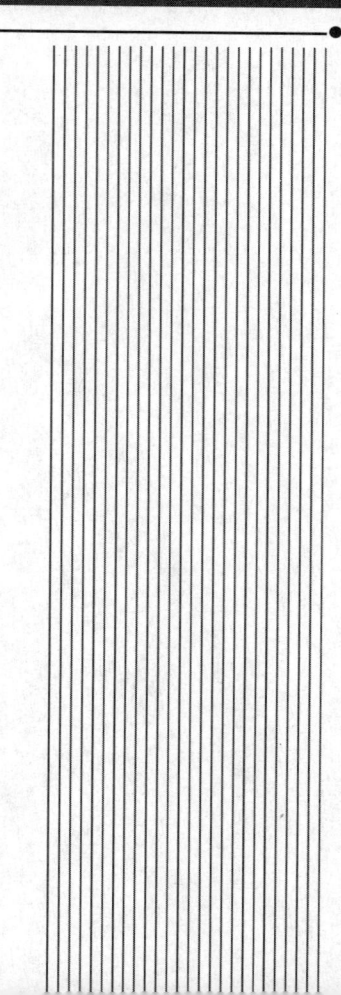

"景观诗歌"视野中的穆旦

为穆旦的"经典化"奠基的，是穆旦西南联大时期的同学和诗友王佐良。早在1946年，王佐良就发表《一个中国诗人》，评介穆旦的诸多特点："受难的品质"、"用身体思想"、"创造了一个上帝"，等等。这篇文章后来被反复征引，它所提及的一些核心语词："艾里奥脱与奥登"、"痛苦"、"辩证"、"肉体的感觉"、"形而上的玄思"、"非中国"等，成为穆旦研究中被高频引用的关键词，几乎奠定了言说穆旦的基本格局。后来者从各个不同的角度进入对穆旦的讨论，但都难以超越《一个中国诗人》所搭建的基本框架，大多数论述只是对该文结论的查漏补缺。其实王佐良此后也一直参与对穆旦的再解读，在两本穆旦研究里程碑式的纪念文集——《一个民族已经起来》和《丰富和丰富的痛苦》中，王佐良持续着对穆旦的"经典制造"，其评论文章《穆旦：由来与归宿》与《谈穆旦的诗》依然是两本文集的"重头戏"，被放置在"头版头条"的显赫位置。但这两篇文章也没能"重读"出更多穆旦的"丰富性"，王佐良也只能在细枝末节处修补从前的论断。

穆旦的"丰富和丰富的痛苦"，其"丰富"就这样被穷尽了吗？追溯这种"丰富"最初被发现的情景，将有助于考察穆旦写作之于汉语诗歌的真正意义，还是让我们从王佐良的《一个中国诗人》说起吧。

一 从《一个中国诗人》到《饥饿的中国》

《一个中国诗人》已在穆旦研究史上获得了"经典"地位。这篇1946年4月写于昆明的文章最初发表于英国伦敦 Life and Letters（《生活与文学》）杂志的1946年6月号，1947年5月《穆旦诗集（1939—1945)》在沈阳自费出版时被作为附录收入，旋即又被刊载于北京《文学杂志》1947年8月号。可见在穆旦作为一颗诗坛新星出现的1940年代，这篇文章已具有相当的影响力；1997年，穆旦诗文集《蛇的诱惑》在《一个中国诗人》发表半个世纪后再次将它作为序言全文收入；2001年，人民文学出版社重刊《穆旦诗集（1939—1945)》时，同样将它附录于后。在卷帙浩繁的穆旦研究文章中，《一个中国诗人》的论点被一再引用，它所引发的话题直到21世纪初江弱水发表《伪奥登风与非中国性：重估穆旦》时仍能造成轰动一时的效果。在某种意义上，《一个中国诗人》既是穆旦研究的缘起，又对此后的穆旦研究具有笼罩性的影响，所以它至今还焕发出理论的活力。

《一个中国诗人》的文眼是"中国"，这是不言而喻的。标题强调的是"中国"；全文数千字，仅"中国"一词就出现了23次之多，此外还出现了在该文语境中与"中国"含义相当的"中文诗"一次，与"中国"展开了对穆旦诗歌意义争夺的"非中国"一次。《一个中国诗人》这篇原载于英国杂志上的文章首先面对的是英语世界的读者，王佐良强调穆旦是"一个中国诗人"，此处"中国"二字是应该用着重号的。对西方读者来说，他们需要的正是一个"中国"诗人。"中国"对他们意味着神秘的异邦想象，意味着古老的东方文明。"中国"的诗歌写作对他们具有某种"陌生化"的效果，可以缓解他们审美的倦怠和疲惫。可见，穆旦作为诗人被介绍，在《一个中国诗人》的语境中是作为"景观诗歌"，以"中国"二字为卖点，用"中国"来吸引西方读者眼球的。在这种"景观诗歌"中，诗歌成为某种类似于异国风情的象征物，等待着被"观赏"；读者则仿佛奔赴异域的游客，期待着一次惬意的旅行。此时问题的关键变成了旅行社所提供的景点的代表性，即它们是否是旅客将要游历的国度的典型景观。这情形正如我们对"非洲"的想象一样，"非洲"总引起我们对于神秘诡异的异国风情的想象。

在某种意义上，我们所说的"景观诗歌"等同于宇文所安的"世界诗歌"。但宇文所安提出"世界诗歌"这一概念是在文化的全球化格局已逐渐明晰的1990年，而王佐良对穆旦的批评是在近半个世纪前，那时的穆旦尚无自觉追求"世界诗歌"的前瞻性视野，王佐良也没有先知先觉的理论预见力，所以笔者提出"景观诗歌"的概念来代替"世界诗歌"。但两者之间有着紧密的承传关系，"景观诗歌"是"世界诗歌"的雏形，也就是说，"景观诗歌"是"世界诗歌"的初级阶段，而"世界诗歌"是"景观诗歌"的完成形态。

和"世界诗歌"一样，在"景观诗歌"的范畴中，"诗人必须找到一种可以被接受的方式代表自己的国家。和真正的国家诗歌不同，世界诗歌讲究民族风味"[①]。王佐良之所以在论述中紧扣"中国"，是因为在他将穆旦作为"诗歌景观"作者介绍给国外读者时，必须对穆旦的"民族风味"予以重点强调，穆旦必须是"中国"的，这是他的独特性。缺乏这种"中国特色"和"民族风味"，他将不被西方读者接受。对 Life and Letters 杂志的读者而言，穆旦，这来自古中国的诗人，他最好代表着"中国作风和中国气派"，代表着"神秘的东方"，这是他们眼中的"地方色彩"。

然而，王佐良显得矛盾重重，他甚至不能自圆其说。在《一个中国诗人》中，他念兹在兹的却是穆旦的"非中国"，他说这是穆旦"真正的谜"：

---

① 宇文所安：《什么是世界诗歌？》，载《新诗评论》2006年第1期。

"他一方面最善于表达中国知识分子的受折磨而又折磨人的心情,另一方面他的最好的品质却全然是非中国的"①。他总结穆旦的成功时说:"穆旦的胜利却在他对于古代经典的彻底的无知。"②在"一个中国诗人"的题目下,再来论证这个"中国诗人"的"非中国",如果这并非王佐良作为诗人特有的夸张性修辞,那就是他推出"景观诗歌"时的策略性考虑。而且正是在王佐良表述的艰难中,"景观诗歌"的另一个侧面向我们悄然敞开。这种情形诚如宇文所安论述"世界诗歌"时所说的,"景观诗歌"的读者期待的是"舒适的民族风味","舒适"的"民族风味"意味着:"这个来自另一片土地、另一种文化的诗人的写作,至少有一部分是为了我们,至少有一部分是为了满足他想象当中我们的需要。他的诗歌语言是在阅读我们的诗歌的过程中形成的。"③在《一个中国诗人》中,王佐良讲述穆旦的"成长史",其中最引人注目的正是对西方经典诗歌的阅读。王佐良描摹战时西南联大"年轻的一群"是怎样"用着一种无礼貌的饥饿吞下了"那"从外国刚运来的珍宝似的新书",如果"西方"知道了"如何地带着怎样的狂热,以怎样梦寐的眼睛",这些年轻人"在遥远的中国读着这两个诗人(引者注:指艾里奥脱与奥登)",他们将会"出惊地感到它对于文化东方的无知,以及这无知的可耻",同时这些青年诗人们"并没有白读了他们的艾里奥脱与奥登"④,穆旦正是他们中的一个。

对于"景观诗歌"的读者而言,没有"民族风味"和"地方色彩"的诗歌提不起他们的兴趣,但太浓郁和太强烈的"民族风味"和"地方色彩"也会让他们感到不安。因为在审美上,适可而止的"陌生化"是可以接受的,

---

① 王佐良:《一个中国诗人》,曹元勇编《蛇的诱惑》,珠海出版社1997年版,第7页。
② 同上。
③ 宇文所安:《什么是世界诗歌?》,载《新诗评论》2006年第1期。
④ 王佐良:《一个中国诗人》,曹元勇编《蛇的诱惑》,珠海出版社1997年版,第2页。

能激发读者的新鲜感和好奇心，但过度的"陌生化"却是"晦涩"的别名，是"隔膜"的同义语。因此王佐良在"一个中国诗人"的题目下反而强调穆旦的"非中国"，强调他对于西方经典的阅读："最好的英国诗人就在穆旦的手指尖上。"① 以"中国诗人"而又"非中国"，对于"景观诗歌"的读者而言，穆旦提供的正是一种"舒适的地方风味"。

以上我们从王佐良的《一个中国诗人》入手，可以窥见被视为一种"景观诗歌"的穆旦写作，徘徊在"中国"与"非中国"之间的尴尬情形。那么穆旦创作的实际情况又如何，是否具有这种"景观性"呢？

我们注意到，1950年代穆旦曾将自己若干首诗译成英文，其中有两首在1952年被美国诗人赫伯特·克里克莫尔（Herbert Greekmore）选入他所编的 *A Little Treasury of World Poetry* 1952（《世界名诗库》）在纽约出版，即 *From Hungry China*（《饥饿的中国》全文）和 *There Is No Nearer Nearness*（《诗八首》第八章，节选）。被美国诗人选中的 *From Hungry China*，可以直译为"来自饥饿的中国"，显然这里有个隐含的观看者，这是个置身于"中国"之外的观看者，他在"看"，"中国"在"被看"，他看到的是中国的"饥饿"。在这种"看"与"被看"的二元对立模式中，"中国"是个他者，而作为他者的"饥饿的中国"正符合西方人对于战时中国的想象。孩子们"迟钝的目光"、"鼓胀的肚皮"和"空虚的躯壳"满足了当时西方人对中国饿殍遍地的苦难景观的想象。同时，正如人们喜欢观赏灾难片一样，中国的"饥饿"也衬托出观看者自身的丰衣足食，他们愿意看到"荒年之王，搜寻在枯干的中国的土地上"、"饥饿领导中国进入一个潜流"，由这"看"，他们既欣赏了异国的景观，又倾泻了"想象的同情"，陶醉在自我崇高化的美好幻觉中。因此中国诗人穆旦最早最完整地被介绍到国外并获得"世界"

---

① 王佐良：《一个中国诗人》，曹元勇编《蛇的诱惑》，珠海出版社1997年版，第4页。

声誉的诗作是《饥饿的中国》，这绝非偶然。在《饥饿的中国》被选择的命运中，我们窥见了选择者的秘密：他们需要的，始终是"景观诗歌"；弱小国家的诗人们，只在作为"景观诗歌"写作者的意义上，才能得到入选"世界名诗库"的殊荣，赢得"世界"的读者。因为这"世界"是把战时"中国"作为"饥饿景观"来观赏的西方世界。

二　"景观诗歌"：可译的文本

从王佐良的《一个中国诗人》为整个穆旦研究定下基调，到穆旦的《饥饿的中国》标志着穆旦创作走向"世界"，"景观诗歌"视野中的穆旦，其主题词显然是"中国"；"中国"的存在以及它的被凸显，标示着穆旦诗歌意义被争夺的焦点所在。以致时隔56年后，当江弱水在2002年发表他那篇在中国新诗界掀起轩然大波的《伪奥登风与非中国性：重估穆旦》时，他所质疑的也依然是穆旦的"非中国"。在穆旦那里，"中国"成为一个问题，不仅源于比较文学视阈里汉语诗歌写作"被影响的焦虑"，还源于这样一个疑问：穆旦诗歌在"中国"与"非中国"之间摇摆的天平，到底偏向哪一边？要回答这个问题，我们有必要考察"景观诗歌"的一个重要特点：可译性。

正如宇文所安在评述"世界诗歌"时所说的，"景观诗歌"也使用可替换的字词，青睐具有普遍性的意象，充满了频繁进出口，因而十分可译的事物，它能在被翻译为另一种语言后，仍然具有诗的形态。[①]穆旦诗歌正具有这种可译性。

穆旦诗歌的可译性，首先在"原诗作者英文自译"中得到体现。2006年版《穆旦诗文集》收入穆旦诗作166首，同时收录其中12首的"原诗作者英文自译"。饶有意味的是，这些"英文自译"在音韵上比中文原诗更朗

---

① 宇文所安：《什么是世界诗歌？》，载《新诗评论》2006年第1期。

朗上口，在语意上比中文原诗更流畅生动，原诗中一些怪诞奇崛的句子，在译文中却明白晓畅。如《诗八首》第八章中"所有的偶然在我们间定型"，"定型"和"偶然"的动宾搭配在汉语中显得突兀，但翻成英文"For chances have determined all between us"，却好懂得多；同一首诗中"分在两片情愿的心上，相同"。"情愿的心"在汉语中几乎不通，结合上下文也无法揣度其含义，但翻成英文"Makes our two hearts equally willing"，可看出它表达的是"心心相印"的意思，语意一下子显豁起来；同一首诗中还有"而赐生我们的巨树永青"，"赐生我们"是"赐予我们生命"的意思，缩略为"赐生我们"却生僻费解，汉语中这样表达也显得别扭、文气不顺，而翻成英文"While the huge tree that gave us birth will ever be green"，才知道"赐生我们"是英文"gave us birth"的直译，译文文从字顺，诗意一目了然。

穆旦"原诗作者英文自译"，译文比原文更明晰易懂的现象，引起我们一种自然而然的推测：这些汉诗在写作时是用英文思维的，它才能在译为英语时不但保持了原汁原味，还摆脱了汉语原诗的生涩，达到一种罕见的和谐。对于穆旦来说，以著名诗人而兼杰出翻译家，能自由出入于英汉两种语言之间，有意无意中化用西人成句，运用英文思维是极有可能的。他在书信中也曾说过："文艺上要复兴，要从学外国入手，外国作品是可以译出变为中国作品而不致令人身败名裂的"[①]，在穆旦看来，"外国作品"和"中国作品"之间绝非泾渭分明，前者是可以通过翻译"变为"后者的。这封信写于穆旦晚年，该是他的夫子自道。

其次，穆旦诗歌的可译性，也在其他译者的翻译实践中得到了证实。王宏印的《穆旦诗英译与解析》是目前最集中翻译穆旦诗歌的著作，该书主

[①] 穆旦：《致郭保卫》，《穆旦诗文集》第二卷，人民文学出版社 2006 年版，第 227 页。

要采用直译法。在序言中，译者自述他采用直译法的比较语言学根据时说："穆旦的诗借鉴中国古典诗词的语言很少，而受到外国现代诗歌写法影响的地方很多，而且是用纯粹的现代汉语所写，因此，与英语在词组和句子水平上比较契合"①。与英语"在词组和句子水平"这些微观层面的契合，直接保证了穆旦诗歌在翻译为英文的过程中，其诗意不会流失。我们常说"诗是在翻译过程中丧失掉了的东西"，这对于穆旦的"景观诗歌"并不适用。也因此，虽然《穆旦诗英译与解析》一书采取的是直译法，但很少"硬译"和"误译"的情况，还被有的论者认为达到了翻译中极为难得的"信达雅"的境界，这固然是由于译者的功力，但更重要的恐怕还是如译者所说，是因为穆旦诗歌文本本身的可译性。

三　新诗史上的"景观诗歌"

"景观诗歌"视野中的穆旦，由于其诗歌文本的可译性而能自由出入于"中国"与"非中国"之间，但归根结底，可译性暴露的还是它的"非中国"。由此回到我们最初的疑问：具有充分可译性的"景观诗歌"，对于现代汉语诗歌写作意味着什么？在"中国""现代""新诗"的语境中，穆旦的这种"景观诗歌"意义何在？

无论是英国杂志的评介，还是美国诗人的选本，呈现的都是外文语境中被视为"景观诗歌"的穆旦写作的特点：它提供了别样的诗歌景观，对于西方读者，"一个中国诗人"意味着"一个熟悉的陌生人"；"饥饿的中国"则是一个符合他们审美期待的"想象的共同体"。但是，当这种"景观诗歌"置身于母语环境时，它能够生长发育吗？答案是肯定的。穆旦在中国现代新诗史上的经典化过程，证明这种"景观诗歌"符合我们对于"现代""新诗"

---

① 王宏印：《穆旦诗英译与解析》，河北教育出版社2004年版，第5页。

的理论期待；它遭遇到的微弱的质疑之声，常常来自于"非中国"。在一个经济上落后的民族国家里，在一个英语写作拥有权威地位的"世界"中，"景观诗歌"注定是一种两面讨好的诗歌：在它的本土，它也是一个"异样的存在"；在母语环境中，它将被树立为"新诗"的样板，甚至被塑造成为一尊"异教的诗神"。

首先，穆旦的诗是"新诗"，它与西方诗歌经典的亲和力和与中国诗歌传统的离心力，符合我们对于"新诗"的诸多假定。我们理论预设中的"新诗"，其对立面往往是"古诗"或"旧诗"。"新诗"拒绝"纵的继承"，它视传统为它的革命对象，它被假定为既没有历史，也没有祖先。正如穆旦所说："中文白话诗有什么可读呢？历来不多，白话诗找不到祖先，也许它自己该作未来的祖先，所以是一片空白。"[①]同时它也没有国籍，它注重的是"横的移植"。穆旦曾反复强调，中国诗的文艺复兴要靠介绍外国诗，他说："把他们的诗变为中国白话诗，就是我努力的目标。"[②]穆旦的诗正是这种既没有历史也没有国籍的"新"诗，它在母语环境中也具有新奇怪异的"陌生化"效果。我们看到，穆旦诗歌中那些句式和用词，多是句式扭曲、词义费解，在中文表达中往往显得突兀，如"暴躁的波涛也别在深渊里／滚转着你毒恶的泛滥，／让奸诈的，凶狠的，饥渴的死灵，／蟒蛇，刀叉，冰山的化身，／整个的泼去，／在错误和错误上，／凡是母亲的孩子，拿你的一份！"(《神魔之争——赠董庶》)，在短短七个诗行中，就有三个生造词："滚转"、"毒恶"和"死灵"，诵读时让人有佶屈聱牙之感。这种表达法在汉语中找不到先例，但将之引入汉诗中，除了生硬感外，也带来一种新鲜感，这也是一种"陌生化"。周珏良敏锐地发现了穆旦的这个特点，他在《穆

[①] 穆旦：《致郭保卫》，《穆旦诗文集》第二卷，人民文学出版社2006年版，第183页。
[②] 穆旦：《致巫宁坤》，《穆旦诗文集》第二卷，人民文学出版社2006年版，第180页。

旦的诗和译诗》中说:"在一个时代,一个国家为习见的,到了另一个国家,另一个时代就可能成为新鲜的了。而穆旦之有意避开中国旧诗词而取法于他处,这么看来确是十分有见识的。"①在"中国现代新诗"的语境中,"新诗"往往被默认为"西方诗",穆旦诗歌也正因与"西方诗"的亲缘关系而彰显了自身的"新"。而"新诗"之"新"是一种价值观,于是运用英语思维的穆旦诗歌跃居到"新诗"等级序列的前排。

其次,穆旦的诗是"现代诗"。缠绕"新诗"多年的梦魇——"现代化"问题,常常被巧妙地置换为"西化"问题。"西化"就是"现代化",这已经是非英语国家"新诗"研究界心照不宣的"前理解"。1980年代以来,"新诗的现代性求索"之类的命题在"中国新诗史"上逐渐获得价值优越性,"现代性"成为价值判断最重要的尺度。但如何在"中国新诗史"上贯穿这条"现代"的红线呢?这情形正如一篇新诗研究论文的标题所言,"中国式"的现代主义诗歌:该如何讲述自己的"身世"②?显然,此时"现代化"的期待转化为"经典化"的焦灼,穆旦诗歌的出现平息了这种焦灼,可谓适逢其时:1920年代以李金发为代表的"初期象征派",1930年代以戴望舒、卞之琳为代表的"现代派",1940年代以穆旦为代表的"九叶派",以至1980年代以顾城、北岛等为代表的"朦胧诗派",这是一条被打磨得光滑圆润的"中国现代主义诗歌"发展的历史脉络,穆旦是其中不可或缺的一环。实际上,对于那些在穆旦评说中最具话语权威的批评家来说,"现代化"和"经典"正是言说穆旦的核心语码,我们随手摘引两条可见一斑:"要问穆旦这位诗人的位置何在,我说,他就在四十年代新诗现代化的前列。"③"……(穆旦)

---

① 周珏良:《穆旦的诗和译诗》,《一个民族已经起来》,江苏人民出版社1987年版,第21页。
② 姜涛:《"中国式"的现代主义诗歌:该如何讲述自己的"身世"》,载《新诗评论》2006年第1期。
③ 袁可嘉:《诗人穆旦的位置》,《穆旦诗文集》第二卷,人民文学出版社2006年版,第332页。

成为最能代表本世纪下半叶——当他出现以至于今——中国诗歌精神的经典性人物"①。

总之,穆旦诗歌是"现代"的"新诗",它既符合我们对"新诗"的理论预设,又满足了我们对"现代性"的焦灼追寻,穆旦被认为是"把新诗带到了中国文学发展的前区"②,他已被充分"经典化",最终将在"中国现代新诗史"上占有一席较为久远的位置。

四 全球化时代的"景观诗歌"

笔者关注"景观诗歌"视野中的穆旦,讨论其诗歌的"可译性"及由此引发的"中国"问题,希望从一个小的角度窥见这个"中国新诗史"上庞大问题之一斑。无论对于穆旦诗歌的"景观性"还是其"可译性",笔者只陈述一个事实,而非判定一种价值。其实,中国新诗的百年发展史,正是一个"采撷异域的花朵、植入自己的园圃"的过程。闻一多早在1920年代就提出要催生"中西艺术结婚后产生的宁馨儿",正是有感于悠长的古典诗歌传统所具有的惰性和强大吸附力,"为了催促新的产生",才致力于"吸取异域的营养",这也正是鲁迅所提倡的"拿来主义"。在这个意义上,穆旦的"非中国"本是无可厚非的。

然而为何在穆旦这里,"中国"会成为一个问题?在穆旦之前的新诗写作者中,李金发与法国象征派的关系是众所周知的,其诗风神秘幽暗;卞之琳与瓦雷里、艾略特的亲缘关系也常为论者所乐道,其诗向以晦涩著称,但这两位诗人创作中的西方影响都没有引发"非中国"的质疑。

到了穆旦那里,正如一本著名的文学史所说,他走到了现代汉语写作的最前沿,"不仅在诗的思维、诗的艺术现代化,而且在诗的语言的现代化方面,

---

① 谢冕:《一颗星亮在天边》,《穆旦诗文集》第二卷,人民文学出版社2006年版,第343页。
② 王佐良:《谈穆旦的诗》,《穆旦诗文集》第二卷,人民文学出版社2006年版,第323页。

都跨出了在现代新诗史上具有决定意义的一步",成为"中国诗歌现代化"历程中一个带有标志性的诗人①。在一个以"现代化"(也即"西化")为潜在价值标准的文学环境中,穆旦对于传统诗学的叛逆性与异质性增加了他在新诗史上的重量;但当文化的全球化浪潮向我们袭来,"世界诗歌"成为一种切身的现实时,人们真切感受到民族文化主体性失落的痛楚,此时再来观照穆旦的"景观诗歌","现代主义"这个曾经的"好词"蜕变成一个空洞的能指,它幽暗而深邃,却失去了与我们作为"中国人"的命运的相关性。同时,在后现代的社会历史语境中,"现代性"的"深度模式"被肆无忌惮地消解为"故作的深沉",穆旦所代表的"景观诗歌"遭遇到深刻质疑也就在所难免了。

原载《江汉大学学报》(人文科学版)2008年第1期

---

① 钱理群等:《中国现代文学三十年》,北京大学出版社1998年版,第588页。

卞之琳1930年代诗歌与中国古典诗歌传统之关系

一 引言

我们今天面对卞之琳这样一位深受西方诗潮影响的诗人的创作，在方方面面的研究已经很深入了，但从民族诗学传统的角度来考察其诗歌鲜明的东方文化底蕴的研究尚不充分。

卞之琳的诗歌在20世纪三四十年代就受到高度赞誉，李广田、废名、刘西渭、朱自清等专家较早地肯定了他的诗歌成就。1942年，李广田写了《诗的艺术——论卞之琳的〈十年诗草〉》，细致地论述了卞诗的"章法与句法"、"格式与韵法"、"用字与意象"，由此，卞诗中一些晦涩的诗篇得到了通透的解说，而卞诗精雕细刻的结构艺术和处理语言的技法也得到了重视。

1946年，废名在北大讲新诗，后来其讲义整理为《谈新诗》，其中以较大篇幅谈到卞之琳的《十年诗草》。废名富于感受力，又深知艺术创作的甘苦，对卞诗的评点往往能于细微处见精神；他对卞诗与古典诗歌传统的关系第一次给予了揭示。提出"卞之琳的新诗好比是古风，他的格调最新，他的风趣却最古"，[①]属于温庭筠、李商隐一派的古典传统，但废名对此只是点到为止，没有充分展开。

此后又有刘西渭的《咀华集》（文化生活出版社1948年版）和朱自清

---

① 废名：《论新诗及其他》，辽宁教育出版社1998年版，第154页。

的《新诗杂话》（作家书屋1949年版）涉及对卞之琳诗歌艺术的评论，但都只是散见于文章中的只言片语，比较零碎。与刘西渭印象主义的文学批评不同，朱自清在"解诗"、"诗与感觉"诸篇中对卞诗进行了细腻的解读，指出卞之琳"在微细的琐细的事物里发现了诗"。[①]

李广田、废名、刘西渭、朱自清等的卞之琳研究，是这一领域开拓性的成果，但这些研究限于局部，未能充分展开对卞之琳诗歌创作的整体评价和系统研究。

由于特殊的社会历史原因，1949年后的30多年间，卞诗长期遭受诸如"晦涩"一类的批评，卞之琳研究也出现了空白。直到1989年8月香港大学中文系张曼仪出版的《卞之琳著译研究》，将卞之琳研究发展到一个新阶段。张曼仪全面系统地研究了卞之琳1987年为止的创作和翻译，著译并重。其材料之丰富完备、论述之严谨细致、结论之稳妥扎实，都为此后的卞之琳研究奠定了坚实的基础，是一部总结性的著作，成为这个领域的后来者必备的参考书。

大陆新时期以来，随着对卞之琳诗歌艺术的认识走向深入，也出现了比较有代表性的研究成果。1990年，袁可嘉、杜运燮等主编的《卞之琳与诗艺术》，收入了20多个作者的评论文章，集中显示了卞之琳研究在当时所达到的新水平。

20世纪90年代以来，卞之琳诗歌逐渐得到重视，尤其是把卞之琳的艺术探索纳入中国现代主义诗潮的视野中，使卞之琳诗歌获得了历史新质。如王泽龙的《中国现代主义诗潮论》就以专节论述了卞之琳的新智慧诗，将卞诗与废名的诗作一同视为"三四十年代中国现代主义诗歌的桥梁"，给予

---

① 朱自清：《新诗杂话·诗与感觉》，《朱自清全集·第二卷》，江苏教育出版社1988年版，第327页。

公允的历史定位。张同道的《探险的风旗——论20世纪中国现代主义诗潮》也以专节《微雕的风景：卞之琳》论及卞诗的现代诗风。与此同时，陈丙莹的《卞之琳评传》也于1998年作为"中国现代作家评传"丛书之一种由重庆出版社出版。该书广泛汲取了先行者的研究成果，评传兼及，无论是在对卞之琳的生平行状的描写，还是对卞诗的文本解读，都较为详尽具体。

20世纪90年代的研究者中，李怡的《中国现代新诗与古典诗歌传统》力排众议，从中国古典传统的现代演化出发，以专章论述卞之琳诗艺的"中西交融"特征，将卞之琳诗歌的传统文化资源进行了细致的梳理。这无疑是卞之琳研究思路上的新发展。

21世纪伊始，江弱水的《卞之琳诗艺研究》是继张曼仪、陈丙莹之后又一部研究卞之琳的专著。江著专注于卞诗的艺术，立足于文本作微观研究，详细讨论了卞诗的"意象与主题"、"意识与声音"、"句法与章法"、"音韵与体式"，描画了卞诗的基本面貌，又从"西方的影响"、"古典的影响"、"时人的影响"三方面揭示卞诗风貌形成的背景因素。

以上我们追溯了卞之琳研究的历史与现状，可见卞之琳的创作以其丰富多姿的形态吸引了诸多研究者的目光，研究者们从多角度逼近卞诗的真实面貌，卞诗的研究正逐步走向深入。而我的论文正是在汲取前人研究成果的基础上，把研究的重点转向对卞之琳早期诗歌与中国古典诗歌传统关系的考察上。关于卞之琳与传统的关系，废名是较早注意到了的，但他的论述没有展开，只是偶尔提及；李怡以单篇论文阐述卞之琳与传统的关系，虽然不乏真知灼见，但却无法呈现卞之琳与传统关系的更为错综复杂的层面和更为丰富多样的细节。

鉴于以上研究现状，本文的研究目标定位为：对卞之琳诗歌的传统文化特质进行细致的梳理，同时将研究重点放在其对于传统视境的超越上，构筑一个立体多元的研究网络。力图将卞之琳的诗歌创作置于多种文化交汇的理论视野中，考察其对于传统的继承和超越所具有的独特的文化意义，最终把握卞之琳诗歌的智性化追求在现代文学史上的独特价值。

二 "冷血动物"的认同：诗人主体的成长

（一）传统诗文化的浸润

卞之琳曾认为戴望舒的诗歌是"倾向于把侧重西方诗风的吸取倒过来为侧重中国旧诗风的继承"，[①]而谈到自己的诗歌创作，卞之琳又说："在我自己的白话新体诗里所表现的想法和写法上，古今中外颇有不少相通的地方。"[②]可见，20世纪30年代现代派诗人一个显著的特征是尝试"中西融合"。我们今天讨论诗人卞之琳的创作，首先注意到的是卞诗中西交融的文化特征。

在卞之琳的诗歌创作中，传统是一个浑融的整体，诗人卞之琳的创作正是在中国古典诗歌传统，西方诗歌传统，诗人自身的个性追求这三种力量的综合运动中进行的，而其中起关键作用的是诗人个性独异的精神发展状况。

卞之琳在《雕虫纪历·自序》中自叙其创作态度时说："我写诗，而且一直是写的抒情诗，也总在不能自已的时候，却总倾向于克制，仿佛故意要做'冷血动物'。"[③]诗人在这里实际上表明了自己基本的个性特征：卞之琳生性含蓄内敛，不善言辞，为人羞涩拘谨，"总怕出头露面，安于在人群里默默无闻，更怕公开我的私人感情"，[④]所以无论是在实际的现实生活里，还是在诗生活中，卞之琳向来是不喜张扬的。

[①] 卞之琳：《人与诗：忆旧说新》，生活·读书·新知三联书店1984年版，第63、64页。
[②] 卞之琳：《雕虫纪历》，人民文学出版社1984年版，第15页。
[③] 同上书，第1页。
[④] 卞之琳：《雕虫纪历》，人民文学出版社1984年版，第3页。

卞之琳1930年代诗歌与中国古典诗歌传统之关系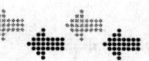

这样的个性特点,具体表现在诗歌写作中,卞之琳对人生世事往往持一种冷眼旁观的姿态,既不恣情投入,也不孜孜以求,保持了"客观"的立场和态度。在卞之琳的创作中,表现出来的情绪的冷静、品人论事的克制的态度、描摹的生活形态的平静沉闷,都与这种个性品格息息相关。但这种个性气质是怎样形成的呢?在诗人的成长过程中,传统文化和文学的因子是怎样对其性格的发展起着作用的呢?

回顾卞之琳的成长过程,我们首先注意到的是:卞之琳生于江苏海门,而海门属吴方言区,风俗习惯亦与江南相似,卞之琳的幼年、小学以至初中阶段都是在家乡度过的。在家乡度过的少年时代,在诗人以后的岁月中留下了不可磨灭的烙印,最为显著的是诗人后来在京城居留几十年,而乡音久久不改。地处江南小镇的生活,自然容易引发卞之琳的文学想象力,因为在中国文学史上,江南一直是文人墨客歌咏不绝的题材。自古北方多侠客勇士,而江南多才子名流。江南以其明丽的景色和柔婉的风俗人情,吸引了无数迁客骚人为其写下美丽的诗篇,白居易就有:"能不忆江南?"的如水柔情。卞之琳自述其1933年到1937年间的诗作中,江南景色逐渐出现,风格上也较多融会了江南风味。①可以说,江南故乡的独特生活经历,在卞之琳的童年记忆中,应该是使之浸染了传统文人气质的一个重要方面。

现代心理学已经揭示了作家的童年经验对其创作的重要影响。现代心理学认为,作家的童年经验可分为丰富性经验和缺失性经验,两者都会在其成年后的创作中留下深深的印迹。研究者已经指出,卞之琳小时在"空闲的时候,也跟乡下孩子一般,喜欢在田野里玩"②,而且围绕着少年卞之琳的又是多么得天独厚的自然环境啊!张曼仪这样描述卞家:"家里后院种

---

① 卞之琳:《雕虫纪历》,人民文学出版社1984年版,第6页。
② 张曼仪:《卞之琳著译研究》,香港大学中文系1989年版,第6页。

菜，院子内外有竹林，篱外尽西头有一棵与海门同龄的大香椿树，树上攀附一株大蔷薇，春天开着繁花，院外西侧沿河有一株乌桕树，秋天闪耀着红叶。"[①]在大自然的怀抱中，小卞之琳尽情玩耍，攀杆啊，翻筋斗啊，捉蜻蜓啊，这种与大自然的相亲相近，对天地万物的亲和力的养成，使诗人后来接受道家"天人合一"的思想时，去掉了任何勉强的因子，显得那么顺理成章。童年故乡的这段生活经历，在卞之琳以后的创作中投下悠长的影子。所以在《寂寞》中，作者这样抒写乡下小孩子的寂寞："乡下小孩子怕寂寞，／枕头边养一只蝈蝈"。乡下小孩子的寂寞是乡村环境中形成的人的自在生命与现代物欲化都市的对立。也许在写到这个诗行时，诗人自己化身为乡下小孩子，对童年时代的美丽家乡投下深情一瞥。

在卞之琳的青少年时代，得益于传统文化的还有他所受的传统文化教育。卞之琳入学前，就由他那在家教蒙学的父亲授以《千家诗》，使小之琳感到兴味盎然，后来他开始翻检父亲的藏书，专门挑词章一类书籍读，可以说从此在幼小的心田里埋下了诗的种子。入小学后，课本也还是文言，初小毕业后进私塾读《孟子》、《左传》等古代典籍，在中学的国文课，又听老师讲过《逍遥游》、《齐物论》等，打下了扎实的国学基础。而苏曼殊洋溢着古典情调的诗作："春雨楼头尺八箫，／何时归看浙江潮，／芒鞋破钵无人识，／踏过樱花第几桥"，也激起了少年卞之琳无端的愁绪，他将这首诗不知读了多少遍。卞之琳这一时期也偷偷地学写旧诗文，显示出深厚扎实的旧文学底子。江弱水曾引用过卞的少作《秋郊晚眺记》[②]，虽显稚气，但很能说明卞从小深深浸染于传统文学之中。兹抄录如下：

　　课余无事，乃闲步郊外，一赏秋野暮景。

---

① 张曼仪：《卞之琳著译研究》，香港大学中文系1989年版，第6页。
② 江弱水：《卞之琳诗艺研究》，安徽教育出版社2000年版，第231、232页。

时西风摇树,田野寥阔,大半为萎黄之色;独菜畦麦垅含有青春之色;而农夫二三点缀其间。小溪则芦花如雪,覆冬于其上。村落间枫树鲜妍,若欲与夕阳争红也。倏焉炊烟四起,袅袅于疏林之际。碧空中归鸟纷纷。斯时快心如何耶!而夕阳无情,已藏于远树影下矣!

吾乡但平畴广野,无山川之胜,斯时之景趣若是。不知他地若何耶!

卞之琳早期诗歌深受传统诗文化的浸润,尤以晚唐与南宋为甚,诗人自认"在前期诗的一个阶段居然也出现过晚唐南宋诗词的末世之音"[①]。卞家经历了"由小康跌入困顿"的家道中落的过程,卞之琳便常有身世飘零之感,后来又在破旧的故都呼吸到荒凉的空气,生性内向羞涩的卞之琳自然与晚唐南宋的末世之音一拍即合,引为同调。而晚唐诗人与南宋词人中,又以温庭筠、李商隐、姜夔的创作给予卞之琳的滋养更为深厚,对卞诗风貌的影响也更为显著。

废名论温庭筠词,认为其有一点"为中国文人万不能及的地方",即并非"多情",[②]也就是对人生世事持冷静客观的态度;叶嘉莹也认为"飞卿词之特色,乃在于其但以客观态度标举精美之名物,而不作主观之说明"[③],缺乏主观情感的介入。卞之琳自谓作诗时倾向于克制,仿佛故意要做"冷血动物",这种对人生保持一定距离的旁观姿态与温词颇为相似。卞诗中主观激情隐藏在客观物象背后,借景抒情、借事抒情、借人抒情、借物抒情,使诗歌具有一种客观的冷漠性。与此同时,在诗思的跳跃上,卞诗与温词也有异曲同工之妙。卞诗常作超越逻辑的跳跃,其情形类似于他所概括的

[①] 卞之琳:《雕虫纪历》,人民文学出版社1984年版,第15页。
[②] 废名:《以往的诗文学与新诗》,《论新诗及其他》,辽宁教育出版社1998年版,第26页。
[③] 叶嘉莹:《叶嘉莹说词》,上海古籍出版社1999年版,第6页。

"诗"与"史"的缠绵

废名的文风"思路飘忽，意象跳动，一则像雨打荷花，一则像蜻蜓点水"[①]，卞诗常隐去联想的线索，东跳西跳的诗意显得脉络不够分明。证诸论者对温词的评价，可见两者如出一辙。废名认为温词"都是一个幻想，上天下地，东跳西跳"，"可以横竖乱写，可以驰骋想象"[②]，温词中充满了许多精美的意象，但并无明显的层次脉络可寻，正如卞诗之跌宕有致。

李商隐诗作具有深情绵邈、绮丽精工的独特风格，类似于含蓄、典雅的卞诗。卞诗中如《淘气》、《灯虫》几首，色彩秾丽，意象精致，在古典诗人中也最近于温李一派风味，所以任继愈认为卞诗像李诗[③]。李商隐最为人称道的是其爱情诗，尤其是其中的"无题"诗，情调往往凄美迷离，而其情事不可捉摸，表达的也多是有距离有节制的爱；闻一多曾经面夸卞之琳在年轻人中间不写情诗，可见卞氏之"无情"，虽然卞之琳也有《无题》五首，深切感受到爱的悲欢，但也不过是"在希望中预感到无望"[④]，缺乏爱的热烈缠绵，与李商隐"无题"诗婉曲的情致颇为相似，都注重爱的隐私性，抒发着爱情中"美丽的悲哀"。同样地，李商隐的诗善于用典，"借典故驰骋他的幻想"[⑤]，影响到卞之琳的创作，《距离的组织》将聊斋故事、占卜术与相对论编织在一起，《鱼化石》短短四行诗中充满了中西典故。典故的运用导致意旨的隐晦，若不经作者说明则无从索解，因此卞之琳首创在新诗中也加上注解，为一些论者所诟病。

此外，姜夔也是卞之琳借鉴较多的诗人。诗人自己说："我前期诗作里好像也一度冒出过李商隐、姜白石诗词以至《花间》词风味的形迹"[⑥]，卞

[①] 卞之琳：《〈冯文炳选集〉序》，《人与诗：忆旧说新》，生活·读书·新知三联书店1984年版，第48页。
[②] 废名：《以往的诗文学与新诗》，《论新诗及其他》，辽宁教育出版社1998年版，第29页。
[③] 废名：《论新诗及其他》，辽宁教育出版社1998年版，第155页。
[④] 卞之琳：《雕虫纪历》，人民文学出版社1984年版，第6页。
[⑤] 废名：《以往的诗文学与新诗》，《论新诗及其他》，辽宁教育出版社1998年版，第30页。
[⑥] 卞之琳：《雕虫纪历》，人民文学出版社1984年版，第16页。

诗中《傍晚》、《西长安街》等诗就颇似姜夔词"数峰清苦,商略黄昏雨"(《点绛唇》)的清幽意境。卞之琳晚年论诗,言及双声叠韵技巧,他举的例子是姜白石《湘月》一词中的名句"一叶夷犹乘兴",可见他对姜词的喜爱。王国维《人间词话》有云:"白石有格而无情",姜夔词多对人生感受作"冷处理",以淡然的态度对待自身的遭遇,这种冷静克制的态度与卞诗中主体的淡出策略是一致的。姜夔《白石词》多慨叹身世的飘零和情场的失意,对于有着同样经历,"少年情事老来悲"(姜夔《鹧鸪天》)的卞之琳来说,无疑容易产生深切的共鸣。

卞之琳曾提及胡乔木把"五四"以后的新诗人分为三代:"第一代对中国旧诗知道得较多,第二代对外国诗知道得较多,第三代对两方面都知道一点",而卞把自己归入第三代,即对旧诗和外国诗,"兴之所至,都有所涉猎"。[①]追溯卞之琳受旧诗影响的源头,我们可以看到:在江南故乡度过的少年时代,以及无形中受到的传统人文风貌和古代典籍的滋养,日后化为卞之琳诗歌中鲜明的民族文化底蕴。卞之琳自幼形成的古典诗词的深厚修养,后来一直在其实际创作中产生影响。虽然这种影响有一个从"潜在"发展到"外在"、从"不自觉"发展到"自觉"的动态过程,但其存在则是毋庸置疑的。

(二)时代情绪与主体选择

卞之琳谈到戴望舒的诗歌创作时说:"大约在1927年左右或稍后几年初露头角的一批诚实和敏感的诗人,所走道路不同,可以说是植根于同一个缘由——普遍的幻灭。面对狰狞的现实,投入积极的斗争,使他们中大多数没有工夫多作艺术上的考虑,而回避现实,使他们中其余人在讲求艺术中寻找了出路。望舒是属于后一路人。"[②]联系到卞诗所吐露的情绪,我

[①] 卞之琳:《雕虫纪历》,人民文学出版社1984年版,第14页。
[②] 卞之琳:《〈戴望舒诗集〉序》,《人与诗:忆旧说新》,生活·读书·新知三联书店1984年版,第62页。

们知道，这里谈论戴望舒诗作的思想背景，其实也是卞之琳的夫子自道。

卞之琳早期创作（1930—1937年）所处的20世纪30年代，是一个让人无所适从的时代：这是一个国民党政权由建立到相对稳定，同时又危机四伏的历史时期；又是一个共产主义运动风起云涌，文学主潮随着整个社会的变革而变得空前政治化的历史时期。作为自由主义作家的卞之琳，对于现实社会充满着血与火的斗争总是有些隔膜："小处敏感，大处茫然"[①]，他茫然于时代风云，却醉心于在艺术的象牙之塔中精雕细琢。但探究卞之琳诗歌创作与传统的关系，我们发现卞诗表达的固然是典型的"现代情绪"，但这"现代情绪"既是时代情绪与主体选择相互渗透的结果，也是30年代中国诗人的典型的"中国经验"。

在30年代的中国，首先是社会历史的大变动引发了文学规范与审美趣味的大分野。在西方工业文明的冲击下，沿海城市加快了资本主义的现代化进程，而更广大的农村社会的生活方式也在风雷激荡的时代发生了动摇，这种大动荡触及中国社会的一切阶层。在大分裂和大动荡的时代，旧的、传统的生活方式和思维惯性受到质疑，而新的社会规范和道德准则却来不及建立起来，这就造成了思想的真空和混乱。而这一时期中国革命的历程也已经由"五四"时期的思想革命转向由社会变革所引起的社会革命。"中国社会向何处去"成为时代意识的中心，这是更为深刻复杂的时代变革。在这样空前的社会大变动下，必然产生新的矛盾与困惑，一系列新的问题，诸如现代都市与传统农村的对立、相互冲突与渗透，也必然激化了知识者在传统农业文明与现代工业文明、东方文明与西方文明之间选择的痛苦。时代风尚影响到文学选择，这一时期文坛上自由主义文学思潮与无产阶级文学思潮并存与对立，出现了"左翼"、"京派"、"海派"三大文学派别之

[①] 卞之琳：《雕虫纪历》，人民文学出版社1984年版，第3页。

间的对峙与互渗。

　　实际上，卞之琳早期创作历经新月时期和现代时期，他既受到了以徐志摩为代表的后期新月派的影响，也受到了以戴望舒为代表的现代派的深刻影响，与其交往唱和的是徐志摩、闻一多、废名、何其芳、戴望舒等自由主义文人。说卞之琳出于"新月"而入于"现代"[①]是符合实际的，但奠定卞之琳在中国新诗史上的地位的，还是他那现代主义诗风鲜明的"新智慧诗"，所以我们把他归为现代派诗人。

　　20世纪30年代的中国现代主义诗歌，区别于其他诗歌潮流的显著的诗学主题是：都市风景与田园乡愁。正是在前述的社会历史大背景下，现代派诗人作了与中国诗歌会诗人群迥然不同的诗学选择。如果说中国诗歌会感染的是时代情绪中热烈高亢的一面，别具一种历史沸腾期的昂扬的激情，充满了理想主义与英雄主义的色彩，在美学风格上则是刚健、粗犷、壮阔的力的美的呈现；那么，同处30年代的现代派诗人感染到的时代情绪却是"都市怀乡病"。这些现代派诗人大多有从宗法制农村社会来到繁华大都市的个人经历的背景，他们希望在都市寻找到理想的梦，起先往往怀着美好的憧憬和幻想，但他们并没有被都市所接受，反而成了都市中的精神流浪汉，这时候他们转而怀恋起自己出生的田园，转向了微茫的乡愁。但此时的乡土社会也已不再是童年记忆中神奇的乐土了，于是现代派诗人们感受着双重的痛苦：作为生存于都市与乡土、传统与现代夹缝中的边缘人，他们既感受着古老的农业文明向工业文明转型期的历史阵痛，又体验着现代都市文明的沉沦与绝望，浸染着当时社会普遍弥漫着的颓废的世纪末情绪。

　　验之于诗人卞之琳的创作，时代情绪深深地影响着主体的选择。卞之琳在《雕虫纪历·自序》中说："我自己思想感情上成长较慢，最初读到

[①] 张曼仪：《卞之琳著译研究》，香港大学中文系1989年版，第172页。

二十年代西方'现代主义'文学，还好像一见如故，有所写作不无共鸣"，而"面对历史事件、时代风云，我总不知要表达或如何表达自己的悲喜反应。这时期写诗，总像是身在幽谷，虽然是心在峰巅"。①在动荡纷纭的时代大潮中，卞之琳感受到的"现代情绪"更多的是都市怀乡病，作者自己说："当时以凭吊开端，我写诗总富于怀旧，怀远的情调。"②所以，《尺八》里真正触动我们的，是那孤馆寄居的番客在异国他乡"听了雁声，动了乡愁"，而寻思"为什么霓虹灯的万花间，／还飘着一缕凄凉的古香"；《白螺壳》里"无中生有"的哲学意蕴也与"多思者"旧情的怀想互相交融："空灵的白螺壳，你／卷起了我的愁潮——"；《寂寞》里乡下小孩子的寂寞其实也是身处大都市里的知识者的寂寞，和他们对遥远的乡土和故园的深情怀想。

但较之于其他现代派诗人，卞之琳在30年代的主体选择又有自己的独特性。30年代的戴望舒虽然也在创作中逃避着自我的表现，注重个人的隐私性，但他大部分诗篇中"我"的情感脉络是清晰可见的，我们甚至可以说他的好多诗篇是在直抒胸臆。而在卞诗中，我们始终看到的只是一个冷冷淡淡的卞之琳。卞之琳不动声色、隐藏起自己的真实感情，很少写真人真事，连自我的形象都不愿出现。甚至作者说："这时期的极大多数诗里的'我'也可以和'你'或'他'（'她'）互换。"③平静、冷峭的个性气质之于卞之琳，是他的诗歌更具智性特征的重要原因。

三 宁静的风景：古典诗情的现代重构

（一）传统的生命形态：静

在和20年代诗人郭沫若的"动"的生命冲动的比较中，更可以见出卞

---

① 卞之琳：《雕虫纪历》，人民文学出版社1984年版，第3页。
② 同上。
③ 同上。

之琳诗歌中生命形态的传统性。朱自清曾盛赞郭沫若提供了传统里没有的新东西,其中之一便是"二十世纪的动的和反抗的精神",其实朱自清正是从生命形态上来界定郭沫若超越于传统的艺术新质的:"至于动的和反抗的精神,在静的忍耐的文明里,不用说更是没有过的。"①这里朱自清认定传统中国文明是"静的忍耐的文明"。鲁迅也说过类似的话,点出传统文化"静"的本质:"我看中国书时,总觉得就沉静下去,与实人生离开。"②关于中国传统文化的"静"的性格,龙泉明引鲁迅的话说,无论《论语》还是《庄子》,无论是功利的还是审美的,都以"清静为天下正",它们的最后归宿无不似冲淡安谧的中国国画,不过是儒融合于人际世俗,庄融合于自然山水而已,超越不了"天人合一"的最高境界。龙泉明最后还对传统文化的阴柔气质作了精彩的总结:"如果说西方文化'动'得令人眩目,那么中国文化可谓'静'得使人安睡。"③

别有意味的是,与中国文化这种静得"使人安睡"的特质相适应,我们发现卞之琳早期诗歌笼罩在一种恹恹欲睡的氛围中,卞诗中的人物,似乎正沉沉睡去:"……他们是昏昏/沉沉的,像已半睡……"(《寒夜》);"山水在暮霭里懒洋洋的睡/他又算撞过了白天的丧钟"(《一个和尚》);"我们便随地搭起了篷帐,/让辛苦酿成了酣眠"(《远行》);"……树荫下/睡睡觉可真有趣;你再睡/半天,保你有树叶作被"(《酸梅汤》);"知了,知了只叫人睡觉"(《倦》);"难怪小伙计要打瞌睡了,/看电灯也已经睡眼朦胧"(《古城的心》);"……说不定一夜睡了/就从此不见天日"(《春城》)……

与混混沌沌的"睡眠"意象相关的是,卞诗中也出现了许许多多"梦"

---

① 朱自清:《〈中国新文学大系〉诗集导言》,《朱自清序跋书评集》,生活·读书·新知三联书店1983年版,第96页。
② 鲁迅:《青年必读书》,《鲁迅全集》第三卷,人民文学出版社2005年版,第12页。
③ 龙泉明:《中国新诗流变论》,人民文学出版社1999年版,第162页。

的意象，这显然是更为宁静而混沌的生命形态："和尚做着苍白的深梦"，"昏沉沉的，梦话又涌出了嘴"（《一个和尚》）；"挣脱了多么沉重的白日梦"（《记录》）；"你不会迷失吗／在梦中的烟水？"（《入梦》）；"从乱梦中醒来，／听半天晚鸦"（《秋窗》）；"想有人把所有的日子／就过在做做梦，看看墙"（《墙头草》）；"华梦的开始吗？烟蒂头／在绿苔地上冒一下蓝烟？"（《倦》）；"有些人半夜里听别人的梦话"（《几个人》）……

在浑浑噩噩的睡梦中，生命的苦痛被暂时忘却了，那由于时代的重压和个人遭际的坎坷不平所带来的内心的冲突也得到暂时的缓解，这里，睡梦其实是一种逃避现实的方式：仿佛只要能对现实的残酷视而不见，就能真正置之度外，获得一种内心的宁静似的。所谓冷眼旁观的不介入的姿态，其超脱于人情世故的地方正在这里。中国古典诗歌追求自我消融到宇宙的脉息中，完全顺应自然的节奏，在生命形态上，以泯灭了自我欲求的物态化生命为最高境界，"还从静中来，欲向静中消"（韦应物语），其实质便是对"静"的生命形态的尊崇。在中国古诗中，少有生命的躁动和个人意志的彰显，一切内心的挣扎都能及时抹平，消失于无形。生命的矛盾与痛苦的深层表现在中国文学中是少之又少的，这是一个超脱现实，泯化一切利害、是非、善恶、恩仇，最终达到个人内心无矛盾、无冲突的生命世界和情感世界。所以朱光潜提出"和平静穆"是中国文学"诗的极境"和美的"最高境界"。

"静"的生命形态要求的是"消失自我"，能够做到凝神注视而物我两忘。卞之琳诗中是缺乏自我表现的，作者说他总怕出头露面，安于在人群里默默无闻，更怕公开自己的私人感情，因此在诗作中更少写真人真事。然而岂止是没有自我的表现，卞诗连他者的表现也没有，整个就是一个寂静而沉闷的世界！卞诗中所描写的那些底层社会小人物，如叫卖的小贩、算命瞎子、洋车夫、拉二胡的、提鸟笼的……他们凄凉无奈的生活总让人为之慨叹,在别的作家写来也总会洒一掬同情之泪,或者笔端洋溢出愤懑的激情,但在卞之琳笔下,他们的生命形态仍然只是死一般的平静,笼罩全部诗篇的是让人窒息的静默,寡言,不言甚至无言成了他们的个性特征:"怎么你老不作声"(《酸梅汤》);"怎又不说呢?""可是没有话了"(《傍晚》);"可是我们却一声不响,／只跟着,跟着各人的影子""不作声,不谈话。低下头来吧"(《西长安街》);"也沉默,也低头,到底是知己呵!"(《影子》);"不说话,／她又在崖石上坐定"(《一块破船片》);"一室的沉默痴念着点金指"(《无题二》)……

卞之琳早期诗歌"较多寄情于同归没落的社会下层平凡人、小人物",表现的"完全是北国风光的荒凉境界"[①],这样的题材若在中国诗歌会诗人笔下,可以表现阶级斗争的血泪仇;在一般敏感多情的浪漫主义诗人眼中,也是一幅充满感伤情调的故都缅怀图。但在卞之琳写来,却平平淡淡,只是"在自己显或不显的忧郁里有点轻飘飘而已"[②],诗人的感情世界是平静如水、不起波澜的,而笔下的灰色小人物的生命形态,也是寂寂无闻,宁静沉闷的。正是在这里,显示出卞诗与传统文化"静"的生命形态的密切关联。

中国传统的生命形态,当然也有动的精神质素,主张动的反抗的精神,宣扬人生慷慨激昂的一面,如陶渊明的"刑天舞干戚,猛志固常在"(《读山海经·十》),如辛弃疾的"金戈铁马,气吞万里如虎"(《永遇乐》)等,但更为中国诗人们向往的人生形态,还是陶渊明的"结庐在人境,而无车马喧"的那份宁静,王维的"空山不见人"的那份幽深,柳宗元的"江雪"

---

① 卞之琳:《雕虫纪历》,人民文学出版社1984年版,第4页。
② 同上。

的那份怡然自得、物我两忘。在经历了人世的喧嚣和生命欲求的挣扎奔突后，中国诗人们还是渴望逃回到山水自然所昭示的静态人生中去，去寻求那份平静、安详、和谐的世界。这种静的生命形态无疑也是卞之琳的理想。所以卞之琳写下了"让时间作水吧，睡榻作舟，／仰卧舱中随白云变幻，／不知两岸桃花已远"的美丽诗篇，在自己的诗作中，精心营构了一个"静"的生命世界。

（二）传统的人生慨叹：水

孔子说："知者乐水，仁者乐山"（《论语·雍也》），作为中国新诗史上智性诗的杰出代表，卞之琳无疑是智者。考察卞之琳早期诗歌与水的关系，也是一个饶有趣味的话题。卞之琳童年时代江南水乡的生活使他获得了天然的与水的亲和力："汤家镇西头横直交叉两条小河，他最爱在伸到后河心的汲水桥上玩，在河岸边洞捉'蟛蜞'。"[①]他后来的诗作始终具有"水"的宁静、淡泊和清澈，可以说"水"的气质已化为卞之琳气质的一部分。而更引人注目的，是卞之琳那些弥漫着水气的精美篇章与中国传统人生喟叹的深层联系。

卞之琳早期诗歌的意象世界是多姿多彩的，翻开他的诗集，我们看到的有："白螺壳"、"灯虫"、"圆宝盒"、"鱼化石"、"酸梅汤"、"灯"、"墙头草"，等等，但其中经常出现并贯穿始终的则是"水"的意象："一声一声的，催眠了山和水，／山水在暮霭里懒洋洋的睡"（《一个和尚》）；"潮来了，浪花捧给她／一块破船片""她许久／才又望大海的尽头"（《一块破船片》）；"自在的脚步踩过了沙河"（《几个人》）；"不断的是桥下流水的声音"（《古镇的梦》）；"汽车，你游在浅水里"（《春城》）；"倦行人挨近来问树下人"（闲看流水里流云的）；"异乡人懂得水里的微笑"（《道旁》）；"灰色的天。灰色的

---

① 张曼仪：《卞之琳著译研究》，香港大学中文系1989年版，第6页。

海。灰色的路"(《距离的组织》);"是利刃,可是劈不开水涡"(《旧元夜遐思》);"小楼已有了三面水／可看而不可饮的"(《半岛》);"三日前山中的一道小水,／掠过你一丝笑影而去的""水有愁,水自哀,水愿意载你"(《无题一》);"杨柳枝招人,春水面笑人"(《无题二》);"我明白海水洗得尽人间的烟火"(《无题三》);"付一枝镜花,收一轮水月……／我为你记下流水帐"(《无题四》);"请看这一湖烟雨／水一样把我浸透"(《白螺壳》);"不甘淡如水,还要醉,／而抛下露养的青身"(《灯虫》);"还是这样好——寄流水"(《寄流水》);"这时候只合看黄叶／在水上漂"(《芦叶船》);"你不会迷失吗／在梦中的烟水?"(《入梦》);"懒躺在泉水里你睡了一觉"(《对照》);"'水哉,水哉!'沉思人叹息／古代人的感情像流水"(《水成岩》);"……虽然舱里人／永远在蓝天的怀里"(《圆宝盒》);"我往往溶化于水的线条"(《鱼化石》);"人并非无泪,／而明白露水因缘"(《泪》);"柳絮别掉下我的盆水"(《妆台》);"我记得我有握水的喜爱""昨夜我做了浇水的好梦"(《水份》)……

　　在卞之琳早期诗歌的意象系统中,除了"水"这一中心意象外,"水"衍生的相关意象还有:"雨"、"泪"、"海"、"泉"等等。《苦雨》、《雨同我》诸篇直接以"雨"为题,而全部卞诗中的"雨"又被细分为"冷雨"(《夜风》、《白石上》)、"凉雨"(《水份》)、"烟雨"(《白螺壳》)、"宿雨"(《泪》)、"雨点"(《圆宝盒》)、"雨云"(《水份》)等;除了以"泪"为题的诗作(《泪》)一篇外,"泪"也有多种形态:"清泪"(《雪》)、"孤泪"(《落》)、"泪痕"(《白石上》)、"宿泪"(《白螺壳》)等;此外,"大海"、"风涛"、"泉水"、"雪"等皆可视为与水有关的意象。可以说,"水"及其相关的意象共同揭示了卞之琳诗歌与传统人生感慨之间的密切关联。

　　中国古代朴素唯物主义思想认为,世界由金、木、水、火、土五大要素

"诗"与"史"的缠绵

构成;从人类与水的关系而言,水是人类不可缺少的重要资源,"水是生命之源",没有水就没有生命,就没有世间万物生机勃勃的景象。对水的崇拜在中国古代农业社会的生存环境中更显突出,中国是以农业立国的文明古国,水对农业生产的重要作用使得中华民族对水的感情更为强烈,所以"精卫填海"、"大禹治水"的故事被人们口耳相传,经久不衰。而一旦对水的感情由实用的发展到审美的,"水"便成为了一种道德力量的化身,一种生命慨叹的载体。水的奔流不息,永不回头,在儒家那里被赋予了雄强进取的精神内涵,又让人想起生命的短暂和易逝,孔子就曾在河川上慨叹:"逝者如斯夫,不舍昼夜!"(《论语·子罕》),以流水喻时间已经成为传统意象在人们心理的积淀。水的宁静清澈,又与传统中国的"静"的生命形态的追求息息相关,中国文人追求着"临水照影,忽然大悟"的境界,又渴望着"超出苦海,永断轮回"的最后的宁静。与西方文学世界对水的想象不同的是,中国古典诗歌中的水更多的是一种生命的感伤和眷恋的负载体,而西方文学中的水则是与动荡不安的精神世界相关的。如在福柯《疯癫与文明》中所说的:"水域和疯癫长期以来就在欧洲人的梦幻中相互联系着。"[1]

卞之琳诗中呈现的正是典型的中国式的关于水的想象和情感,即对生命流逝的无限感伤和对宁静和谐的生命状态的向往和追求。我们来看下面的句子:"水有愁,水自哀,水愿意载你"(《无题一》);"'水哉,水哉!'沉思人叹息／古代人的感情像流水,／积下了层叠的悲哀"(《水成岩》);"我明白海水洗得尽人间的烟火"(《无题三》);"人并非无泪,／而明白露水因缘"(《泪》)……卞之琳对水的慨叹声中回荡着古代人的感伤与无奈,这里

---

[1] 【法】米歇尔·福柯:《疯癫与文明》,刘北成、杨远婴译,生活·读书·新知三联书店 2003 年版,第 9 页。

的水是悲哀的引子，是时间流逝而生命短暂不常驻的感时伤怀，那种对生命不能把捉的伤感情调，以及情感的缠绵低婉与古典诗人的慨叹如出一辙。

与伤感的情怀同样突出的是，卞诗中"水"的意象还寄寓着对流动自在、平静舒缓的"静"生命形态的向往。我们且看："一声一声的，催眠了山和水，／山水在暮霭里懒洋洋的睡"（《一个和尚》）；"请看这一湖烟雨／水一样把我浸透"（《白螺壳》）；"懒躺在泉水里你睡了一觉"（《对照》）；"我往往溶化于水的线条"（《鱼化石》）；"让时间作水吧，睡榻作舟，／仰卧舱中随白云变幻，／不知两岸桃花已远"（《圆宝盒·注》）……这里的"水"已不纯粹是自然山水了，而是包含着对如水般流转不息而归于宁静的生活形式的向往，隐约有古典诗人寄情于山水的情致。中国古代隐士往往隐居于山川水渚，正是因为"水"也寄托着道家的出世之思。此时在卞之琳的思想深层，道家的隐逸之风也冒出笔端，再一次显示了卞之琳诗歌鲜明的东方文化底蕴。

从地域文化来说，自古江南都是山灵水秀，明媚的山水滋养着一代代文人的性情，使他们在抒发人生慨叹时，往往洋溢着"水"的韵味，独具空灵清澈、委婉轻柔之美。作家沈从文说："我感情流动而不凝固，一派清波给予我的影响实在不小"[①]，沈从文还写了专文来谈"我的写作与水的关系"。同样地，卞之琳的诗作也得益于那空灵的水韵所给予的智慧的启迪，所以后来在日本"看到京都景物，颇似江南，使他'仿佛回到了童时的境地'"，想念起家乡那"江海间一块只有一二百年历史的新沙地"。[②]"水"中积淀着的历代文人的生命喟叹，就这样通过或显在或潜在的影响，化入了现代诗人卞之琳的诗作中。

---

① 沈从文：《从文自传》，人民文学出版社1981年版，第8页。
② 张曼仪：《卞之琳著译研究》，香港大学中文系1989年版，第6页。

（三）传统视野中的大自然

翻开卞之琳的诗集，我们仿佛来到了一个似曾相识的世界：寒夜、傍晚、荒街、苦雨、雁声；或者咸阳古道，或者独上高楼，或者落红满街，或者桥，或者路，或者月，或者舟……让人不禁感叹："为什么霓虹灯的万花间／还飘着一缕凄凉的古香？"（卞之琳：《尺八》）而追踪这种古典风格的形成，卞诗中自然意象的运用功不可没。

卞之琳早期诗歌中出现了众多的自然意象，如夕阳、乌鸦、墙头草、青烟、山水、暮霭、斜阳、蝉声、杨柳、月亮、蓝天等等，大自然的事物不仅作为意象渗透于卞之琳的诗中，还成为直接抒写的对象，如《月夜》、《夜风》、《群鸦》、《灯虫》、《白螺壳》、《鱼化石》诸篇就是以自然界的物象作为诗篇的描写中心的。同时我们发现这些自然意象是有着深厚的传统积淀的，可以说是传统的意象原型。在卞诗中，无论是自然意象的选用，还是"人"与"自然"的和谐与交融的追求，以及贯注于自然意象中的感伤情调，都显示出对传统的回归，卞诗中呈现的还是一个传统视野中的大自然。

中国道家哲学的自然观认为，在天地人的结构中，天地即自然对人具有绝对的规定性，人只是作为自然的一部分出没于宇宙中，人的行为准则应与自然的运行规律相一致。自然界是由矿物、植物和动物所构成的整体，作为高等动物的人属于这个整体，但他并没有作为万物灵长的优越和支配地位，他只是有如一个物置身于万物之中；与此同时，他的行为必须遵循自然界的本性，即"自然而然"，"自然"有其自身的道路，所以中国思想从来都强调在人的思维之外的自然的优先性。

中国文学中，"自然诗的发生比西方的要早一千三百年的光景"。[1]在文学表达中，中国抒情文学的传统是讲究"情景交融"，情由境生，即所谓

---
[1] 朱光潜：《诗论》，生活·读书·新知三联书店1998年版，第81页。

神与物游、随物宛转的抒情方式。在具体的写作中，总是先描写自然风物，再描写人间世态；先写景，后抒情。对于诗歌的写作，王国维有所谓"有我之境"、"无我之境"之说，而且以后者为佳。所谓"无我之境"就是泯灭了物我的差异，把"我"的存在淹没在物的脉动中，达到物我融合的境界。这种对自然相亲相近的情态，化作了中国文人的典型情结，所以在几千年的文学史中，咏物诗的传统一直连绵不绝，山水诗、田园诗的兴盛发达，组成了中国抒情文学的重要部分。中国古代文人认为在植物、动物这些存在者身上，浸润着情感的色彩，所以，中国抒情文学的大部分，往往在自然界的物象上寄托着感伤性的情感，所谓"遵四时以叹逝，瞻万物而思纷；悲落叶于劲秋，喜柔条于芳春。心懔懔以怀霜，志眇眇而临云"（陆机：《文赋》）。中国哲学认为人应该最终融化于天地万物之间，在人和大自然的关系中，占主导地位的是大自然本身，它就是人的精神家园。

　　具体到卞之琳早期的创作，首先是自然意象中渗透的感伤性情绪，揭示了卞诗中的大自然仍然是传统的。在卞之琳1930年至1934年的诗作中，自然意象的运用是一个突出的现象，而其中尤以"秋天"、"夕阳"、"黄昏"等成为具压倒地位的中心意象，主导了卞诗在此阶段的"感伤"主题。作者自叙其心路历程时说："旧社会所谓出身'清寒'的，面临飘零身世，我当然也是要改变现状的"，但因为"四一二"事变而在"悲愤之余，也抱了幻灭感"，而北行之后，内心也始终得不到宁静："经过一年的呼吸荒凉空气、一年的埋头读书，我终于又安定不下了。说得好听，这也还是不满现实的表现吧。我彷徨，我苦闷。"[①]这种苦闷和彷徨化为诗的形象时，卞诗中就出现了阴郁的秋天的节候，惨淡的黄昏的光景。但综观卞诗中的自然意象，比秋日的斜阳、黄昏更为阴晦的严冬和更为郁热的苦夏氛围却比较少见，

---

① 卞之琳：《雕虫纪历》，人民文学出版社1984年增订版，第1—2页。

卞之琳诗中多的是充满感伤性情感的"秋"的意象。

卞之琳早期诗中关于秋日、斜阳的文字比比皆是："又是秋景了""对着淡淡的斜阳"(《登城》)；"秋街的败叶"(《寄流水》)；"送夕阳下山""被秋风惊醒了"(《白石上》)；"芦叶上涌来了秋风了"(《中南海》)；"秋风已经在园径上走厌"(《落》)；"秋窗""看夕阳在灰墙上"(《秋窗》)……关于"秋"，深谙旧文学的郁达夫在他那脍炙人口的散文《故都的秋》中写道："足见有感觉的动物，有情趣的人类，对于秋，总是一样能特别引起深沉，幽远，严厉，萧索的感触来的"①，又说在中国的历史情形中，因为"文字里有一个'秋士'的成语，读本里又有着很普遍的欧阳子的秋声与苏东坡的赤壁赋等，就觉得中国的文人，与秋的关系特别深了"②，可见悲秋伤怀是中国文人一种典型的心理情绪，中国文人关于时光流逝的伤感，关于命运多舛的无奈，这种种的颓废心态往往化为文字中秋的悲吟。

但关于秋的情感，多的是一种无可奈何的感伤。卞之琳深受传统文人弱质心态的影响，他关于秋的诗篇也没有能提供更尖锐执着的东西，在他的悲哀中缺乏真正惊心动魄的情感力量和意志力量，卞诗中的大自然最终被纳入传统文学的视野中。

卞之琳1935—1937年的诗歌，感伤的情绪逐渐消隐，智慧的沉思更多地表现为冷静和理智，在美学上呈现出别样的风貌，这一时期他集中创作了许多被称为"新智慧诗"的诗歌。这一时期出现在卞诗中的大自然，摆脱了感伤情绪，但其智性探索的深广度仍然囿于传统的范畴中，与前不同的是，此时的大自然体现的是传统的哲学命题，以及传统社会的人际关系和人伦情感。

---

① 郁达夫：《故都的秋》，《郁达夫作品精选》，广西师范大学出版社2000年版，第199页。
② 同上。

诗人这样演绎哲学上的"相对"观念："你站在桥上看风景，／看风景人在楼上看你。／／明月装饰了你的窗子，你装饰了别人的梦"（《断章》）。翻开卞之琳钟爱的《花间集》，我们会惊奇地发现，《断章》里立桥眺望，月色透窗两幅图画的意境，与冯延巳《蝶恋花》中的"独立小桥风满袖，平林新月人归后"何其相似啊！这里传统诗词境界里的明月当空、小桥流水的自然景观负载的也仍然是传统的哲学人文命题；同时抽象的哲学意蕴又被淡淡的相思情绪所笼罩，表达的还是对传统中国社会中和谐美满的人际关系的想象。

"色空"观念也时时涌入卞之琳的笔端："晓梦后看明窗净几，／待我来把你们吹空／象风扫满阶的落红"（《灯虫》）；"天上星流为流星，／白船迹还诸蓝海"（《路》），仿佛是繁华落尽现真淳，一切复归于本来的样子，而所有曾经的悲欢离合，不过是回首时的一片虚无而已。最集中体现卞之琳色空观念的是他的无题诗。《无题四》写道"付一枝镜花，收一轮水月……／我为你记下流水帐"，镜花水月的自然界也好像预示着爱的短暂易逝，最终成空；《无题三》中的："我明白海水洗得尽人间的烟火"，海水是宇宙永恒的沧桑，烟火则是人间短暂的相逢，亘古长在的大自然与转瞬即逝的爱恨情仇相比，生命的悲哀可谓不言而喻。但悲哀也罢，虚无也罢，卞诗的色空观念最终也化入一片恬淡的和谐中，并没有发展为对生命存在的终极意义的形而上的追寻，在《无题五》中："我在簪花中恍然／世界是空的"的空虚感，马上被"因为是有用的，／因为它容了你的款步"所冲淡，本为悲观情调的色空观念这里又搭上了传统的"无之以为用"的辩证思维，卞诗的哲学探寻最终失却生命探索的焦灼与紧张，变为中国传统心态的恬淡与从容。

卞之琳在爱情诗的题材中演绎色空观念，把抽象的哲学思辨与传统的人

"诗"与"史"的缠绵

伦情感相结合、相比附,哲理探索的严肃和枯燥最后化为人际情感的和谐与温馨,而实现这种转化的桥梁则是自然意象的应用。此时卞之琳笔下的大自然,既是寄寓着人生哲理的载体,也是传达人际情感的媒介。但身处20世纪30年代的时代大背景中,卞之琳诗作中自然意象的直接运用只是一个方面,更引人注目的是出现了许多自然科学的意象。现代理性之光烛照下的大自然,一向是作为卞之琳诗歌对于传统的突破因素来看待的,但同样我们说,这不过是诗人对于传统的一种创造性转化而已。

我们来看卞诗中大量采用的现代自然科学意象。天文学方面的有:"望远镜"、"轨道"(《归》);化学上的有:"结晶"、"过饱和溶液"、"沉淀"(《雪》);物理学方面的有:"无线电"、"音波"(《候鸟问题》);考古学方面的有:"鱼化石"(《鱼化石》);几何学方面的有:"切线"、"点"(《泪》);气象学方面的是:"(量雨)玻璃杯"(《雨同我》)……这些自然科学意象的运用,增加了卞诗的现代色彩,传统的审美的大自然此时似乎成了实用的物理的大自然,情感世界让位于理性的世界。但深究卞之琳在这些科学意象之中贯注的古典情怀,我们会再次发现,这仍然是一个传统视野中的大自然。

《归》对宇宙星空的探索不过是寂寞情怀的点缀:观察繁星的天文家在整天的忙碌之后感到莫大的空虚:"伸向黄昏的道路像一段灰心";他"想独上高楼读一遍《罗马衰亡史》,/忽有罗马灭亡星出现在报上",面对浩大时空的沧桑感油然而生,但最终却在"友人带来了雪意和五点钟"的温情中苏醒,回到了现实(《距离的组织》);用玻璃杯量雨水的联想起于对普天下旅行者遭遇的担忧:"我的忧愁随草绿天涯",传承的仍然是儒家"仁者爱人"的悲悯情怀(《雨同我》);无情的水分传达的仍然是人间的真情,是"我童年最大的崇拜",是对出门旅人的关怀,是你无端的愁容,真是"写出水分的感情来了"①。卞之琳在现代自然科学的启迪下,发现了大自然被掩埋了许久的理性的趣味,但与此同时,卞诗中的理趣又总是与传统的人伦情感相关联,此时的大自然仍然服务于诗中的情感,表现为传统人情人伦的牵系。无论是"鸟吞小石子可以磨食品","蜜蜂的细腿已经拨起了／多少只果子",还是"盛一只玻璃杯","画一笔切线",全可以视为有关人际伦理的比喻;"结晶"也罢,"化石"也罢,"水分"也罢,既合乎物理,也关乎人情。卞之琳利用大自然精心营构的理性世界,未尝不是一个倾诉人间悲欢的人情世界。

综上所述,卞之琳诗歌中自然意象的引入,在1930—1934年的创作中集中表现为感伤的情绪,而在1935—1937年的创作中则主要表现为理性的趣味,但两者都有一个传统自然观的深层背景。

(四)传统的思维轨迹:"圆"

中国传统的哲学文化有尚圆的倾向。圆形在中国传统中,是神秘、完整、丰满、周全的象征,圆形对应着安详与宁静,它涵盖了哲学思维的贯通自如的境界,又表现了宗教思维空明朗彻的境界,"智欲圆而行欲方"。在审美心理上,我国人民多喜欢"大团圆"的结局,缺少悲剧意识,所以我们说中国文化是"乐感文化",而西方文化是"罪感文化",这也与国人对"圆"的推崇有关。

这种尚圆的心态表现在创作中,则是中国抒情文学讲究结构的圆融之美,讲究意象的圆转自如。钱钟书在《谈艺录》中引谢朓语曰:"好诗流美圆转如弹丸"②,其实在中国文学思想史上,以"圆"作为诗歌创作的审美标准是古已有之的。我们这里引用王文生的一段话很能说明文学史上以

---

① 废名:《论新诗及其他》,辽宁教育出版社1998年版,第166页。
② 钱钟书:《谈艺录》(补定本),中华书局1984年版,第112页。引者注:此处钱钟书引语与王文生有异,存疑。

"圆"为美的情形:

刘勰在《文心雕龙》里以首尾圆合作为结构之美;以"人莫圆该"来指责欣赏的片面;以"沿根讨叶,思转自圆"来要求情思之周密;以"骨采未圆"来形容情与采的不尽吻合。他以圆为褒辞,以不圆为贬意,从正反两面树立了抒情文学的圆美的标尺。不仅刘勰如此,宋代的王直方在引用了谢朓的"好诗圆美流转如弹丸"和苏轼的"新诗如弹丸"之后,也作出了"诗贵圆熟"的结论。另一个宋代作者吴可说:"学诗浑似学参禅,自古圆成有几联?春草池塘一句子,惊天动地至今传。"明代王祎说:"诗贵乎纯。纯则体正而意圆。"清纪昀《荷叶砚铭》曰:"荷盘承露,滴滴皆圆,可譬文心,妙造自然。"他们都不约而同地以圆美为诗的高格。①

我们说卞之琳早期诗歌是传统的,在思想风貌上的表现如上所述,但同样不容忽略的是:在艺术表现形式上,卞之琳诗歌的思维轨迹画着传统的自足自满的圆形,卞之琳诗歌的结构是"圆"的。"圆"的思维轨迹表现于卞诗中,一方面是圆作为意象,作为笼罩全篇的意境,更重要的是作为篇章组织形式的"首尾圆合"的结构法。

卞之琳对"圆"的喜爱可谓由来已久。卞诗中以圆形物为题的诗作有《圆宝盒》、《白螺壳》、《鱼化石》、《芦叶船》等,圆形物作为意象在卞诗中更是屡见不鲜,例如闲人手里捏磨的一对圆滑的核桃、冰糖葫芦、贝壳、珍珠、宝石、星之类。卞之琳曾就《圆宝盒》一诗自述道:"至于'宝盒'为什么'圆'呢?我以为'圆'是最完整的形象,最基本的形象。《圆宝盒》

---

① 王文生:《论情境》,上海文艺出版社2001年版,第200页。

第一行提到'天河',最后一行是有意地转到'星'。"①可见卞诗中圆形事物的出现是有意为之的,这也正是诗人审美理想的体现。

圆形物作为意象出现于卞诗中,只是其与传统关系的显在表现,更为隐蔽同时影响更为深远的却是那笼罩全篇的意境。一般认为,卞之琳对于新诗艺术表现上的贡献有三点:戏剧化手法的运用,成熟的现代口语,严谨而有变化的格律。卞之琳自己说:"我总喜欢表达我国旧说的'意境'或者西方所说'戏剧性处境',也可以说是倾向于小说化,典型化,非个人化,甚至偶尔用出了戏拟(parody)。"②戏剧化手段的运用一向是作为卞之琳对新诗的独特贡献来谈论的,但诗人自己却往往把它与中国传统文学追求的"意境"相比附、相印证,力图从传统中搜求自己独特创造的文学和文化资源。

卞之琳诗歌中的意象世界是纷繁复杂的,尤其引人注目的是作者引入了许多过去不入诗的事物,如酸梅汤、扁担、蜗牛、垃圾堆、广告纸,等等。虽然这些平庸琐碎事物的入诗打破了传统审美的精致典雅,也在某种程度上有助于表现现代人苦闷焦虑的情绪,同时也传达出了近似于西方的"世纪末"情调,却缺乏西方诗歌那种探索灵魂的震撼人心的力量。总的来说,表现的还是中国思维中的圆融和谐的世界,是典型的中国式的"意境",而不是西方现代诗歌的那种支离破碎的世界。

我们来看卞之琳诗歌中的世界:长途、旷野、蝉声、低头的杨柳、西去的太阳组成了挑夫的世界,意象的纷纭多姿被对挑夫命运的悲悯之情所笼罩,漫漫长途是人生无尽苦旅的象征(《长途》);潮汐、崖石、破船片、夕阳、白帆是"她"的空间,潮涨潮落中回荡着缕缕相思之情:"过尽千帆皆

---

① 卞之琳:《关于〈圆宝盒〉》,《卞之琳文集》(上卷),安徽教育出版社2002年版,第121页。
② 卞之琳:《雕虫纪历》,人民文学出版社1984年版,第3页。

不是，斜晖脉脉水悠悠，肠断白蘋洲"（温庭筠《望江南》），在崖石上坐定的似乎是一个幽怨的古代女子（《一块破船片》）；破殿、佛经、暮霭里的山水、到处弥漫的香烟、昏昏沉沉的钟声，就是一个和尚"苍白的深梦"，浑浑噩噩的生命摆脱不了生存的厌倦（《一个和尚》）；夕阳、庙墙、瘦驴是老汉的傍晚，阴晦的天色和无语的乌鸦象征着对无聊生存的传统式认识（《傍晚》）。另外还有一些诗作意象繁复多样，诗思跳跃幅度极大，但这些跳脱变化并非恣意纵横、彼此毫无牵系，相反，它们都由某种淡淡的情绪所笼罩，有一种整体的情绪氛围，可谓是传统的"意境"，它们共同指向诗作所要表达的主题。在《尺八》里是"祖国式微的哀愁"[①]，在《圆宝盒》里是理想实现的美丽幻影，在《距离的组织》里是苍茫迷惘的时空感觉，在《春城》里是对古老帝都的冷嘲热讽。这些诗作中意象的异彩纷呈并没有破坏"意境"的和谐整一。各种意象内部呼应、连贯、配合，它们共同营构的是传统诗歌圆融完整的情境，这使卞诗摆脱了现代主义诗歌特有的破碎感。因此我们说，正是通过对传统"圆"的意象世界的精心营造，卞诗保持了意境的完整，从而迥然有别于西方诗歌对破碎的主观幻象的表达，显示出鲜明的中国特色。

　　卞之琳诗歌对"圆"的追求，最主要的是结构上的"首尾圆合"法。在或显在或潜在的层面，卞之琳刻意追求一种圆圈式的抒情结构，追求首尾照应、环环相扣的章法之美，而正是在这里，显示了卞之琳谋篇布局的独特匠心，同时也揭示了卞诗与传统的思维轨迹之间的密切联系。

　　我们来看卞之琳精心结撰的小诗《无题五》，圆圈式的抒情结构可谓一目了然：

[①] 卞之琳：《雕虫纪历》，人民文学出版社1984年版，第5页。

我在散步中感谢

襟眼是有用的,

因为是空的,

因为可以簪一朵小花。

我在簪花中恍然

世界是空的,

因为是有用的,

因为它容了你的款步。

这首诗总共两节,上节以"散步"始而以"簪花"终,下节则以"簪花"始而以"款步"结,其间分别将古代哲学观念"无之以为用"贯穿始终,颠倒用之。由襟眼之微推及世界之大,巨细悬殊而意蕴相通,共同演绎着古老的哲学命题和深沉的人生感叹。而篇章结构上尾句的"你的款步"与首句"我在散步"遥相呼应,完成了从"感谢"到"恍然"的心理流程,形成一个完整优美的圆圈式抒情结构。

同样在结构上画着自足的圆圈的还有《白石上》,其开头与结尾分别如下:

去吧,到废园去,

找一方白石,

不管从前作什么用的,

坐坐吧,坐下来

送夕阳下山

一边听饶舌的白杨

告诉你旧事

你不妨再坐一会儿

在白石上,

听浅湖的芦苇

(也白头了)

告诉你旧事

(近事吧)

一边看远山

渐渐的溶进黄昏去……

  首节的"找一方白石"与尾节的"在白石上"正好一呼一应,"告诉你旧事"的凭吊和怀旧的情调则始终如一,只不过把"饶舌的白杨"置换成了"浅湖的芦苇",所谓"和而不同",避免了单调和重复。此外,两节中许多语词都相互呼应,彼此配合,如首节的"夕阳下山"之于尾节的"黄昏","坐下来"之于"再坐一会儿",甚至前面的"夕阳下山"之"山"也与后面的"远山"彼此勾连起来,造成意象的回环联络,形成严密完整的抒情的圆圈。

  卞之琳对于圆圈式抒情结构的运用得心应手,往往能在诗作中信手拈来而别具匠心。在卞诗中这种圆融完整、首尾相衔的"圆"式结构是屡见不鲜的,卞之琳常让他的诗思止于开始的地方。下面我们略举几例,以见出卞之琳诗艺探索的一贯性:"一天的钟儿撞过了又一天"与"他又算撞过了白天的丧钟"两两相对,一起组成了和尚沉闷无聊的生存图景(《一个和尚》);"轮船向东方直航了一夜"与"'可是这一夜却有二百海里?'"前后相应,共同解说着"一段蜗牛的银迹",关于时空的幻想何等美丽(《航海》);"抽出来,抽出来,从我的梦深处"与"我何尝愿意做梦的车站"遥相照应,身如逆旅的沧桑感本来古今同一,如今又搭上了人生如梦的虚无感(《车站》);"淘气的孩子,有办法"与"写下了'我真是淘气'"首尾衔接,孩童世界中小小的狡黠与机智带给成人的是惊喜与爱怜(《淘气》)。这些相同或相似的句子分置于卞诗的开头和结尾,造成了圆形结构,可见出卞诗仍然是在传统的"圆"的思维轨道上运行。

钱钟书《谈艺录》有云:"窃尝谓形之浑简完备者,无过于圆。吾国先哲言道体道妙,亦以圆为象。"①谈及艺术品的结构之美,钱氏引李浮侬《属词运字论》《结构篇》语曰:"谋篇布局之佳者,其情事线索,皆作圆形。"②验之于卞之琳的创作,圆圈式抒情结构在卞诗中如此大量而集中的出现绝非偶然,它说明诗人在无意识中受到传统审美定式的影响,而又有意识地利用了这种民族审美心理,力图通过在诗形结构上与传统的亲缘关系,获得"古为今用"的效果,最终达至诗人孜孜以求的现代诗歌的民族性。综上所述,卞之琳诗歌无论是在意象的选用上,还是在意境的营造上,甚至在结构的安排上,都体现了"圆"的思维轨迹,卞诗对圆形结构的偏爱从另一个维度揭示了其与传统的密切联系。

(五)传统的诗学策略

卞之琳曾经用"小处敏感,大处茫然"来概括20世纪30年代的自己,他确实茫然于时代风云,但对艺术却高度敏感而热情,因此被人们称为最醉心于新诗技巧与形式试验的"技巧专家"。但与卞诗其他方面的特质一样,形式方面许多独出心裁的探索固然可以视为诗人天马行空的独特创造,但

---

① 钱钟书:《谈艺录》(补定本),中华书局1984年版,第111页。
② 同上书,第112页。

在其精神结构的深层，仍然与传统有着千丝万缕的联系。下面我们将要讨论的问题即是卞诗在艺术探求上与传统的关联。

我们首先注意到的是卞诗诗情体验的微观性。诚如诗人自己所说，"我的思绪像小蜘蛛骑的游丝／系我适足以飘我"，也即是所谓"小处敏感"，诗人在这里道出的是自己诗情的琐碎与细腻。评论家也注意到卞诗的这一特质，将卞诗的特点概括为："微雕的风景"[①]，一方面固然是指出了卞诗规模体制的短小，也未尝不是注意到了卞诗在诗情体验上的微观性。

一向为论者称道的卞诗对于新诗的贡献主要是其诗由"主情"向"主智"的转变。探讨卞诗这种主智风格的形成，西方后期象征派的影响是显而易见的，可以说是后期象征主义诗人将卞之琳带入了现代哲学的大门，但纵观卞诗对于哲理的表达，我们发现：即使是在他那些充满哲理意味的诗篇中，也缺乏那种大起大落的灵魂震荡，说到底，卞诗并没有强烈的震撼人心的东西。卞之琳对智慧和哲理的追求，并没有把他带入形而上的哲思领域，在精神结构的深层，卞诗表达的仍然是传统文学的琐细柔和的情调，也即是作者自己所说的"我在精神生活上，也可以自命曾经沧海，饱经风霜，却总是微不足道"[②]。

我们来看卞诗中的哲理探求。《距离的组织》可谓思理最错综复杂、晦涩难解的了。这首诗涉及时空的相对关系、实体与表象的关系、微观世界与宏观世界的关系、存在与觉识的关系，但所有这些对现代哲理的抽象演绎却最终化解在一片模模糊糊的平静中，"但整诗并非讲哲理，也不是表达什么玄秘思想，而是沿袭我国诗词的传统，表达一种心情或意境"，[③]诗人

---

① 张同道：《探险的风旗——论20世纪中国现代主义诗潮》，安徽教育出版社1998年版，第202页。
② 卞之琳：《雕虫纪历》，人民文学出版社1984年版，第1页。
③ 卞之琳：《距离的组织·注》，《雕虫纪历》，人民文学出版社1984年版，第37页。

以这样的注解阻挠着我们对哲理的进一步追问。对于命运这一严峻的话题，诗人的思索却止于孩童轻巧的游戏："说不定有人，／小孩儿，曾把你／（也不爱也不憎）／好玩的捡起，／像一块小石头，／向尘世一投"（《投》）。同样地，《音尘》恢弘的时空意识不过是一缕思友之情的点缀："在月夜，我要猜你那儿／准是一个孤独的火车站"；《水成岩》描述时间流逝的沧桑与无奈，深沉的悲哀化为一声轻微的叹息："水哉，水哉！"对琐碎的事物发微探幽，企图寻找其中蕴含的机智的意味和情趣，可以说是卞诗的一大特点。所以朱自清说："假如我们说冯先生是在平淡的日常生活里发现了诗，我们可以说卞先生是在微细的琐屑的事物里发现了诗。"[①]

卞之琳敏感于一己的悲欢而茫然于时代风云，在诗情体验上纤细而柔弱，最终把对宇宙人生的宏观思考引入到了细碎的感伤的领域，这从诗学策略的层面说明卞诗是传统的。中国古代文人也缺乏对人生形而上问题的思考，正如朱自清所说："中国缺乏冥想诗。诗人虽然多是人本主义者，却没有去摸索人生根本问题的。"[②]但中国历代文人却善于挖掘微言大义，沉溺于细碎的感伤，细细咀嚼着个人世界小小的悲欢，在诗情的引发和表达上往往是微观的，所谓"一声梧叶一声秋，一点芭蕉一点愁"即是他们面对自我与世界的诗情表达方式。

古典诗歌在艺术方面的特点就是以格律美为最高形式追求。卞之琳诗学策略与传统的关联，最为突出的便是在白话新体诗格律问题上的理论探讨与创作实践。论者已经注意到，卞之琳对格律问题最卓越的贡献是确立了"顿"或称"音组"为格律的基本因素，相应地，他利用传统的五、七言诗与四、六言诗为参照，归纳出"说话式"和"吟诵式"两种调式，他

[①] 朱自清：《诗与感觉》，《朱自清全集》第二卷，江苏教育出版社1988年版，第327页。
[②] 朱自清：《中国新文学大系·诗集导言》，《朱自清序跋书评集》，生活·读书·新知三联书店1983年版，第95—96页。

"诗"与"史"的缠绵

还细致地讨论了用奇数顿或者偶数顿收尾而形成的"吟咏调"与"说话调"的区别。卞之琳认为:"在新体白话诗里,一行如全用两个以上的三字'顿',节奏就急促;一行如全用二字'顿',节奏就徐缓,一行如用三、二字'顿'相间,节奏就从容。"①与此同时,押韵和跨行的问题也引起了诗人的关注,卞之琳详细地论述了"阴韵"、"交错押韵"和"跨行"在白话新诗中的运用。尤其引人注目的是,卞之琳在论及这些问题时每每提及在我国历史上的情形,把这些格律问题的探讨转化为一个"古已有之"的问题。如作者提到阴韵在我国《诗经》里就有,交错押韵在旧词里,特别在《花间集》里常见,而跨行虽然是外来说法,作者也把它与我国传统文学手段相比附说明:"行断意续,实际上在我国旧诗词里也常有。"②总之,诗人对格律问题的探讨时时处处注意与传统文学相对照和说明,而所有这一切理论问题的总结又最终是为了思考"我国今日在白话新体诗里"应该如何如何,这也就是作者一贯思考的"古为今用"的问题。我们因此可以说,卞之琳的诗歌在继承传统文学方面,既有实践的笃实,又有理论的自觉。

我们来看"说话式"和"吟诵式"两种调式在卞诗中的应用。如《白螺壳》中的两行诗:"黄色／还诸／小鸡雏／青色／还诸／小碧梧"都以三字顿收尾,调式近乎七言旧诗,是典型的吟诵调,但接下去一行"玫瑰色／还诸／玫瑰"却风味迥异,以二字顿收尾,这里造成了说话调与吟诵调的参差有致,古典的韵味不至于流于僵化古板。

此外还有《无题二》中二字顿与三字顿相间,也具有了活泼灵动又不失整饬严谨的格律化的风采。"杨柳枝　招人,春水面　笑人。／莺飞,鱼跃;　青山青,　白云白。／衣襟上　不短少　半条　皱纹,／这里

---

① 卞之琳:《雕虫纪历》,人民文学出版社1984年版,第13页。
② 同上书,第12—13页。

就差你　右脚　——这一拍！"两种调式并存而吟诵调稍占上风，说话调带来的现代感被吟诵调造就的古典意味所淹没，使得情绪的流露显得意味悠长。

卞诗采用传统的诗学策略，还包括在诗体和章法上对传统的自觉继承。众所周知，卞之琳曾经致力于十四行体的试验，用力甚勤。十四行本是西方格律诗的惯用形式，卞之琳在自己的创作中对其进行了广泛的汲取。但诗人却将十四行与我国古代律诗联系起来，说："我认为最近于我国的七言律诗体，其中起、承、转、合，用得好，也还可以运用自如"[①]，于是卞之琳思考过是否可以在白话新体诗里仿效七言律诗体，在实践上也写过类似七言绝句的四行诗。如《第一盏灯》："鸟吞小石子可以磨食品。／兽畏火。人养火，乃有文明。／与太阳同起同睡的有福了，／可是我赞美人间第一盏灯。"诗体上可以视为七言绝句，章法则是暗合"起承转合"的顺序。第一行以鸟吞石子为喻，引起下文诗意的展开，是为起；第二行先笔锋一宕开，马上承上文文意而接"人养火，乃有文明"，是为承；第三行"与太阳同起同睡的有福了"则是语意的陡转，情绪陡起波澜，是为转；最后一行则正面点出题旨，是诗意的收束与合拢。同样在章法上颇得"起承转合"之妙的还有类似于七言绝句的《归》。

综上所述，卞之琳诗歌中诗情体验的微观性，格律化探讨的理论与实践，以及诗体与章法上对传统的自觉继承，某种程度上都是对传统的诗学策略的采用。当然，卞诗是结合着外来的艺术资源来对传统诗学策略进行熔铸和采纳的，使得传统的诗学策略也具有了某种现代形式感。

（六）中国哲学的深层背景

卞之琳与传统关系的形成过程是复杂的。作为一个现代中国诗人，自

[①] 卞之琳：《雕虫纪历》，人民文学出版社1984年版，第17页。

"诗"与"史"的缠绵

身独具的中国生活经验，必然化为诗作中丰富的营养；同样地，自幼浸润于传统文化的氛围中，耳濡目染，所受传统哲学的滋养即使不露行迹，也会在创作中发挥潜移默化的作用，造成思想风貌上与传统的声息相关。这种情形正如诗人自己所说的："我写白话新体诗，要说是'欧化'，那么也未尝不'古化'。一则主要在外形上，影响容易看得出，一则完全在内涵上，影响不易着痕迹。"①上面我们从外形与内涵两个方面分析了卞诗与传统错综复杂的关联，但深究这一切外在或者内在的表现形式，卞诗与传统的渊源关系后面有一个深层的中国哲学背景。

先说儒家思想的影响。卞诗中不时流露出来的儒家襟怀和仁者之风，在精神结构的层面上把卞诗纳入了儒家思想的视野中。在动荡变幻的20世纪30年代，作为自由主义作家的卞之琳，尽管经历了严重的精神危机，"当时由于方向不明，小处敏感，大处茫然，面对历史事件、时代风云，我总不知要表达或如何表达自己的悲喜反应"②，但诗人并没有沉溺于艺术的象牙塔中，他同样在以自己特殊的方式与民族、人民以及社会现实生活保持着某种程度的联系，而摒弃了"为艺术而艺术"的滥调。我们看他早期诗作中那些写北平街头小人物灰色生活的诗篇，似乎还回荡着历代中国诗人关注民生疾苦的现实主义的最强音，回荡着儒家深厚悠远的"忧生之嗟"。及至后来在抗日战争时期写作"慰劳信"，以及新时期的"承担文学"（张曼仪语），那种勇于承担的忧国忧民的情怀跃然纸上。所以虽然作者说："从消极方面讲，例如我在前期的一个阶段居然也出现过晚唐南宋的末世之音，同时也有点近于西方'世纪末'诗歌的情调"③，但卞诗却较少颓废、享乐的色彩，而显示出某种严肃性：严肃地表现、思考社会人生，严肃地自我反省，

---

① 卞之琳：《雕虫纪历》，人民文学出版社1984年版，第15页。
② 同上书，第3页。
③ 同上书，第15页。

很少受到西方世纪末文学的消极影响。

　　儒家的美学思想贯注于卞诗中，我们首先看到的是卞之琳对人际关系的重视、对人伦情感的皈依。我们说，儒家美学的第一要义就是"人际"，孔子正是把人际关系看作人的本质，从而把"仁"作为他全部学说的基石的。所谓"仁"便是"爱人"，所以"仁"与"爱"往往连用，谓之"仁爱"。我们因此在某种程度上可以说，儒家的美学思想充满了人情色彩，也就是一种伦理美学。[①]而儒家对人际关系的传统认识，一向是强调人与人之间的和谐共存，所谓"仁者爱人"，追求的是一种其乐融融的境界，因为这人际的和谐也可以感应"天人合一"的宇宙万物的生存之道。人与人之间的冲突和矛盾，在儒家看来是需要规范的。卞诗中人与人的关系正是儒家追求的理想状态。你看《道旁》描述"倦行人"与"树下人"的对答，本来是云淡风轻的偶然的相逢，最终却有了一丝温情的牵挂："又后悔不曾开倦行人的话匣／像家里的小弟弟检查／远方回来的哥哥的行箧"；《断章》中相对关系的哲学思考融化在温情脉脉的相思里："明月装饰了你的窗子，／你装饰了别人的梦"，明月千里寄相思的意象再一次浮现出来；《路》对万物还乡之道追寻的洒脱却冲淡不了对人间情的感伤怀想，失落了"多少故旧的住址"，让人无限惆怅！而对人际牵绊最为深情款款的表达无疑是《雨同我》了。本来是友人一句不经意的玩笑，痴情的诗人却一味当真，"两地友人雨，我乐意负责"，勾连起对于远方人的缕缕相思，最后又接上了儒家"老吾老以及人之老，幼吾幼以及人之幼"的仁者之风，为普天下的雨中人担了牵挂："鸟安于巢吗？人安于客枕？"其情殷殷，充满了对于尘世的深切关怀。

[①] 邓晓芒、易中天：《黄与蓝的交响——中西美学比较论》，人民文学出版社1999年版，第216页。

"诗"与"史"的缠绵

道家思想的行迹也在卞诗中偶有出现。这种影响首先表现在卞诗中时时流露的那种静观的审美态度。我们已经注意到卞诗对于传统的"静"的生命形态的重视,同样不容忽略的是这种表现中隐含的对于道家"虚静"的审美心态的推崇。庄子曰:"夫虚静恬淡,寂寞无为者,万物之本也。……静而圣,动而王,无为也而尊,素朴而天下莫能与之争美"(《庄子·天道》),无论是卞诗中对于"静"的生命形态的推崇,还是贯注其中的诗人那种"倾向于克制,仿佛故意要做'冷血动物'"的审美静观的态度,都暗示着卞之琳与道家传统的关联。也正是在对于"静观"的审美态度的推崇上,卞之琳沟通了儒道佛三家:"儒、道、佛三家的审美态度都以静观作为审美的最高境界:儒家是立于社会伦理观上的'温静',道家是立于自然观上的'虚静',佛家则是立于人生观之上的'寂静'。"①卞之琳的抒情诗作不使人动情,而使人沉思;不追求情感的喷发而追求智慧的凝聚,有人把这种抒情方式称为"硬抒情",我却宁愿将之称为"冷抒情",这种缺乏恣意的情感投入的诗歌,所采取的冷眼旁观的超然姿态即是我们所说的静观的审美态度。与此同时,这种静观无言的审美态度又在另一层面上与道家思想相沟通:所谓"天地有大美而不言,四时有明法而不议,万物有成理而不说",道家知识论强调不对万物加以评说而一任其自由涌现,最终达到一个静默无言的玄思与冥想的境界。

受老庄影响,卞之琳沉入对时空与万物相对关系的思考。他的《距离的组织》、《断章》、《航海》、《旧元夜遐思》、《圆宝盒》、《投》等诗作,意象尽管摇曳多姿,但诗思的展开全部围绕宇宙与人的相对关系所蕴含的哲学意味。固然也是爱因斯坦的相对论开阔了诗人的视野,但古老的东方哲学智慧的熏染则是诗人接受现代时空观的心理机制。从某种意义上说,相对

---

① 邓晓芒、易中天:《黄与蓝的交响——中西美学比较论》,人民文学出版社1999年版,第74页。

观念也是我国哲学中古已有之的东西。相对关系的形象表达在卞诗中并非偶一为之，可以说，卞之琳大部分智慧诗诗情的激发都与对时空相对关系的思考有关。我们说正是在这一点上，卞之琳所受到的传统哲学文化的熏陶与西方现代时空意识找到了某种契合。

卞诗中甚至出现了对道家知识论的有形表现。叶维廉曾经举《断章》中诗句"你站在桥上看风景／看风景人在楼上看你"为例，来说明道家运用"看而知"的原始语言所要达到的审美境界。①卞之琳诗作《倦》更被论者普遍认为是道家知识论的集中表达。"忙碌的蚂蚁上树，／蜗牛寂寞的僵死在窗槛上／看厌了，看厌了；／知了，知了只叫人睡觉。／／蟪蛄不知春秋，／可怜虫可以休矣！／华梦的开始吗？烟蒂头／在绿苔地上冒一下蓝烟？"显而易见的是，"蟪蛄不知春秋"语出《逍遥游》。而"知了，知了只叫人睡觉"中的"知了"既可以说是指蝉，也可以指"知"的行为，与下文"蟪蛄不知春秋"连缀起来，共同表达一种对知识的怀疑：所谓"知了"其实还是"不知"，自以为是"知了"，其实不过是一种人生的疲倦和沉醉。这里我们不禁联想到那著名的庄子与惠子关于鱼之乐的争辩，《倦》在某种程度上回应着庄子对知识的深刻质疑。

道家影响在卞诗中的渗透并不限于思想风貌，也影响到卞诗的表达方式。我们看到，卞诗中哲理的表达并不诉诸逻辑的推演，而是出乎意象的演出，这与庄子哲学的表述方式正相默契。老庄哲学的表达很少运用抽象枯燥的说理，而往往采用形象生动的寓言，达到意象的直接呈现，可以说寓言和故事是庄子的言说方式。卞诗借重"意境"或者"戏剧性处境"表达哲思，而对哲理的表达又常限于趣味的点染，不作形而上的执拗的追寻，无论在意象的鲜明上，还是在表达的婉曲上，都有老庄的神采。

---

① 叶维廉：《中国诗学》，生活·读书·新知三联书店1992年版，第51—53页。

"诗"与"史"的缠绵

卞之琳所受中国佛学的影响,同样不容忽略。有论者考察了卞之琳20世纪30年代与废名的交游,指出其创作受喜欢谈禅论道的废名影响颇深。这位"参禅悟道的废名先生"在1933—1937年间与诗人的密切交往,无疑是卞之琳此期诗歌深得禅风的重要原因。江弱水总结废名给予卞之琳的两方面的好影响:"一、艺术上从情境的写实转入了观念的象征;二、思想上以佛家的空灵结合了儒家的着实。"①卞之琳思想风貌上浸染的佛家的空灵,多具中国色彩,是本土化佛学思想的体现。

佛家思想在卞诗中的表现,首先是集中出现了一些佛家意象。在卞之琳意象纷呈的诗作中,出现了许多浸染着佛家影响的意象如"海"、"珠"、"镜"、"灯"、"花"等等。更引人注目的则是佛教意象的直接出现,如"色相"(《圆宝盒》),"念珠"(《路》),"因缘"(《泪》),"空华"(《白螺壳》),"镜花""水月"(《无题四》),"放下屠刀"(《旧元夜遐思》),"佛顶的圆圈"(《灯虫》)等。另外,诗人在《雕虫纪历·自序》中自述《无题》组诗中包含有"色空观念",又曾就《圆宝盒》一诗说:"比较玄妙一点,在哲学上倒有佛家的思想。"②江弱水曾就《距离的组织》、《圆宝盒》两首诗作过详细的分析,指出《距离的组织》的组织方式与华严宗的"十玄缘起"说有着内在的联系,而《圆宝盒》里,诗人幻想有一只圆宝盒,大到可以摄取全世界的色相,小到是可以挂在耳边的珍珠宝石,一与多、大与小、暂与久种种矛盾对立因素统一于"圆宝盒"这一圆融的意象中,这种思维方式与华严宗"一一纤尘,皆具无边真理,无不圆足"、"小时正大,芥子纳于须弥;大时还小,海水纳于毛孔"的玄学表达有诸多相似之处,是中国佛学中"一切现成"思想的体现。③佛教华严宗是一种本土化的佛学思想,所以说在佛学影响的

---
① 江弱水:《卞之琳诗艺研究》,安徽教育出版社2000年版,第277页。
② 卞之琳:《关于〈圆宝盒〉》,《卞之琳文集》(上卷),安徽教育出版社2002年版,第121页。
③ 江弱水:《卞之琳诗艺研究》,安徽教育出版社2000版,第250—252页。

层面，卞之琳的创作也深具中国色彩。

无论是思想的影响，还是意象的运用，卞诗都与中国佛家有着不露痕迹的关联。同样地，佛教禅宗的言说方式也渗透到卞诗中。禅宗公案中常见的当头棒喝、故作惊人之语以达到瞬间顿悟的表达方式，即所谓"道断言语"，暗藏言语的机锋。卞诗中常有思维的跳跃，惯用特异的逻辑来完成诗意的组织，正与禅宗言说方式相契合。我们来看《旧元夜遐思》："'我不能陪你听我的鼾声'／是利刃，可是劈不开水涡：／人在你梦里，你在人梦里。／独醒者放下屠刀来为你们祝福"，用人所不防的字句表达思绪的跳荡，正有禅宗出人意表的趣味，让我们联想起禅宗公案中一例：问："如何是佛法大意？"云门曰："春来草自青。"看似所答非所问，却蕴含不尽之意于言外。禅宗公案还注重意象的演出，抽象的玄思常出之以诗意的审美，所谓"拈花一笑"而深意全出。这种言说方式在卞诗中也时有出现。如《无题一》中对相爱中男女的含情脉脉、欲语还休的情态的描绘："百转千回都不跟你讲，／水有愁，水自哀水愿意载你。／你的船呢？船呢？下楼去！／南村外一夜里开齐了杏花。"千言万语的脉脉相思化作春意盎然的满树杏花，情思的表达出以鲜明的意象，不必经过语言的说明而能一目了然，饶有深意，禅宗公案注重物象的直接涌现，善于引类联想的特质也是如此这般的。

综上所述，卞之琳30年代诗作中繁复的联想、浓缩的暗示、玄妙的运思，固然是诗人独出心裁的杰出创造，但深究其思想渊源，我们发现了一个中国哲学的深层背景，正是在儒道佛等哲学思想的浸润下，卞之琳写出了既具鲜明的民族性，又有浓郁的世界性的优美篇章。在卞之琳那里，民族性与世界性是完全可以统一的。其情形正如诗人自己所说的："一方面，文学具有民族风格才有世界意义。另一方面，欧洲中世纪以后的文学，已成世界的文学，现在这个'世界'当然也早已包括了中国。"[1]

四 传统的创造性转化

20世纪30年代《现代》杂志主编施蛰存在《又关于本刊中的诗》中说："《现代》中的诗是诗，而且是纯然的现代诗。它们是现代人在现代生活中所感受的现代的情绪，用现代的词藻排列成的现代的诗形。"[2]可以说，30年代现代派诗人对于诗的现代性的追求相对于其诗歌的传统性来说，是更为鲜明独特的。无论在诗歌的内涵还是在外形上，现代派诗歌更为人瞩目的还是其对于传统的突破与超越。

作为30年代现代派诗人的杰出代表，卞之琳诗歌与传统的关系更是错综复杂的。显而易见的是，单纯从中国古典传统的现代演化这一角度出发，不足以完全展示卞之琳诗歌在多种文化交汇下的"立体形象"。要把握卞之琳诗歌的全貌，我们必须从中西两个方向同时入手，仔细辨析卞诗中传统与现代两种质素如何互相渗透，交互为用，共同构成卞诗繁复多样的艺术风貌。那么，卞之琳诗歌中中西两种诗质元素是如何和谐共存的，在这种共存中又是如何彰显卞之琳独特的现代主义诗学原则的呢？中西交融的艺术选择在卞之琳诗歌中呈现出怎样丰富多彩的细节呢？这些都是我们感兴趣的问题。

（一）新的诗学因子的形成

卞之琳是继承传统的诗人，同时又是最现代主义的诗人。卞诗不是古题新咏，在卞之琳那些古意盎然的诗篇中，流淌着的还是现代灵魂的苦痛和沉思。那么在古典与现代两者的张力中，卞之琳是如何实现对传统的创造

---

[1] 卞之琳：《雕虫纪历》，人民文学出版社1984年版，第15页。
[2] 转引自钱理群等《中国现代文学三十年》，北京大学出版社1998年版，第362页。

性转化的呢？卞诗中新的诗学因子是如何形成的呢？我们认为卞之琳借助三种力量，最终实现了对传统的超越。

首先是西方的影响，这是卞诗超越传统的最重要的外力。

卞之琳中学时代便打下了坚实的外文基础，他又利用外文为自己打开了西方文学的宝库。早在卞之琳在海门乡下读初中时，学校便以《莎士比亚故事集》原文为英文课本。他到上海就读的浦东中学重视英文，除国文外都用英文课本。卞之琳高中时选修了莎士比亚戏剧课，在课堂里读到了《威尼斯商人》原本。与此同时，他的译笔也蠢蠢欲动，课余将柯尔立其的《古舟子咏》全部译出。后来卞之琳以优异的成绩考取北京大学英文系，直至最后以西方文学翻译与研究作为毕生的事业，可以说，卞之琳与西方文学的关系是源远流长、既深且广的。而20世纪30年代自由开放的时代氛围和不分中西的文学潮流，使得卞之琳等现代诗人在接受外国文学的滋养时可以无拘无束、各取所需。可以说，在诗人卞之琳那里，翻译、阅读与创作的互动关系也是一个引人注目的问题。卞之琳所翻译和阅读的众多西方作家，后来在他自己的创作中都或多或少地打下了烙印，影响着卞诗整体风貌的生成。

卞之琳在《雕虫纪历·自序》中曾就影响过他的西方诗人开列了一份长长的名单："我前期最早阶段写北平街头灰色景物，显然指得出波德莱尔写巴黎街头穷人、老人以至盲人的启发。写《荒原》以及其前短作的托·斯·艾略特对于我前期中间阶段的写法不无关系；同样情况是在我前期第三阶段，还有叶慈（W.B.Yeats）、里尔克（R.M.Rilke）、瓦雷里（Paul Valery）的后期短诗之类；后期以至解放后新时期，对我也多少有所借鉴的还有奥顿（W.H.Auden）中期的一些诗歌，阿拉贡（Aragon）抵抗运动时期的一些诗歌。"[1]这份名单，再加上卞之琳在序中别处提及的

---

[1] 卞之琳：《雕虫纪历》，人民文学出版社1984年版，第16页。

魏尔伦和张曼仪曾经指出的阿索林和纪德,基本上可以勾勒出卞之琳所受西方影响的全貌。

西方现代文学对于中国诗人卞之琳而言,也是一个浑融的整体。所以论及卞诗所受的西方文学影响,除了那些显著的迹象可以一一求证外,有些是很难指实的,于是有时不可避免地对双方的类似之处作出某种推测,推敲这种相似之处是"神似"抑或是"形似"。我们来看西方诗人中对卞之琳影响比较显著的几位,看看他们在卞诗中留下的深深浅浅的印记。

魏尔伦。卞之琳30年代初期诗作有魏尔伦影响的行迹,这一点早被研究者注意到。张曼仪曾经比较了卞氏的《长途》与魏尔伦的《遗忘之歌》的第八首"在连绵不尽的",指出两者在诗节组织方面的相同;还比较了卞氏的《白石上》与魏尔伦的《三年以后》,指出前者开篇描述的情景跟后者非常相似。江弱水则举证了卞氏的《胡琴》与魏尔伦的《秋歌》内容上惊人的相似,又指出卞氏的《黄昏》一诗袭用了魏尔伦《秋歌》的形式,指出卞之琳早在翻译《魏尔伦与象征主义》之前,就开始了对魏尔伦诗情的熔铸和技法的采纳。因此我们可以说,卞之琳受魏尔伦的影响,一直可以追溯到其写作生涯的起点。而在《魏尔伦与象征主义》译文的前言里,卞之琳特别强调,西方象征派注重"亲切与暗示",这也正是中国"旧诗词底长处",可见,卞之琳汲取魏尔伦的诗学主张时,是有着明确的将之与中国传统诗学结合的意图的。

同样地,艾略特对于卞之琳而言也有着潜移默化的影响。论者多注意到了卞之琳诗作与艾略特的《普鲁弗洛克的情歌》的诸多相似之处。而卞氏《春城》一诗对艾略特《荒原》的技法和思想的借鉴也是很明显的:整体的隐喻与局部的破碎感,戏剧化手段的运用,各种语言成分的杂糅,等等。此外,瓦雷里、纪德、奥顿等西方诗人的创作也给卞诗提供了丰富的营养,在不同阶段和不同层面上影响着卞诗的面貌。

其次,卞诗中突破传统的新因子的生成,当然也得益于时代的激发。20世纪30年代的时代氛围赐予诗人卞之琳全新的体验,使得卞诗的思想含量早就超越了"古典的内容",而具有了崭新的现代风貌。30年代是让人无所适从的:几千年的传统价值观已经破碎,但新的价值观尚未成型;一度席卷大地的变革并没有带来什么振奋人心的剧烈变化,社会生活中仍然充满了血腥和暴力。这种社会情况在某种程度上与现代西方人的境遇相似,激发了卞之琳的现代体验。与此同时,中国古代社会的审美情境也进一步丧失。现代社会的纷繁复杂、现代人心灵世界的繁复多变,突破了古代社会的单纯质朴;现代中国受西方文化的冲击,对于人与自然的传统观念正在遭受前所未有的挑战。"自然死了"的呼声宣告着传统审美情境的逐步丧失,现代人要寻求更为微妙的表达自己独有的现代情绪和活生生的现代体验,属于"现代中国"的经验和情绪的诗的要求与日俱增,卞之琳在自己的创作中更多地传达了属于现时代的中国经验,突破传统视境的限制,显示出自己的独特创造。

最后,卞之琳所以能出神入化地沟通传统与现代,实现对传统的创造性转化,还因为传统与现代本来就有许多默契与相通点存在,而并非泾渭分明和截然对立的。鲁迅曾经说魏晋时期曹丕的文论,是"为艺术而艺术",那么其与现代西方文艺中的唯美主义是相通的了;唐代司空图宣扬"韵外之致"、"味外之旨"、"象外之象"、"景外之景",又有近于现代西方象征派的风味;最明显的还有西方的意象派诗歌理论,本是从我国唐代某些诗作中获得艺术启迪而形成,后来又在"五四"时期传入中国的。可见我国古典文学中本来也孕育着现代性的根苗。

综上所述,卞之琳诗歌是在西方的影响、时代的激发以及传统与现代的默契这三者的合力中获得超越传统的力量的,卞诗中现代因子的形成,有赖于这三者的综合作用。

(二)中西交融的诗歌文本

卞之琳诗歌与中国古典诗歌传统之间的默契与沟通,从前面的分析中可见一斑。但文学史判断一种艺术现象萌生的价值,往往是根据它对于文学传统能否提供新因素而定,否则即使是继承传统能达到古意盎然,甚至以假乱真的地步,也不过是古代灵魂的现代组装,不能在人类艺术史上占有一席之地。卞之琳诗艺探索的独特性正是在于其于传统能"入"也能"出",所以能在古老的意象中吹进新鲜的现代气息,使传统的文学资源发生现代转化,焕发出新的生机。而卞诗对于传统的转化,又常常是借助西方现代主义文学思潮的影响来实现的,卞之琳诗歌同样表现出受西方后期象征主义诗歌影响的痕迹,在这种意义上,我们说卞诗是中西交融的诗歌文本。

首先是卞诗的智性建构突破了传统主情诗的框架,显示出与西方后期象征主义诗歌更多的亲和力。中国诗歌以"诗言志"作为开山纲领,强调的始终是一个抒情诗的传统,所以我们说中国是个抒情的国度,情感的表现是否充分完整在中国诗中是至关重要的。理念的表现在中国诗歌中则一直遭到贬低,所谓"诗有别趣,非关理也"(严羽《沧浪诗话·诗辨》)。而西方后期象征主义诗人艾略特则主张"诗不是情感的放纵,而是逃避情感;诗不是个性的表述,而是逃避个性"[①],后期象征主义更主张"放逐情感",追求客观的理性的观照。他们继承了西方诗歌的意志化传统,常常沉浸在对于宇宙人生形而上问题的思考中,渴望抵达哲理探求的新高度。受西方

---

① [英]T.S.艾略特:《传统与个人才能》,[英]拉曼·塞尔登编《文学批评理论——从柏拉图到现在》,刘象愚等译,北京大学出版社2000年版,第334页。

后期象征主义影响，卞之琳诗歌中出现了许多现代哲学命题：时间与空间，动与静，表象与实体、主体与客体、有限与无限等。卞之琳那些最精彩的诗篇，无不是智性探索的结晶：《旧元夜遐思》探讨孤独的命运，《白螺壳》描述成长与蜕变，《航海》揭示时空的辩证关系，《水成岩》表现时间的体验……可以说，卞诗智性探索的深广度远远地超越了其他同辈诗人。

在卞之琳笔下，寥寥数语也可以寄寓无限哲思。我们来看《断章》："你站在桥上看风景，／看风景人在楼上看你。／／明月装饰了你的窗子，／你装饰了别人的梦"，短小的篇章中蕴含着无穷的意味。初看可以说是一幅写意画，一切景语皆情语，描画的是热恋中男女的相思之情；再读则有悲哀的情绪涌出：人生不过是相互装饰而已。放到中国社会的情形中，又可视为一种人际关系的隐喻：人们之间不也是这样彼此窥视，心怀揣测吗？而仔细思之，其中又有一种相对与平衡存在：主客体之间本没有截然的界限，一切都是相互依存，万物在根底处是相互沟通、息息相关的，于是有一种温情把惆怅覆盖。《断章》意义的多元扩大了思想的含量，可谓小景物中见大哲学。虽然始终有一种淡淡的情绪笼罩着，但是密集的理意已经突破了抒情的框架。

《距离的组织》思考的深入透彻、思路的错综复杂也体现了"哲学化"的追求。这首诗以时空的相对关系为视点，纵横交错地组织了微观与宏观、实体与表象、存在与觉识等抽象的哲学命题，其中有历史与现实的交错，梦境与实情的浑融，友人与自我的呼应，对哲理的精心组织是为了表现一种迷茫怅惘的心情。但过于鲜明的对理意的表现却引起理解的困难，以致作者为这首总共十行的诗作了世界上最长的注解，然而朱自清这样的鉴赏家也还是将原意解错。不只是《距离的组织》让人费解，《无题一》不也晦涩，《白螺壳》不也朦胧，《旧元夜遐思》不也暧昧？卞之琳对抽象世界的沉迷由此可见一斑。卞诗素有晦涩之称，一方面固然与读者的审美修养有关，另一方面却是因为诗人在智性上的探险已走到了人们可以接受的边缘。

但卞之琳无意于成为哲人，他始终只是触及了一些现代哲学命题，却并不予以执拗的追寻。卞诗中出现的哲理也并非系统的哲思，而是一些智慧的火花。如同我们前面论述过的，卞之琳诗中玄学的表达总是被具体鲜明的意象所包裹，因此我们说，卞之琳吸吮过西方后期象征主义的乳汁，但他通过自己的独特创造，把诗的知性化与具象化的结合提高到一个新的水平，显示了民族文学的别样风采。

卞之琳受益于西方后期象征主义的，还有诗歌的"非个人化"主张，以及由此形成的"冷抒情"的抒情方式。卞之琳本质上是属于静观默察的诗人，个性中天然带有一份克制和内敛。他醉心于晚唐五代精致冶艳的诗词和西方的象征诗艺，但真正使他一见倾心并促成其艺术上走向成熟的还是艾略特、庞德、里尔克等后期象征主义诗人与李商隐、姜白石等静观型诗人。后期象征主义常利用客观化、戏剧化等艺术手段，对主观热情作冷处理，有消失自我的非个人化倾向，在整体风貌上表现出"冷峭"的品格。这种"非个人化"的主张和冷峭的风格正吻合卞之琳的沉静性情，所以诗人说："最初读到二十年代西方'现代主义'文学，还好像一见如故，有所写作不无共鸣。"[①]而"非个人化"和"冷峭"表现于卞之琳的创作中，便是采取克制与淡出策略隐蔽自我的情感，运用客观冷静的叙述方式来"冷眼旁观"，所谓"用冷淡盖深挚"。卞诗中绝少"我"的介入，而能够达到客观化的呈现。

闻一多曾经面夸卞之琳在年轻人中间不写情诗，实际上，卞之琳也有《无题》五首记录了爱的悲欢离合，但即使在恋爱这样最容易引发激情和感伤的题材中，我们看到的也只是一个冷冷淡淡的卞之琳。《无题》五首没

---

① 卞之琳：《雕虫纪历》，人民文学出版社1984年版，第3页。

有花前月下、卿卿我我的缠绵，以对爱的思考代替了对爱的抒发，在情绪的流淌中寄寓着"色空观念"等理性的沉思。所以虽然是爱情的诗篇，却缺少爱恋的热烈缠绵。对卞之琳诗歌中的"爱与隐私"进行一个抽样分析，我们将会发现卞诗利用戏剧化和客观化等西方诗学手段所描摹的仍然是一个传统的情爱世界。朱自清说："中国缺少情诗，有的只是'忆内''寄内'，或曲喻隐指之作；坦率的告白恋爱者绝少，为爱情而歌咏爱情的更是没有。"[①]卞之琳的《无题》凄美、迷离而其情事不可捉摸，与李商隐的"无题"有明显的承继关系，其对于爱情欲语还休的情态也与李商隐的《锦瑟》诸篇相似，表达的都是羞涩内敛的传统中国的情爱世界。西方的"非个人化"诗学策略与中国传统的含蓄内敛的情爱表达就这样结合在一起，共同影响着卞诗中西交融特质的形成。

卞诗"非个人化"的主要表现手段是抒情的客观化与戏剧化。卞之琳自叙其诗往往是"借景抒情，借物抒情，借人抒情，借事抒情"，实际上是追求一种客观化的表达方式。《傍晚》、《墙头草》等是借景抒情，《圆宝盒》、《白螺壳》等是借物抒情，《一个和尚》、《几个人》等是借人抒情，《叫卖》、《寄流水》等则是借事抒情，卞之琳不追求直接抒发的情感冲击力，而致力于情感的间接表现。这种表达方式既受益于西方后期象征主义的客观化，又与中国诗歌的物态化传统一脉相承，中西两大诗歌文化在这一特定点上又达成了默契和沟通。

戏剧化手法的运用更是西方后期象征主义的特色。西方后期象征主义倾向于以戏剧性手法来表达自己的体验，或者是采用戏剧性的人物对话，或者是铺排戏剧性场景，来消除诗人主观琐屑情感的干扰，产生客观的非

---

① 朱自清：《中国新文学大系·诗集导言》，《朱自清序跋书评集》，生活·读书·新知三联书店1983年版，第94页。

"诗"与"史"的缠绵

个人化效果。卞之琳自谓"常倾向于写戏剧性处境、作戏剧性独白或对话、甚至进行小说化"①就是受西方诗的直接启迪。卞诗中《苦雨》、《春城》、《鱼化石》、《水成岩》、《酸梅汤》诸篇便是采用戏剧性独白或对白的典范之作：或者是相互说话，或者是自问自答，或者是众声喧哗。我们可以把卞诗中的对话和独白视为主体声音的分化，显而易见的是，这种分化有效地避免了自我意识的凸显，有助于主体声音的隐蔽，使诗中表达的体验超越了诗人一己的悲欢而具有普遍的意义。同样地，卞诗中《道旁》、《寒夜》、《尺八》、《旧元夜遐思》、《白螺壳》诸篇则是描画戏剧性场景的精美篇章。客观自足的戏剧性场景导致自我意识的隐遁和客观化，郁热的主观情绪被荡涤得一干二净。

我们来看《道旁》一诗中的戏剧性场景："家驮在身上像一只蜗牛，／弓了背，弓了手杖，弓了腿，／倦行人挨近来问树下人／（闲看流水里流云的）：／'请教北安村打哪儿走？'／／骄傲于被问路于自己，／异乡人懂得水里的微笑；／又后悔不曾开倦行人的话匣／像家里的小弟弟检查／远方回来的哥哥的行箧"，"倦行人"与"树下人"两种心态的对比造成了诗中的戏剧性矛盾："倦行人"家累沉重，忙于为生计奔波，所以风尘仆仆，步履匆匆；"树下人"虽然也是背井离乡的"异乡人"，却暂时"偷得浮生半日闲"，自有一份从容与闲适。但"倦行人"与"树下人"又可视为一个人生存境遇的两个侧面："倦"与"闲"、"行"与"止"，共同组成了我们的人生，我们既要为生存而辗转劳碌，也应该保持心境的恬淡与湿润。所以"树下人"的骄傲中有小弟弟的淘气，更有人间奋斗跋涉者所追求的真义存焉。以如此短小的篇章表达如此丰厚密集的诗意，有赖于戏剧性场景消除了主体的硬性插入，使得诗意减轻了个人琐碎情绪的干扰，组成了多声部的复

---

① 卞之琳：《完成与开端：纪念诗人闻一多八十生辰》，《人与诗：忆旧说新》，生活·读书·新知三联书店1984年版，第10页。

合音响。

戏剧化手法的应用，可以纳个人情思、万物体悟、宇宙人生于一炉，激发了诗歌表意的多元与丰富，提升诗歌的整体表意功能，使得微细的体验超越狭小的境界而获得宏观的背景。但和其他艺术手段一样，卞之琳戏剧化手法的运用是有中西诗学两个参照系统的，诗人自觉地把"戏剧化"与我国传统的"意境"打通，认为两者实质是一样的，诗人最终所要达到的也还是中国式的意境浑融的美学境界。

最后，卞之琳对诗意的凡俗化处理，也深深受惠于西方现代主义文学思潮。西方现代主义诗人深切感受到现代社会人与人、人与自然、人与社会、人与自我的矛盾与分裂的痛苦，在他们笔下出现了许多丑陋衰败的自然与人的形象，大自然露出了它狰狞可怖的真面目，显示出自然与人的对立情绪。相应地，他们诗歌中出现了许多凡俗的，甚至丑怪的意象。这是与中国诗歌截然不同的情绪和意象。中国诗歌一直追求纯与美，或者是花前月下的低吟浅唱，或者是美人香草的美丽象征，体现的是人与自然和谐与融合的境界，中国诗中的大自然是个人精致纤巧的情绪的对象物，是一个唯美的大自然。

我们来看卞之琳诗中的意象。诗人自己说："我开始用进了过去所谓'不入诗'的事物，例如小茶馆、闲人手里捏磨的一对核桃、冰糖葫芦、酸梅汤、扁担之类。"① 这里所说的"不入诗"其实就是意象的平凡与琐碎，不能引发精致优美的想象，而正是在这里显示了卞之琳的独特创造力：对卞之琳而言，从宇宙之大到纤尘之微，无不可以入诗，世间万物不再有诗与非诗之分，关键问题是诗意是否丰厚与密集。卞诗很多以凡俗意象入诗的例子，我们且看《寂寞》："乡下小孩子怕寂寞，／枕头边养一只蝈蝈；／长大了在城里操劳，／他买了一个夜明表。／／小时候他常常

---

① 卞之琳：《雕虫纪历》，人民文学出版社1984年版，第4页。

羡艳／墓草做蝈蝈的家园；／而今他死了三小时，／夜明表还不曾休止"，寂寞的情怀在传统的表达中，往往以箫声细雨等感伤优美的意象出之，卞诗却运用了"蝈蝈"、"墓草"、"夜明表"等或丑陋、或可怖、或缺乏诗意的意象，但正是借助这些俗物的力量，验证了现代人的脆弱，辗转奔波的生命历程，竟然不如自然物与人造物的长久，而其间的孤苦寂寞的情怀却无处倾诉、无以解脱，凡俗化意象的表现力何其深厚啊！同样运用凡俗化意象和语汇而能达到意蕴的深厚隽永的还有："鼾声"、"屠刀"、"窗玻璃"（《旧元夜遐思》）；"奢侈品"、"交通史"、"流水账"（《无题四》）；"襟眼"（《无题五》）等。

诗意的凡俗化处理扩张了卞诗的表现力。一方面有助于更有力地表现纷繁复杂的现代生活，增加诗歌的内容含量；另一方面也是"玩笑出辛酸"，造成反讽和俏皮的效果，使得文风轻盈活泼而又深厚沉郁。卞诗这种诗意的凡俗化倾向，在中国传统中是极其稀薄的，更多地来源于诗人所受的西方文学的滋养。

综上所述，身处中西文化激烈交融碰撞的20世纪30年代，作为中国现代诗人，卞之琳既敏于汲取西方现代文学的丰富营养，又善于将之与中国传统文学互相印证和沟通，终于在30年代中西诗学的融合上走出了关键性的一步，对后来者具有积极的启示意义。

五 结语

在中国新诗诸多理论问题的探讨中，新诗与古典诗歌传统的关系是一个引起学术界普遍注意的问题。而中国新诗中最受外来思潮影响、最具现代意味的现代主义诗歌是否也与中国传统诗歌有着承传和转化的关系呢？本论文以现代诗风浓郁的卞之琳的早期诗作作为考察对象，试图将卞诗放置在民族化与现代化的双向进程中来剖视，探讨在从古典到现代的转型过程中，卞之琳如何将古典诗歌传统与自身的个性素质以及外国诗歌的影响三者有机地统一起来，结合自己的独特创造，写出融汇中西艺术资源的现代新诗。

中国新诗运动在"反对旧道德，提倡新道德，反对旧文学，提倡新文学"的锐意求新的时代浪潮中勃兴，但千年诗国的辉煌并没有在"死文学"的判决中湮灭无闻，传统诗歌积淀下来的精神格调、审美意境以及语言表述方式仍然潜移默化地融入现代诗人的心灵深处，有形无形地影响着他们的创作。我们甚至可以说，现代诗人新的思想力、想象力与创造力的形成，都不可避免地以古典诗歌传统为基础和起点：传统已经化入我们的血脉，成为现代文学资源的有机组成部分。正是敏感于现代新诗与传统诗歌血脉相通的亲缘关系，新诗从诞生之时起，便寻求着与传统诗歌的某种程度上的契合与沟通。

但在新的时代条件下，世界文学的开放格局已经形成，我国古代诗歌传统的根须自然地伸展到中西交融的历史文化语境中，焕发出新的生机。中国现代诗人们便是在这样的历史大背景下，孜孜不倦地寻找着中西诗艺的融汇点。闻一多早在1923年便提出"要做中西艺术结婚产生的宁馨儿"，30年代的卞之琳对中西文学的融合更为敏感，他说："在我自己的白话新体诗里所表现的想法和写法上，古今中外颇有不少相通的地方。"①这是中西文化大交融、大碰撞时代提出的新的诗学命题，只有完满地解决了这个问题，中国诗歌传统才能完成现代意义上的改造与融合，中国现代新诗才能在时代的沃土中获得新的生长点。

在当今全球化的语境中，民族文学的现代化和现代文学的民族化这个曾

---

① 卞之琳：《雕虫纪历》，人民文学出版社1984年版，第15页。

"诗"与"史"的缠绵

一直困扰我们的问题又一次浮出历史地表。古典诗学传统的现代化和西方文学资源的中国化同样重要，不可或缺。我们只要看看世纪之交的中国诗坛的状况，就会知道在全球化时代重建传统意识的任务有多么迫切。正如郑敏所言，当代中国诗歌出现了潜在的危机与显在的泡沫繁荣现象，数量惊人而质量混杂，理论似是而非，这种种杂乱无章和急躁冲动都可以归因为"在近一世纪的历史时间中中国的文化界普遍失去传统意识和对传统的敏感与积极热情"[①]。

正是在这个层面上，我们探讨卞之琳诗歌与古典诗歌传统的传承和转化的复杂关系，细细寻觅传统诗学、传统文化在卞诗中的种种潜在或者显在的痕迹，便具有耐人寻味的深意。卞之琳通过自己的独特创造，上承"新月"，中出"现代"，下启"九叶"，不仅以其鲜明的现代诗风标志着现代诗派的最后完成，而且为新诗诗艺的探索提供了崭新的经验，最终化入中国新诗新的艺术传统中，成为后来者可资借鉴的艺术资源。

中国古代诗歌浩如烟海，古代诗学传统也不是一个成分单一的整体，而是一个复杂多样的集合体。儒家有儒家的传统，道家则有道家的传统。如果把传统比作滔滔巨流的话，在传统的组成中，也有主流和支脉之分。我国古代诗学的主流是儒家以政教为中心的入世传统，但先秦也有庄子那样超然的出世之说；唐代白居易有"文章合为时而著，歌诗合为事而作"（《与元九书》）的现实主义精神，但同时代的司空图则主张文学的"韵外之致"、"味外之旨"，追求艺术上的纯与美；明代既有前后七子的复古主义统治文坛，也不能阻止公安、竟陵的"性灵说"传之于世。所以说，传统是一个丰富多彩的整体，我国古代既有儒家诗教作为主流一脉相传，也还有道家佛家等其他支脉丰富了传统的内涵。

---

① 郑敏：《重建传统意识与新诗走向成熟》，载《文艺研究》1999年第1期。

古代诗歌传统本是一个浑融的整体，无论其主流还是支脉，它作用于卞诗时是以整体功能发生效力的。固然也有行迹显豁的地方可圈可点，但总体而言，却是血肉已化，难于仔细分辨，所以条分缕析的分析其实只是一种策略，是为了说明问题的方便。而那细微精妙的地方，其实是不可言说的。

　　　　　本文部分内容曾刊于《远东通识学报》2008年第1期

"诗"与"史"的缠绵

——试论闻一多的诗人气质对其文学史研究的影响

正如他的朋友们所说,闻一多"是善变的,变的快,也变的猛"①。从早年放弃美术从事诗歌,到中年放下诗笔沉入古籍,再到晚年步出书斋走向广场,闻一多一生凡三变矣!然而万变不离其宗,闻一多始终保有一颗诗性的灵魂。与闻一多相交多年的朱自清敏锐地指出了闻一多多重人格中的诗人底色,闻一多逝世后,朱自清以"斗士"、"诗人"、"学者"这三重人格的集合来概括闻一多,他写道:"学者的时期最长,斗士的时期最短,然而他始终不失为一个诗人。"②

的确,闻一多首先是个诗人。从 1920 年走上诗坛到 1929 年辞去《新月》杂志编辑,他一直是引领中国新诗潮流的诗人之一。在新诗创作方面,《红烛》和《死水》奠定了他在中国新诗史上的地位;在新诗理论建设方面,他提倡"新格律诗",主张诗的"三美"(音乐美、绘画美、建筑美),是现代格律诗理论的奠基者之一。

然而,闻一多又是个学者,是个文学史家。闻一多晚年,在致臧克家的信里剖白心迹说:"不用讲今天的我是以文学史家自居的"③,就他在古典文学研究领域已经取得的丰硕成果而言,闻一多的这番自白是恰如其分的:

---

① 季镇淮:《闻一多先生年谱》,《闻一多全集》第 12 卷,湖北人民出版社 1993 年版,第 514 页。
② 朱自清:《开明版〈闻一多全集〉序》,同上书,第 442 页。
③ 闻一多:《致臧克家》,同上书,第 382 页。

从研究唐诗开始,他追根溯源,上溯至《诗经》、《楚辞》、《周易》、《庄子》甚至上古神话的研究,在他所涉足的几乎每一个学术领域,都作出了卓越的贡献。

对闻一多来说,"诗人"和"学者"这两重人格之间与其说是格格不入,不如说是水乳交融,它们最终和谐地统一于作为"文学史家"的闻一多身上。正是"诗人"和"学者"之间的身份游离所造成的复杂张力,以及"诗人气质"对于"学者风度"的浸染,造成闻一多文学史研究色彩斑斓的独特风貌,对此闻一多有着充分的自觉。他选择唐诗作为自己学术研究的起点,一方面固然是由于"他本是个诗人,从诗到诗是很近便的路"[①],更重要的是因为在他那里,"诗"与"史"原本就是契合无间的。他曾经这样谈及自己十余年"钻故纸堆"的学者生涯:"看清了我们这民族,这文化的病症,我敢于开方了。方单的形式是什么——一部文学史(诗的史),或一首诗(史的诗)"[②],在闻一多看来,"诗人"和"文学史家"本是殊途同归,他自己的文学史研究,也往往自由地游走于"史"与"诗"之间,因此笔者把他归类为"诗人文学史家"。

作为"诗人文学史家"的闻一多,在他从事古典文学研究的15年里,为现代中国学术开拓了一片瑰丽奇伟的诗性空间。由于其独特的诗人气质,闻一多勇闯学术新区,往往独辟蹊径,常发"非常异议,可怪之论",甚至时有惊世骇俗的精彩论断,一新学界耳目;也因为其独特的诗人本色,他的学术表达常常富于文学的色彩和大胆奇幻的想象力,他以天马行空的潇洒风姿,引领着读者"精骛八极,心游万仞",驰骋在绚烂缤纷的想象王国里。然而毋庸讳言,同样也是由于其浓郁的诗人气质,一旦他不能将学者的冷

---

① 朱自清:《开明版〈闻一多全集〉序》,《闻一多全集》第12卷,湖北人民出版社1993年版,第445页。

② 闻一多:《致臧克家》,同上书,第380页。

静和诗人的激情合理调配,闻一多的学术论断就显得情绪化,品诗论人也易于随着情绪的跌宕起伏而变化多端,时常流露出随意性,导致他的许多论断在今天看来,难免失之偏颇。作为文学史家的闻一多,其诗人气质对其文学史研究的影响,其间的利弊得失,主要体现在下列几个方面。

一 诗人说"诗":"诗史"的发现

诗人论诗,从"诗本位"出发观照诗歌是顺理成章的。闻一多文学史研究中的"诗本位"首先体现在他致力于用"诗"的眼光读诗,重新发现"诗之为诗"的独特美质。

闻一多开始研究《诗经》时,对于历代研究者在《诗经》上负载过多政治的、道德的教化功能是不满的,他说:"汉人功利观念太深,把《三百篇》做了政治的课本;宋人稍好点,又拉着道学不放手——一股头巾气;清人较为客观,但训诂学不是诗;近人囊中满是科学方法,真厉害。无奈历史——唯物史观与非唯物史观的,离诗还是很远。明明一部歌谣集,为什么没人认真的把它当文艺看呢!"[1]接着他提出自己研究《诗经》的方法:"如果与那求善的古人相对照,你便说我这希求用'《诗经》时代'的眼光读《诗经》,其用'诗'的眼光读《诗经》,是求真求美,亦无不可。"[2]

在闻一多的研究中,由于坚持了以"诗"的眼光读诗,《诗经》中诸多优美的篇章在他笔下得到了通透的解说。在《匡斋尺牍》中,当他讲到《诗经》中的《狼跋》篇时,闻一多反对采用"深文周纳"的手法将之说成是一首颂扬周公的诗,他"就诗论诗",将《狼跋》篇与《终南》篇相对照,认为《狼跋》与《终南》同是就丰采的摹绘上来赞美一位公孙,接着又采

---

[1] 闻一多:《匡斋尺牍》,《闻一多全集》第3卷,湖北人民出版社1993年版,第214页。
[2] 同上书,第215页。

用连环式的推论法,通过缜密的分析为我们描摹出这位公孙的装束和性情。由于坚持从诗歌文本出发,"为诗论诗",他大胆的推测显得合情合理。

用"诗"的眼光读诗,对于诗人闻一多来说,其意义在于"诗之为诗"的独特美感得以呈现;对于文学史家闻一多而言,则是以诗意的眼睛重新发现了诗歌的古代。

闻一多的文学研究是从唐诗入手的,他关于唐诗的许多真知灼见,直至今天都是不可逾越的高峰,而他之所以能够力排众议,独创新说,与其"以诗观诗"的独到眼光是分不开的。如对于我们耳熟能详的"唐诗"说,闻一多反其意而用之,称为"诗的唐朝"[①];迥异于我们习以为常的"孟浩然的诗",闻一多直呼为"诗的孟浩然",一字颠倒之分,境界天渊之别。《诗的唐朝》虽属提纲性质,但只言片语之中,闻一多的基本思想已经清晰呈现。他谈到唐代"全面生活的诗化",即"诗的生活化"和"生活的诗化",从当时社会"以诗取士"的风尚和"教育即学诗",到"生活的记录"、"生活的装潢"、"生活的消遣"无处不有诗,唐代社会"不学诗,无以言"的情景清晰地浮现在我们眼前。在《孟浩然》中,闻一多以诗人的敏锐眼光,指出"诗如其人,或人就是诗,再没有比孟浩然更具体的例证了"[②],接下来又以诗人热情的口吻赞美孟浩然人格与诗才交相辉映之美:"在许多旁人,诗是人的精华,在孟浩然,诗纵非人的糟粕,也是人的剩余。"[③]对于文学史家闻一多而言,惟其以诗人的眼睛来观看唐代缤纷多姿的文学现象,驰骋其诗意的想象,"诗者见诗",故能捕捉住唐代文学的精神实质,一言以蔽之,曰"诗唐";惟其以诗人观物的方式流连于唐代文学之林,又以摘取意象的方式从纷纭芜杂的现象中拈出那光华汇聚的核心点,才能发现"诗

---

① 闻一多:《诗的唐朝》,《闻一多全集》第6卷,湖北人民出版社1993年版,第120页。
② 闻一多:《孟浩然》,同上书,第51页。
③ 同上书,第54页。

的唐朝"和"诗的孟浩然"。

实际上,闻一多不仅用诗的眼光来读《诗经》和唐诗,而且用诗的眼光来读整个中国文学史。用诗的眼光凝眸于文学史,其作用当然不限于对个别诗人精神风貌的清晰摹写或一朝一代文学图景的准确把握,而是同时提供了一种恢宏的视野。当四千年文学史的全景图跃入闻一多眼底时,他首先追寻中国文学的起源,得出结论说:"《三百篇》有两个源头,一是歌,一是诗,而当时所谓诗在本质上乃是史"[①],这是"史的诗"的发现;后来,又是凭着诗人的直觉,他敏锐地捕捉到了中华文学史的精髓:一部诗的史。在闻一多看来,从西周到宋两千年,"我们这大半部文学史,实质上只是一部诗史"[②],而他的文学史研究,其目的也正是致力于完成这样一部"诗的史"。

二 诗人论"史":文学研究的想象力

作为曾经的浪漫主义诗人,闻一多是富于想象力的。他"跨在幻想的狂恣的翅膀上遨游,然后大着胆子引嗓高歌",其诗集《红烛》和《死水》充满了幻美的想象,他因之长期被视为中国新诗中唯美主义的代表。而对于文学史家闻一多来说,也正是他天马行空的想象力,使得他的研究超越平凡狭窄的境界,得以腾飞于一片恢弘壮阔的诗性空间。闻一多文学研究的想象力极为丰富,大体而言具有两方面特点:宏观想象大胆而新颖,微观想象精细而生动。

首先,闻一多文学史研究的想象力体现为"大胆想象"的研究方法。闻一多对于文学史的宏观想象往往大胆而新颖,这也是其学术研究原创性的源泉。

闻一多学术是"大胆想象"和"小心求证"的完美结合。就"小心求证"

---

① 闻一多:《歌与诗》,《闻一多全集》第10卷,湖北人民出版社1993年版,第15页。
② 闻一多:《文学的历史动向》,同上书,第18页。

而言，他继承了清代朴学大师的风范，在学术实践中一以贯之，以严谨翔实的考证、校勘、训诂、音韵之学支撑起整个学术的宏伟大厦，他的治学功力是深厚的，治学成绩是突出的。但闻一多之为闻一多，其学术个性中最引人注目的还并非"小心求证"，而是"大胆想象"。如果仅用两个字来概括闻一多学术的特点，笔者会选择"大"和"新"，闻一多为学格局大、视野大，同时方法新、结论新，但无论是"大"还是"新"，作为文学史家的闻一多都直接受益于诗人闻一多丰富奇幻的想象力。

在同辈学者中，闻一多是以富于原创性著称的，他从不人云亦云，循他人之旧轨；恰恰相反，他善于发人之所未发，新见迭出，常令人有石破天惊之感。笔者认为闻一多学术中的这种创造性主要源于其"大胆想象"的研究方法。通过"大胆想象"，几乎不必经过严密烦琐的论证过程，而仅仅凭着诗人的直觉，闻一多就能清晰地触摸到文学史发展的基本脉络。

在《歌与诗》中，闻一多从"歌"与"诗"音义的探究入手，指出"歌"的抒情本质，"诗"的叙事本质，勾勒出"歌""诗"合流的历史线索，描画出《三百篇》以前诗歌发展的大势，最后提出他关于中国文学起源的宏大构想："一是歌，一是诗"。仅仅凭着两个字的训诂，而能达到对文学史全局的把握，这无疑是个"大胆想象"。支撑起闻一多的学术论断的，正是诗人般的天马行空的想象力。在笔者看来，闻一多的那些文学史专论，如《文学的历史动向》、《四千年文学大势鸟瞰》和《中国上古文学》，处理的都是文学史宏观建构的话题，这些话题在别的学者往往需要长篇大论，甚至鸿篇巨制才能解决，而在闻一多那里，从材料到结论之间的论证过程却不过寥寥数千言而已。我们以他的《文学的历史动向》为例，该文在世界文学的整体格局中考察中华文学的发展线路，其研究对象极为宏大：在时间上跨越上下几千年，在空间上则囊括了四个古老文化，然而闻一多运用其飞腾的艺术想象力和宏大的笔触，在六个页码的篇幅里为我们清晰地呈现出中国文学史的基本路径：从西周到北宋的文学史是一部诗史，从南宋起便转向了，"从此以后是小说戏剧的时代"。闻一多仿佛能够省略思维的过程，直接把结论端出，然而那结论却一样的缜密完备、不可挑剔。这种从材料到结论之间的大幅度跳跃，正是闻一多驰骋其诗人的想象力，进行"大胆想象"的结果。由于其丰富的想象力，闻一多的朴学研究从不流于琐碎和就事论事，而是能够超越具体材料的限制，达到对文学史的宏观把握，其学术境界也因此显得宏大开阔。

其次，闻一多文学研究的想象力还体现在"情境化"手段的运用上。在微观层面，闻一多大量运用诗意的文学化描写，力图还原历史原初情境，为现代中国学术开拓了一片诗性的文学史空间。

闻一多的文学研究注重飞腾的想象，我们只要一翻开他那汪洋恣肆的学术论文，"想象"、"假想"、"推想"之类的词汇比比皆是，可以说"想象"是他文学论文的核心语汇之一，"想象"正是闻一多复原历史情境的重要手段。在上述那篇论述歌诗合流，探讨中国文学起源的名文《歌与诗》里，开篇即是拟想之辞："想象原始人最初因情感的激荡而发出有如'啊''哦''唉'或'呜呼''噫嘻'一类的声音，那便是音乐的萌芽，也是孕而未化的语言。"[①]于是我们仿佛置身于遥远的古代，与上古的先民一起吟哦歌咏，切身体会到"歌"之起源时的情景；而论文《说舞》，起笔也是绚丽的想象："假想我们是在参加着澳洲风行的一种科罗泼利（Corro-Borry）舞"[②]，接着作者便带领我们加入"一场原始的罗曼司"，闻一多绘声绘色的描写使得我们有身临其境之感，我们亲身体会到那热情奔放的舞蹈所洋溢着的生命的活力。

---

① 闻一多：《歌与诗》，《闻一多全集》第 10 卷，湖北人民出版社 1993 年版，第 5 页。
② 闻一多：《说舞》，《闻一多全集》第 2 卷，湖北人民出版社 1993 年版，第 208 页。

除了直接出之以"想象"之词外，闻一多文学研究的诗意想象力还表现在对于诗人形象的描摹上。对于他所仰慕的诗人，闻一多不惜运用色彩之笔，描画出他们的肖像，这肖像即是诗人驰骋其丰富想象的结果。闻一多这样描写"中国有史以来第一个大诗人，四千年文化中最庄严、最瑰丽、最永久的一道光彩"——诗人杜甫：当他还是四龄小童时，杜甫"骑在爸爸肩上，歪着小脖子"看公孙大娘跳舞，"不觉眉飞色舞"，初步显示出早慧诗人非凡的艺术感受力；少年时代，筋强力壮的杜甫乐于为弟妹们上树摘枣子："上树要上到最高的枝子，又得不让枣刺扎伤了手，脚得站稳了，还不许踩断了树枝；然后躲在绿叶里，一把把的洒下来；金黄色的，朱砂色的，红黄参半的枣子，花花刺刺的洒将下来，得让孩子们抢都抢不赢……最有趣的，是在树顶上站直了，往下一望，离天近，离地远，一切都在脚下，呼吸也轻快了，他忍不住大笑一声；那笑里有妙不可言的胜利的庄严和愉快。"① 少年杜甫那潇洒的风姿跃然纸上，一幅多么神奇美丽的"杜甫摘枣图"啊！在诗意的想象中，闻一多为我们描摹出童年杜甫聪颖灵动的神采，和少年杜甫洒落不群的风姿，实现了他"给诗人杜甫绘这幅小照"的目的。

闻一多文学研究中诗意想象的运用，直接把读者带入到研究对象所处的生活情境中去，"尚友古人"，获得"身在其中"的体贴感；在语言表达上，诗意想象所带来的"情境化"效果，本身构成独立的审美空间，具有独特的美学价值，闻一多的学术文章也因此总是显得丰盈优美，与流行的语言无味、面目可憎的学术论文迥然不同。

三 诗人文学史家的历史定位：闻一多的未完成性

作为文学史家的闻一多是未完成的。闻一多逝世后，郭沫若曾经以"千

---

① 闻一多：《杜甫》，《闻一多全集》第6卷，湖北人民出版社1993年版，第77页。

古文章未竟才"来表达他的遗憾心情,他说闻一多:"一棵茁壮的向日葵刚刚才开出灿烂的黄花,便被人连根拔掉,毁了。"[①]的确,闻一多的学术研究正当盛年,然而他的生命却戛然而止,这是现代中国学术的巨大损失。然而我们这里所说的闻一多的未完成性,不是在国民党的枪声中他的自然生命的终结,导致其学者生涯的结束;而是就他已有的研究成果而言,由于其独具的诗人气质,他的学术具有未完成性。

1933年,当闻一多发现自己"不能适应环境",并决定"向内走"(指从事学术研究)时,他在致好友饶孟侃的信中,谈到他规模宏大的八项研究计划:(一)毛诗字典;(二)楚辞校议;(三)全唐诗校勘记;(四)全唐诗补编;(五)全唐诗人小传订补;(六)全唐诗人生卒年考;(七)杜诗新注;(八)杜甫(传记)。[②]从此以后直到1944年,在闻一多的整个学者时期,他一直目不窥园、手不释卷,孜孜不倦地从事古代文学研究工作,甚至被朋友们戏称为"何妨一下楼主人",其工作的勤奋和忘我程度可见一斑。但即便他如此勤勉,这八项计划仍未能真正完成。仅就其中的杜甫传记而论,早在1928年闻一多就开始了这项工作,并写了其中的一部分予以发表,但直到1946年他逝世,闻一多的杜甫传都没有写完,已完成的部分"有六七千字,还不够全篇十分之一"[③]。

纵览新版《闻一多全集》,闻一多学术研究的未完成性是一目了然的。1993年湖北人民出版社推出12卷本的《闻一多全集》,收录闻一多的各类文字共456万字,基本上囊括了闻一多的全部著述,但全集中有大量未完未定稿和零碎的研究提纲。以闻一多用力最深、成果最丰的唐诗研究为例,

---

① 郭沫若:《开明版〈闻一多全集〉序》,《闻一多全集》第12卷,湖北人民出版社1993年版,第431页。
② 闻一多:《致饶孟侃》,同上书,第265—266页。
③ 闻一多:《致饶孟侃》,同上书,第248页。

据作者原拟目录，其《唐诗杂论》应包括《诗与文的混淆》、《类书与诗》、《四杰》、《宫体诗的自赎》、《从久视到景龙》、《陈子昂》、《孟浩然》、《贾岛》等八篇，但其中《诗与文的混淆》、《从久视到景龙》二篇均未曾动笔，已动笔的六篇中，《陈子昂》一篇行文杂乱，主体部分为提纲、材料性质，不能算完整的论文；其《唐诗大系》原稿则仅包括从陈子良到李白共64位诗人的作品；其《全唐诗人小传》也系未定稿，其中诗人传记材料轻重悬殊：初唐部分较重，中晚唐部分较轻，明显不符合唐代诗歌发展的实际状况。

造成闻一多学术未完成性的原因很多，但笔者认为其中很重要的一条即是他的诗人气质对于文学研究的消极影响。诗人闻一多的个性富于主观性和随意性，导致他的学术研究变化多端，少成见的同时也无定性，"诗"的洋溢影响了"史"的客观。

一方面，闻一多的研究对象时时变化。作为诗人的闻一多，其思维方式是发散型的，他无法专注于一派一家，做窄而深的研究。从早年选择唐诗起，在短短15年（1929—1944年）间，闻一多的研究几乎涉及中国文学所有最主要的领域：唐诗、诗经、楚辞、乐府诗、周易、庄子、神话。研究对象的频繁变迁直接导致了闻一多精力的分散，他在每一个领域内都匆匆忙忙地发表过通达的见解，但对每一个领域都缺乏持久关注的热情。在人类知识大爆炸，学术分工日益细密，各学术门类之间壁垒日益森严的现代中国，学者们走的是"专家"路线，闻一多式的"通人"之路客观上是行不通的。

另一方面，闻一多的学术观点也时时变化，容易出现"觉今是而昨非"的大起大落。以闻一多对屈原的评价为例，他关于屈原的学术论文前后有四篇，除了《廖季平论离骚》一文是从纯学术的角度驳斥廖季平的"屈原本无其人说"，肯定屈原的存在以及《离骚》系屈原所作外，其他三篇都主要涉及对屈原人格的评价。在发表于1935年4月的《读骚杂记》中，闻一多认为屈原自杀并非由于忧国爱国,而是泄一己之忿和洁身自好;在写于1944年12月的《屈原问题——敬质孙次舟先生》一文中,认为屈原是一个"文学弄臣",但他最突出的品性是孤高与激烈,屈原身上"脂粉气"和"火气"并存;在写于1945年6月的《人民的诗人——屈原》中,则赞美屈原为"中国历史上唯一有充分条件称为人民诗人的人"。随着时间的推移,闻一多本人思想的发展对应着对屈原解读的深化,在他笔下的屈原形象经历了一个翻天覆地的变化:从洁身自好者到人民诗人。历史上的屈原只有一个,闻一多对他的认识却前后天悬地隔,历史人物屈原成了"民主斗士"闻一多诠释自我的工具,闻一多的屈原研究因此带上了浓厚的主观性。闻一多"与时俱进"的精神追求值得赞赏,但把学术作为单纯的时代精神的传声筒,却带来了其学术研究的主观性。在这个意义上,我们认为闻一多学术研究对象的频繁转换和学术观点的大幅变迁,是导致其学术未完成的重要原因。

四 "诗"的完成式:融入"史"

以上我们简要地分析了闻一多浓郁的诗人气质对其学术研究正反两方面的影响,我们说闻一多始终是一个诗人。但在闻一多自己,愈到晚年,他似乎愈发对于自己诗人身份缺乏认同感了。1943年,在给臧克家的信中,他批评臧克家:"你们做诗的人老是这样窄狭,一口咬定世上除了诗什么也不存在",这语气分明是把自己排除在"做诗的人"之外了;在此信的结尾他又重申:"我并不是代表某一派的诗人",他认为当时的自己"是在新诗之中,又在新诗之外",所以他自认颇合乎新诗选的选家资格。在此信中他还发表了对于"诗"和"史"的看法:"有比历史更伟大的诗篇吗?我不能想象一个人不能在历史(现代也在内,因为它是历史的延长)里看出诗来,而还能懂诗"①，显然，他之所以不再沉溺于"诗"，是因为发现了"史"，这里他所说的"史"是指中华民族悠久的历史，是由无数华夏儿女用鲜血和智慧谱写的连绵不断的文化的诗篇。

认识到历史的伟大，他进而投身到这历史的缔造中去了。1946年7月15日，闻一多"拍案而起，横眉怒对国民党的手枪，宁可倒下去，决不屈服"，他终于把自身融入历史，同时成就了他一生中最完美、最伟大的一首爱国诗篇，正如他所尊敬的诗人拜伦："也许有时仅仅一点文字上的表现还不够，那便非现身说法不可了。……拜伦要战死在疆场上了。所以拜伦最完美，最伟大的一首诗也便是这一死。"②对闻一多而言，与其说他诗如其人，不如说他自己就是一首诗。

作为学者的闻一多，其学术研究是未完成的；作为诗人的闻一多，因为最后那气壮山河的一死，他成就了最瑰丽最伟大的一首"诗"，通过将自身融入"历史"，闻一多找到的是"诗"的完成式，所以他最终仍不失为一个诗人。

诗人气质的学者闻一多，其学术研究和生命历程常在"诗"与"史"之间艰难抉择，自有一种紧张和焦灼，其间的利弊得失启人深思；而对于现代中国学术史而言，在一个文学本位日益迷失的时代，诗人文学史家闻一多的意义正逐渐彰显出来。

原载《云梦学刊》2007年第1期

---

① 闻一多：《致臧克家》，《闻一多全集》第12卷，湖北人民出版社1993年版，第380页。
② 闻一多：《文艺与爱国——纪念三月十八》，《闻一多全集》第2卷，湖北人民出版社1993年版，第134页。

宗白华：关于魏晋的一种诗性言说
——读《论〈世说新语〉和晋人的美》

作为话题的魏晋。魏晋时代是文学的自觉时代，也是文人的自觉时代。我们现在对文人的种种想象以及文人的诸多自我期许，"魏晋风度"无疑是最重要的思想资源。事过境迁，魏晋文人在黑暗时代遭遇到的内心毁灭我们已无法感同身受，但他们那桀骜狂狷的处世姿态，却成为象征着"个体自由"的文化符码，在20世纪的中国仍然反复地给文人学者提供诗意想象的空间。近来读宗白华的《论〈世说新语〉和晋人的美》，几乎是下意识地就联想到了鲁迅的《魏晋风度及文章与药及酒之关系》。同是言说魏晋，宗白华和鲁迅的言说方式殊异，因而所得到结论也就大相径庭了。与鲁迅相比照，更能凸显宗白华思维的传统性和鲁迅思考的叛逆性。宗白华以抒情的笔调对魏晋文人精神风貌予以诗性的言说，加入到"魏晋神话"的建构过程中，鲁迅则以冷峻的现实主义态度对"魏晋神话"进行了解构。在这个意义上，我认为宗白华的这种诗性言说方式是更为传统的，抒情的，文人化的。

诗人哲学家。宗白华无疑是"诗人哲学家"，读《论〈世说新语〉和晋人的美》，对其诗性言说方式体会尤深。这种诗性言说方式的形成，自然得益于宗白华早年写作"流云小诗"的经历，那些哲理小诗思考宇宙人生的大道理，却寄情于生活中微小琐细的事物，仿佛预示着宗白华将在"哲学"与"诗"间徘徊游移，无法取舍。这类似于王国维当年在"文学"与"哲学"

之间挣扎的情景。在这个意义上，宗白华延续了王国维的困惑与犹疑，而其诗性言说方式也与王国维惊人地一致。这种诗性话语用之于谈论魏晋文学艺术时，它向我们敞开了什么，又遮蔽了什么呢？

首先，这种诗性言说方式是充分文人化的。文体上，它更多地呈现出"文人之文"而非"学者之文"的特点：浓于情绪而淡于析理，感性压倒理性。宗白华论文谈艺的关键词之一便是"同情"，宗先生赞美汉末魏晋六朝是"最浓于热情"的一个时代，仰慕魏晋士人的"一往情深"，其实也是在魏晋文人身上发现了自己的深情。宗白华对魏晋风度的仰慕，其实别有寄托，暗含自己对现实中的"乡愿"和"小人之儒"的深恶痛绝，批判的锋芒直指当下。作为学者的宗白华是沉静笃实的，作为文人的宗白华则是壮怀激烈的。我们对比宗白华的《论〈世说新语〉和晋人的美》与鲁迅的《魏晋风度及文章与药及酒之关系》，会发现前者本该是严谨冷静的学术论文，然而却情绪激烈，"逸气"横出；而后者完全可以是慷慨激昂的现场讲演，然而相形之下，论者的口吻姿态却显得超然客观许多。由于情绪的外溢，宗白华行文惯于东西游走，只顺着情绪流的裹挟而下，缺乏条理，行文枝蔓的毛病便也相伴而生。鲁迅下笔时从文不迫，舒卷自如，而宗白华虽明确标示其行文脉络，论述仍显芜杂无层次。

其次，这种诗性言说方式也是过度审美化的。魏晋士人的斑斑血泪和惨痛心史因进入"审美之维"而套上了温情脉脉的面纱。魏晋文人身处乱世，只希望能苟全性命，避祸全身，所以才有刘伶裸形、阮籍纵酒。在某种意义上，宗白华所谓魏晋时代人的精神"最解放、最自由"的论断未免过于乐观，恰恰相反，这黑暗时代文艺的辉煌不是由于精神上的解放和自由，而是由于精神上的痛苦和压抑，我们因此可以说这时代文艺是"苦闷的象征"，是情感受戕害，思想被压抑，个体生命意识觉醒而找不到出路的发泄口。这也符合"愤怒出诗人,哀怨起骚客"的文人传统,所以连向来有"隐逸诗人"美名的陶渊明也并非一味"超然、蔼然、爱美爱自然",其文集中充满了生死无常的慨叹,可见其未尝忘情也。宗白华开宗明义即说"汉末魏晋六朝是中国政治上最混乱,社会上最苦痛的时代",这是符合历史主义的客观判断,但这浓重的时代阴云在后面的论述中迅速被淡化,甚至泯灭于无形,我们看到的是晋人的风神潇洒,而其背后的沉痛却被作者有意无意抹去,我们甚至无法看到淡淡的血痕。

原载《北京大学校报》2007年12月25日第4版

朱自清诗论的综合性

一 朱自清诗论的多元整一性——以"散文化"理论为例

朱自清的新诗批评主张主要体现在他的《新诗杂话》中。《新诗杂话》除序文外,共有"杂话"15篇,译文《诗与公众世界》一篇。其中《新诗的进步》、《解诗》两篇作于1936年,《抗战与诗》作于1941年,《译诗》、《朗诵与诗》后署1943年、1944年,可能在这两年间有修改的过程;另外有《诗与建国》、《诗的形式》、《诗韵》未标年月,其余《诗与感觉》、《诗与哲理》、《诗与幽默》、《爱国诗》、《北平诗——〈北望集〉序》、《诗的趋势》、《真诗》等七篇都作于1943年。《新诗杂话》初版本由作家书屋于1947年12月印行,我们现在看到的收集在《朱自清全集》中的本子是朱自清1948年在初版本基础上校改过的改定本。《新诗杂话》出现在20世纪40年代,当时的中国新诗经历了1917年文学革命的草创阶段后二十余年的发展,站稳了脚跟,也积累了一些艺术经验需要总结,但如何适应40年代战争环境并保持诗艺的拓展也成为一个新的时代命题。抗战初期的中国新诗往往缺少艺术积淀,浮躁的粗制滥造的作风盛行,诗成了单纯的"时代精神的传声筒",新的公式化、概念化出现了,诗的艺术水准严重下降。在这种情况下,40年代的诗论的出现成为新诗史上一个突出的现象,与朱自清诗论几乎同时出现的有:艾青的《诗论》(1938—1939年)、朱光潜的《诗论》(1942年)、李广田的《诗的艺术》(1943年),实践的发展激发了理论的兴趣,而现实的需要也召唤着批评的应答。在这些诗论中,朱自清的诗论无疑已经凝定为中国现代诗论的经典,他的许多论断被后来的研究者反复征引,在中国现代诗歌理论批评史上占有重要的地位。他在《〈中国新文学大系〉诗集导言》中对于现代新诗第一个十年的提纲挈领的论述,和他在《新诗杂话》中对于现代新诗的细腻的文本解读一起,构成了中国新诗理论发展的重要维度。

对朱自清《新诗杂话》最早的研究当数徐中玉在1948年8月15日朱自清先生逝世后写下的悼文《重读〈新诗杂话〉——悼念佩弦先生》,在这篇悼文中,作者强调朱自清从1936年的《新诗的进步》、《解诗》到后来的论述是一个非常自然可喜的"变化",一步步从"艺术的立场"走向了"人民的立场",强调了朱自清的"转变"与"进步",并乐观地预言,若是作者现在(1948年)再来写《诗与感觉》这种论文,他一定会更进一步,要求在冯至、卞之琳等诗人的诗作里发现政治的意义,人民革命的意义(徐中玉看到的本子是1947年作家书屋的初版本,我们现在看到的《新诗杂话》是1948年经朱自清亲自校改过的本子,里面的内容依然没有大的改动)。徐先生认为在《新诗杂话》内部有个发展变化的过程,说《诗的趋势》等篇与1936年写的两篇是"大大的远离了"。但我们认为,朱自清论诗的立场和态度在《新诗杂话》中是一以贯之的,朱自清诗论并没有明显的断裂和缝隙,也没有历史表述所要求的"突变",在他的论述中,"艺术的立场"与"人民的立场"时常交织在一起,共同构成他的诗论的综合品格,而其中的主导话语却还是"艺术的立场"。我认为在诗论中,朱自清所持的仍然是精英文化立场。但他作为现代中国的知识分子,"大时代中一名小卒",却又无法置身于自己所处的时代之外,所以他的诗论表达经常表现出一种折中性,一种矛盾性,在表达自己与隐藏自己之间寻找话语的缝隙。我们追溯一下朱自清关于 40 年代新诗"散文化"趋势的论述，就可以清晰地看到朱自清诗论的这种表述的艰难。

　　从胡适提出"诗体大解放"，主张"作诗如作文"，到穆木天 1926 年提出"纯诗"概念，呼吁"诗与散文的纯粹的分界"，早期白话新诗的发展有一个从注重"白话"到注重"诗"的历史线索，新诗遵循着艺术辩证法的否定之否定的历史规律，不断地进行着内部调整。回顾历史，我们说胡适当时的选择与其说是对新诗本质的认识，不如说是一个特定历史语境下的策略，一个权宜之计。千年诗国所积淀下来的关于"诗"本体探求的许多规定性，即使在新的历史条件下也会一再浮出历史地表。"诗是诗"，这原本是天经地义、毋庸置疑的，但在现代中国的复杂纷纭的历史语境中却变得可疑，充满了歧义。我们在 20 世纪的新诗理论发展史中，经常看到这样的历史情形："诗"与"非诗"的争论常常并非一个文艺问题，而是负载着多重社会政治文化含义，使得我们的理论家们常常面对的是表述的艰难。对诗歌艺术本体的偏离常常是某种明知故犯，是要诗歌承载更多社会政治文化重任时的一种策略。宋诗"以议论为诗，以才学为诗"，最早开启了"非诗化"的历史潮流，这与当时理学的发达不无关联，这时候诗歌的工具性特征被凸显和强化；而"五四"时代白话新诗中散文化倾向的浓厚，也与那时候的思想启蒙运动相关：新诗要成为文学革命的一翼，并参与整个思想革命的过程，必须做到"如文"：明白晓畅，易于流布于大众之中，这样便有益于思想启蒙运动的开展，初期白话新诗的"散文化"倾向与"平民化"的追求是一致的。我们可以说，凡是在强调诗歌工具性的时代，把诗歌作为政党革命的武器和喉舌，诗歌本体都有一个"非诗化"的问题。从中国现代新诗史上的早期白话新诗开始的散文化倾向，到 40 年代抗日战争的历史语境中更进一步发展，甚至艾青等代表主流审美趣味的现实主义诗人大力

"诗"与"史"的缠绵

提倡"散文美",把这种追求上升到美学的高度。而对于那些坚持诗歌本体的批评家而言,既然无法正面表达与时代思潮不和谐的声音,他们便只好寻找话语的缝隙,在表达自我与顺应时代之间艰难地突围,朱自清的诗歌评论可为其中的代表。朱自清指出抗战以来诗歌"散文化"的趋势,但他从来没有提倡"散文美",相反他时时要人们警惕不要"过分散文化",而他之所以能保持这种批评的中立,与他所受的"纯诗"理论影响有关。

首先,朱自清所受的"纯诗化"时代思潮的影响。

20世纪20年代,在法国掀起了一场关于"纯诗"问题的讨论,影响所及,当时在日本留学的中国"纯诗"概念的最初构建者穆木天在1926年1月发表《谭诗——寄沫若的一封信》,提出要做"纯粹诗歌",提出要去寻找一种"诗的思维术",一个"诗的逻辑学",[①] 穆木天的主张引发了激烈的讨论,王独清、冯乃超等早期象征派诗人进一步提出要注重"感觉"的因素。这是理论的探讨,在创作实践方面,李金发的诗集《为幸福而歌》在1926年11月出版,《食客与凶年》在1927年4月出版。很显然,"纯诗"概念的提出与早期象征派诗歌的创作实践引起了一向关注新诗发展的朱自清的注意,与其说是无意的巧合,不如说是有意的呼应,几乎在中国现代新诗中"纯诗"理论和创作兴起的同时,朱自清就与李健吾一起从事过西方"纯诗"理论的译介工作。他1927年5月3日与李健吾合译过Bradley的《为诗而诗》,1927年10月24日他又独自翻译了R.D.Jameson的《纯粹的诗》,他对诗体纯正性的追求可以说在那时就打下了基础,耳濡目染,这些他自己服膺的西方理论必然会在他的诗学批评中打下烙印,使他自觉不自觉地维护着纯诗的立场。

其次,朱自清的"纯文学"观。

---

① 杨匡汉、刘福春编:《中国现代诗论》上编,花城出版社1985年版,第94、101页。

朱自清是从新诗创作开始步入文坛的,他的长诗《毁灭》在当时的诗坛颇有影响,他是诗集《雪朝》中的重要诗人之一,又是中国最早的诗歌刊物《诗》月刊的编者之一,所以我们说朱自清与诗的关系渊源很深。他后来曾经在给吴组缃的信里说:"我的兴趣本在诗",①的确是肺腑之言。对于后来转向散文创作,他颇有些无奈,在写于1928年7月31日的《背影·序》中,他说"二十五岁以前,喜欢写诗;近几年诗情枯竭,搁笔已久""才力的单薄是不用说的,所以一向写不出什么好东西",仿佛他的创作从诗歌转向散文是才力不逮,诗情枯竭所致,言下之意是诗歌比散文创作更需要灵感和才气,而他自愧不能。当然这可能是作者的自谦之辞,但在字里行间,我们也能感受到:在朱自清的心目中,诗歌的地位是比散文更崇高的,他说散文"不能算作纯艺术品,与诗,小说,戏剧,有高下之别",诗、小说、戏剧是"纯文学",而散文不是。②他后来从事中国新文学研究,编有讲义稿《中国新文学研究纲要》,其中诗歌部分内容最为丰富详尽,散文部分最为简略,自己的散文则只字未提,当然也与他的这种价值判断有关。人们对于自己无法涉足的领域总怀着一份神秘感,在想象中把这领域崇高化,这本是人之常情。我们比照朱自清对小说、戏剧的评价也能很清晰地看到这一点。他对于自己"虽不能至,心向往之"的小说创作,常常流露出热情的赞美。所以朱自清虽然以散文创作成名,但在他的价值判断里,诗歌的地位是高于散文的。诗歌和散文在他那里有一个价值等级高下之别,即他所说的"体制的分别有时虽然很难确定,但从一般见地说,各体实在有着个别的特性;这种特性有着不同的价值"。③

---

① 吴组缃:《佩弦先生》,郭良夫编《完美的人格:朱自清的治学和为人》,清华大学出版社2003年版,第147页。
② 《背影·序》,《朱自清全集》第一卷,江苏教育出版社1996年版,第32—33页。
③ 同上书,第32页。

最后，朱自清诗论与"纯诗"论的契合。

朱自清论诗的核心语词与"纯诗"理论暗合。我们发现，构建朱自清诗论体系的关键词如"比喻"和"组织"都可以从"纯诗"论中找到理论源泉。"纯诗"论者重视暗示的作用，他们说"诗是要暗示的，诗最忌说明的"，强调"诗越不明白越好"。朱自清判断一首诗的好坏，常用的标准是比喻的新创与否以及组织的精巧与否。他把比喻分为"近取譬"与"远取譬"，说象征派的诗能"远取譬"，"要表现的是些微妙的情境"，能用"最经济的方法"将事物间的新关系组织成诗；他所说的"最经济的"是指"将一些联络的字句省掉，让读者运用自己的想象力搭起桥"，这里也就是强调暗示的作用。他分析林徽因的诗《别丢掉》和卞之琳的诗《距离的组织》里面的"比喻"与"组织"（《解诗》），说《距离的组织》最可见出"经济的组织方法"，是"复杂的有机体"，使得这两首诗都得到了通透的解说，证明诗的传达与"比喻"及"组织"关系极大，懂与不懂的问题往往不是艺术表达本身的不充分，而是读者的常识圈住了读者，使得他们雾里看花。他说胡适的诗所用的譬喻似乎"太明白"，缺乏"暗示的力量"（《新诗杂话·诗与哲理》），他称赞卞之琳的诗《淘气》、《白螺壳》"不显示从感觉生想象的痕迹"，是感觉安排成功的"复杂的样式"（《新诗杂话·诗与感觉》），无论是象征派的"将一些联络的字句省掉"还是卞之琳的"不显示从感觉生想象的痕迹"，都是"借暗示表现情调"，朱自清注重"暗示"的作用，与"纯诗"理论是一脉相承和遥相呼应的。早期纯诗论者还强调"感觉"的作用，王独清强调作者"须要感觉而作"，读者"须要为感觉而读"[①]，我们发现"感觉"也是朱自清论诗的关键词之一。他有一篇《诗与感觉》，专门论及"感觉"的重要，他说把捉住感觉间交互错综的关系并将之组织起来，成功一

---

① 王独清：《再谭诗》，杨匡汉、刘福春编《中国现代诗论》，花城出版社1985年版，第109页。

种可以给人看的样式便是诗,所以诗便是对感觉的捕捉;又说"惊心怵目的生活里固然有诗,平淡的日常生活里也有诗",而这些诗的发现得靠"感觉",他赞赏卞之琳凭着敏锐的感觉,"在微细的琐屑的事物里发现了诗",他称誉冯至是"从敏锐的感觉出发,在日常的境界里体味出精微的哲理的诗人"(《新诗杂话·诗与哲理》)。所以我们说,在对诗歌"暗示"和"感觉"的强调中,可以看到朱自清诗论与早期象征派诗歌的"纯诗"主张不谋而合。

然而朱自清的诗歌理论主张是丰富复杂的,有着极强的包容性,其元素不是单一的,他善于融化不同的理论主张,具有兼容并包的辨证品格。与"纯诗"理论的千丝万缕的联系,并没有使朱自清走上"为艺术而艺术"的唯美主义,他的诗论始终能够面对中国新诗的现实,他在1941年的《抗战与诗》中最早地指出新诗的散文化趋势。抗战开始后,诗作者"从象牙塔里走上十字街头","这个时代是个散文的时代","抗战以来的诗又走到了散文化的路上,也是自然的"。朱自清指明了诗坛的趋势,但他并不表达自己的褒贬,他只是如实记载。而我们把艾青同样论述散文化倾向的《诗的散文美》拿来比较,就可以见出朱自清态度的客观和理性。艾青在1939年的《诗论》中明确提出了"诗的散文美",并断言"散文是先天的比韵文美"。在40年代,诗歌的散文化的确是一个普遍的现象,艾青的诗、田间的诗,甚至卞之琳的诗都出现了散文化的倾向,但在朱自清那里,"散文化"的客观描述之所以没有变成主观赞美的"散文美",与作者早年所受的纯诗理论的影响不无关系。虽然作者也说过:"我是个散文的人,所以也偏爱散文化的诗"[①],但他对现实保持着清醒的批评的态度:"我国抗战以来的诗,似乎侧重'群众的心'而忽略了'个人的心',不免有过分散文化的地方'"(《诗

---

① 吴组缃:《佩弦先生》,郭良夫编《完美的人格:朱自清的治学和为人》,清华大学出版社2003年版,第147页。

的趋势》)。

二 朱自清诗论的文体：随笔体

朱自清把自己的论诗文字命名为《新诗杂话》，并且指出这种批评文体的历史渊源是我国的"诗话"，"信笔所至，片片段段的，甚至琐琐屑屑的"，不是系统的著作，而是一些随笔。朱自清的随笔体批评文字虽然来源于古代诗话，具有诗话的率性而谈、无所顾忌的特点，行文洒脱不羁，但内在理路清晰可见，并非东鳞西爪，《新诗杂话》讨论到的问题可以大略分为两类，一类诗本体论，如《真诗》、《诗韵》、《诗的形式》等，一类是诗的关系，如《诗与感觉》、《诗与哲理》、《诗与幽默》、《诗与建国》、《抗战与诗》等。朱自清这些随笔体的诗论最大的特点就是行文具有"闲话风"散文的风致。他往往娓娓道来，不枝不蔓，如春风化雨，又如与二三好友相对促膝谈心，具有一种亲切随和的风貌。这种风格的形成与朱自清的批评语言关系极大。

朱自清诗论是典型的美文，而且是口语化的白话美文。他描画卞之琳的诗，说"像古代的歌声，黄昏的山影，隐隐约约，可望而不可即"(《三秋草》)，让读者一下子把握那幽深渺茫的情趣，仿佛随着他的牵引到了那幽玄美丽的境界；朱自清论述短诗与长诗在表现情感上的差别时说："我们的情感有时像电光底一闪，像燕子底疾飞，表现出来，便是短诗"，"有时磅礴郁积，在心里盘旋回荡，久而后出；这种情感必极其层层叠叠、曲折顿挫之致"，表现出来便是长诗了(《短诗与长诗》)，他运用比喻，把抽象的论说形象化，让我们获得可亲可感的印象；他运用排比，反复铺陈一个对象，几欲穷尽对象的方方面面："山水田野里固然有诗，灯红酒醽里固然有诗，任一些颜色，一些声音，一些香气，一些味觉，一些触觉，也都可以有诗。惊心怵目的生活里固然有诗，平淡的日常生活里也有诗。"(《新诗杂话·诗与感觉》)

无论是运用比喻还是排比，朱自清的语气都是短促有力的，行文有一种爽利明快的特色，伴随着他散文创作的语言日趋口语化，朱自清诗论的语言到后期越发炉火纯青，渐入佳境。我们看他谈押韵的样式要多多变化时说："不可太密，不可太板，不可太响"（《新诗杂话·诗韵》），何其简洁明快！朱自清诗论多用短句，不用欧化语和文言，而用经过提炼了的口语，与其随笔体雍容迂徐的风致相得益彰，使得文学批评摆脱了刻板冷峻的面孔，别具一种亲切平和的面貌。同时他用那短促的语句，又能迅速捕捉到批评对象的特点，仿佛电光石火一样照亮读者的心，具有格言警句一样的力量。

三　朱自清诗论的品格：谦逊宽容

和朱自清温文尔雅的为人风貌相一致的是，朱自清诗论的表现形态是谦逊宽容的。他赞赏现代派的诗歌艺术，但并不排斥有社会主义倾向的诗；他细读卞之琳、冯至等现代派诗人的诗，但他也不忽略艾青、臧克家、柯仲平等诗人代表的诗的新风貌。因此，他的偏爱和喜好某种程度上被遮蔽了，他模糊了人们的视线，他在诗论中力求最大限度地隐藏他的主观性，所以他的诗论中没有意气用事的主观判断，当然也就没有激情洋溢的情绪涌动。他立论是公允持平的，他不温不火，然而仿佛面面俱到，因此他的判断能应对几乎所有的历史语境而不衰，表现了一种顽强的生命力。他的诗论因此有一种包容性和开放性，也获得了一种灵活性。

首先，是他批评的语词，他是那么谦逊，他批评的口吻是商讨型的，他从来不把自己作为权威，没有居高临下的口吻，他的批评姿态是平视的。我们看他的语词："诗到底怕是贵族的"，（《中国新文学大系·诗集导言》，全集四卷369页），用语婉转，带着与人商量的口气；"抗战以来的新诗的一个趋势，似乎是散文化"（《抗战与诗》），"但是文的表现是抽象的，诗的表现似乎应该和文不一样"(《诗与哲理》),"诗也许比别的艺术形式更依靠想象"(《诗与感觉》),"初期的作者似乎只在大自然和人生的悲剧里去寻找诗的感觉"(《诗与感觉》)。李长之讲到一个例子:他有一个朋友编刊物发现,朱自清的稿件往往有着涂改,这涂改之中有着一个共同点,就是把口气改得和缓些,在他的文字里,很少有"绝对"、"万分"、"迥然"、"必定"的字样,就是有,也往往改成清淡一些的了。(李长之《杂忆佩弦先生》,《朱自清研究资料》283页)朱自清总是把那些绝对的口气的词去掉,把语气缓和,多用表示可能性的不确定性的词,多用不带褒贬的中性词,多用很少感情色彩的词,如"似乎"、"大概"、"也许"、"可能"这些词在朱自清诗论中出现频率最高。郑振铎讲到有一次与朋友们讨论中国字是否艺术,郑认为不是艺术,12个人中有9人反对,一人支持他,只有老成持重的朱自清说是"半个赞成"①,我们说朱自清是批评上的中庸主义者,当不为过。这种语词当然体现了作者为文的慎重,他不轻易褒贬,不愿因自己视野的褊狭而误导读者,他有追求真理的精神,所以他坚持了文学研究作为一门科学研究的冷静的客观的立场,这对于我们时下的文坛时常产生的"酷评",或者"捧杀",或者"骂杀",常常故作惊人之语,或者充满狭隘的门户之见的情绪化的批评是一剂良药。理性的文学批评有利于营造良好的探讨氛围。所以说,在朱自清那里有着批评者的立场的自觉,他有所偏嗜,但他是"天下为公",他充分尊重诗歌的丰富性与复杂性,告诫自己在诗歌的丰富性面前保持冷静清醒的判断力。

其次,我们看他如何回应诗人的"自白"。在中国现代诗歌的批评中,由于面对的作品是尚在进行中的"当前文学",不像古典文学研究所面对的

---

① 郑振铎:《哭佩弦》,《完美的人格:朱自清的治学和为人》,清华大学出版社2003年版,第161页。

作家是"不在场"的，所以批评者会陷入一种尴尬的境地：批评家对于作品的解读不但是面向读者的，也是面向作家的，他在那里进行的条分缕析的细密探究也许只是作家眼里的一条"笨谜"，作家只要站出来一个自白，理论家的宏大的理论体系就可能瞬间瓦解，因为作家的"自白"有一种天然的理论优势，似乎不言而喻地有一种合理性和权威性。所谓"文章千古事，得失寸心知"，作家对于自己的作品当然最具有阐释的话语权。因此如何面对作家的自白是从事当代文学批评的困惑之一。在中国新诗批评史上，围绕着诗人卞之琳的诗作展开的"自白"与阐释的争议最有戏剧性。卞之琳诗歌向有晦涩之名，而其诗的理路又错综复杂，卞之琳的颇具现代派风格的诗篇在20世纪三四十年代引发了众多理论家的阐释兴趣。面对卞之琳的自白，如向来在文学鉴赏上颇有自信的废名解读时就有些惴惴不安；他评论《十年诗草》时说："倘若作者笑我：'我作诗的意思不是这样！'那我的话便没有一点价值了"[①]；李健吾与卞之琳在《大公报·文艺副刊》上就《鱼目集》往复讨论了三个月之久，然而他始终不愿意首肯诗人的自白，认为诗人的意见和他的意见是可以互补共存的；朱自清在这个问题上的表现很可以见出他批评的风格，他经过作者指出，马上承认"出错"并"改过"。这里可见朱自清批评的灵活性，他不固执己见，他尊重作家，能与作家保持良好的对话关系并根据作家的反馈及时调整自己的论点，不惟我独尊，他在人格上有一种可贵的包容精神。但或许我们也觉得有些美中不足的是，他的批评因此也少了些坚持，多了些妥协。

再次，我们看他对于自己的评价。在他的新文学研究讲义中，有专章谈到现代文学史上散文的发展，当然我们说，朱自清的散文代表着白话文写作中缜密漂亮的美文一派的主要成就，他的文体之完美和文字的全用口语

[①] 废名：《十年诗草》，《论新诗及其他》，辽宁教育出版社1998年版，第161页。

使他的散文成为现代汉语的典范。但他在讲义中只字不提自己,有人回忆说他上新文学史课时对自己的创作也缄口不提。这点与废名相比也能相映成趣。废名在课堂上讲新诗,也讲自己的新诗;在他的《谈新诗及其他》里,他也毫不避嫌地选讲自己的新诗《妆台》。这里,朱自清的低调内敛和废名的文人性情都展露无疑。

辑二

小说评论

论《呼兰河传》的空间形式

在中国现代小说史上,萧红的创作从一开始就具有某种异质性。1935 年,当她的成名作《生死场》出版时,在一片热闹的赞誉声中,她就收到了来自导师和朋友的真挚的批评:曾作序盛赞过《生死场》的鲁迅先生,后来在给萧红的私人信件中谈到自己的真实看法:"那序文上,有一句'叙事写景,胜于描写人物',也并不是好话,也可以解作描写人物并不怎么好"[①];胡风也指出作者艺术上的"短处或缺点":"对于题材的组织力不够,全篇现得是一些散漫的素描……人物的描写里面,综合的想象的加工非常不够……每个人物的性格都不凸出,不大普遍。"[②]1946 年,在为萧红的代表作《呼兰河传》作序时,茅盾表达了担忧:"也许有人会觉得《呼兰河传》不是一部小说……故事和人物都是零零碎碎,都是片段的,不是整个的有机体。"[③]

直到今天,在对《呼兰河传》的解读中,仍然存在着诸多悖论:从叙事视角看,这部小说采用的是典型的"儿童视角",然而那若隐若现的,甚至无处不在的"我家是荒凉的"的深沉的感喟,又时时提醒我们成人叙事者的存在;从创作动因上,这部作品是对故土家园的深情回望,但全书末了揭示给我们的却是无"家"可归的怅惘,是对"家园"本身的解构;从风格特点上,这部小说用浓郁的抒情语言描画记忆中的故土,情绪是温婉沉

---

① 萧军:《鲁迅给萧军萧红信简注释录》,黑龙江人民出版社 1981 年版,第 237 页。
② 胡风:《〈生死场〉读后记》,《萧红文集·中短篇小说集》,安徽文艺出版社 1997 年版,第 327 页。
③ 茅盾:《〈呼兰河传〉序》,《萧红全集》,哈尔滨出版社 1991 年版,第 704 页。

郁的，但作者描摹这城中人事时，却充满了话语的狂欢，笔调中时时闪露诙谐机智的讽刺之光；从文体看，这部被称为长篇小说的作品，也常常因为其跨文体的特征而受到质疑，它在小说与散文甚至与诗歌之间搭建起来的文体沟通的桥梁，也使自己的身份和合法性显得暧昧不明。

的确，从传统小说学的角度来看《生死场》和《呼兰河传》无疑是两部不合规范的作品：没有贯穿始终的情节线索，没有引人入胜、扣人心弦的故事，甚至没有血肉丰满、面目清晰的典型人物。同样地，当我们用传统小说学的眼光观照萧红的全部创作时，我们发现的是一个"另类"的文体家。在中国现代小说史上，萧红的确是一个独特的存在。那么，萧红小说的异质性是怎么形成的呢？

笔者认为，萧红小说文本的异质性主要源于其对传统小说诗学的颠覆。在萧红这里，所谓的"小说性"，也即那种"使小说成为小说的东西"发生了动摇。综观对萧红小说文体的各种各样的概括，无论是"诗化小说"、"散文体小说"还是"抒情小说"，无一例外都揭示了其文体的游移性和边界性。萧红小说对体裁的冲击力如此之大，以至她的小说文体我们无以名之，只好呼之为"萧红体"。"萧红体"冲破了体裁的束缚，彰显了鲜明的现代品格。这种情形使我们想起法国作家莫里斯·布朗肖在评论德国现代作家赫尔曼·布罗赫时曾说："像许多当代作家一样，他受到了这一来自文学的不可阻挡的压力，即文学不再容忍体裁划分，企图打破界限。"[1]正如托多罗夫所说："不再遵循体裁划分，这在一位作家身上可说是真正的现代性之象征。"[2]萧红对于小说体裁的突破，正是这样一种"现代性之象征"。

---

[1] [法]托多罗夫：《巴赫金、对话理论及其他》，百花文艺出版社2001年版，第21页。
[2] 同上。

那么，萧红小说的现代性具体表现在哪些方面？在小说诗学的层面上，是哪些新的艺术质素的加入，成为萧红超越体裁桎梏的原动力？笔者认为，对小说空间形式的精心建构，是形成萧红文体现代性品格的源头之水。正是由于空间形式的创造，萧红冲破了体裁的束缚，成为继鲁迅之后给中国现代小说诗学重新划定边界的作家之一。下面我们以《呼兰河传》为例，从三个方面探讨萧红小说获得空间形式的具体方法。

一 《呼兰河传》中的空间情境

空间形式小说中的故事往往发生在一个相对单一和固定化的场所，情节发展被严格限制在这个具有内部统一性的封闭空间内，很少逸出这一空间。在《呼兰河传》中，这一空间情境是呼兰河小城。作为一部童年回忆体的小说，《呼兰河传》的主旨并非"追寻失去的时间"，而是为一座小城——呼兰河城作传。与中国现代文学史上众多的"小城故事"——诸如《边城》、《果园城记》和《城南旧事》类似，虽然《呼兰河传》也描摹了呼兰河城芸芸众生的模糊轮廓和黯淡面影，淋漓尽致地铺排了这些愚夫愚妇在几千年的传统里浑浑噩噩生活着的情景，但小说的主角并非他们，而是呼兰城。在"城与人"的关系中，萧红着意于为城作传。《呼兰河传》总共七章，加上尾声，可分四个部分：第一、二章以全知视角俯瞰呼兰河全景，勾勒出小城地理和风俗的略图；第三、四章用限制性的童年视角，以"体验中的我"的方式，将镜头聚焦于叙述者在小城中度过的"童年往事"；第五、六、七三章则自由出入于儿童视角与成人视角之间，以"观察中的我"的角度依次展开小城中的三个人物故事：小团圆媳妇的故事、有二伯的故事、冯歪嘴子的故事；尾声部分则是成人叙事者的总体回顾。我们看到，无论是对小城静态的风俗民情的介绍，还是对小城动态的人生图景的勾勒，"呼兰河"都是理所当然的主角。正因为聚焦点是空间中的呼兰河小城,所以作者着墨于十字街、东西二道街、大泥坑、小胡同、后花园、储藏室、四合院,将小城中的人事以空间为序,从外到内,由远到近地介绍给我们。对于叙述者而言,这些空间化场景具有双重身份:"它们既是局限在三维空间中的一个具体的对象,是它们自身,同时又是能容纳其他东西的一处殿堂,是某些其他东西借以聚集在一起的一个场所。这种诗、物和景划出了一块空间,往昔通过这块空间又回到我们身边。"[①]在《呼兰河传》中,美丽的后花园、黑暗的储藏室、破败的四合院,都是单一而固定的空间场景,它们是叙述者"我"逝去的童年岁月得以重新聚集在一起的一个个场所。

总之,以一座屹立于空间中岿然不动的小城作为传主,为之作传,而不以城中川流不息、变动不居的人事作为聚焦点,显示出作者对小说形式空间化的自觉,而这种对空间形式的自觉正是作者超越传统小说学的动力。也是在这个意义上,作为小说的《呼兰河传》不以人物形象的逼真和故事情节的完整见长,才是顺理成章的。

二 《呼兰河传》中的并置型结构

这里我们采用戈特弗里德·本的那个著名的比喻,姑且将这种并置型结构方式命名为"桔状"结构。在谈到他自己的小说《表象型小说》时,戈特弗里德·本说:"这部小说……是像一个桔子一样来建构的。一个桔子由数目众多的瓣、水果的单个的断片、薄片诸如此类的东西组成,它们都互相紧挨着(毗邻——莱辛的术语),具有同等的价值……但是它们并不向外趋向于空间,而是趋向于中间,趋向于白色坚韧的茎……这个坚韧的茎是表型,是存在——除此以外,别无他物;各部分之间是没有任何别的

[①] 宇文所安:《追忆——中国古典文学中的往事再现》,生活·读书·新知三联书店2004年版,第8-9页。

关系的。"①这种具有"桔状"叙事结构的小说,在外形上呈现为桔状构造,"它们是由许多相似的瓣组成的桔子,它们并不四处发散,而是集中在唯一的主题(核)上"。《呼兰河传》采用的是典型的并置型结构方式,在这种结构中,小说中各个组成部分并置在一起,在位置上是并列的,在地位上是平等的,任何单一的部分都不具有超越其余部分的优势地位,正如每个桔瓣都处于独立平等的地位,但它们共同簇拥着"桔核"——作品的主题。

《呼兰河传》的"桔状"结构首先体现在小说结构中的多重故事并置。《呼兰河传》中每个故事都是独立自足的,如"我"和祖父的故事、小团圆媳妇的故事、有二伯的故事、冯歪嘴子的故事,这些故事之间没有逻辑上的联系,缺少衔接和过渡,在叙述上也没有起承转合,在小说空间上则完全并列,没有统一的线索把它们贯穿和连缀起来,但它们都指向共同的主题——它们是"呼兰河传记"的一幅幅具体而微的人物剪影。

同时,在具有"桔状"结构的小说中,结构的并置显示出空间性因素对时间性因素的胜利,在小说中时间不是线性发展,而是呈现为圆形,对应于"桔状"结构的比喻,我们可以称这种结构方式为"圆形结构"。由于这种圆形结构,空间形式小说的叙述往往是突然中止,而非正式结束,事件结局常常欠缺。具体到《呼兰河传》中,在叙述完冯歪嘴子的故事后,小说叙事部分戛然而止,紧随其后的尾声部分,叙事者的抒情性回顾也显得仓促而突兀,让人有意犹未尽之感,所以有论者认为《呼兰河传》是一部未完成的小说。然而正如吴晓东先生在《现代小说的空间形式》一文中所指出的,空间形式小说的这种并置性结构方式也可以比喻为糖葫芦,只要竹签子足够长,糖葫芦就可以一个一个地串下去,因此具有空间形式的小

---

① [美]戴维·米切尔森:《叙述中的空间结构类型》,[美]约瑟夫·弗兰克等《现代小说中的空间形式》,秦林芳编译,北京大学出版社1991年版,第142页。

说往往能够以不同的方式被改写和重写。实际上，萧红《呼兰河传》中的主体故事，也曾经被不断地重写和改写。在《呼兰河传》之前，有二伯的故事在《家族以外的人》中就已经初现端倪；在《呼兰河传》之后，冯歪嘴子的故事在《后花园》中也被重写一遍。在这个意义上，《呼兰河传》的故事没有完，也完不了。那种认为《呼兰河传》是一部未完成的小说的观点，其实是看到了《呼兰河传》作为具有并置结构的空间形式小说的独特性。

《呼兰河传》中结构的并置是作者有意为之的自觉追求，这种并置在小说中触目可见。在宏观层面上，有多重故事的并置，如我们上面所分析的"桔状"结构方式；在微观的语言学层面上，有意象和短语的并置。《呼兰河传》所使用的语言几乎全是并列句式，以排比句居多，就像"我"家后花园里腐旧的物件，个个都是成双成对，没有单个的。通过大量利用语言的对称、复沓，以及同一句式的多次重复，《呼兰河传》显示出自觉的空间意识。我们随处都可以看到句法功能相同、结构完全并列的句子：

(1)眼花了，就不看；耳聋了，就不听；牙掉了，就整吞；走不动了，就瘫着。

(2)照得小孩子的脸是红的。把大白狗变成红色的狗了。红公鸡就变成金的了。黑母鸡变成紫檀色的了。

(3)呼兰河的人们就是这样，冬天来了就穿棉衣裳，夏天来了就穿单衣裳。就好像太阳出来了就起来，太阳落了就睡觉似的。

意象和短语的并置在《呼兰河传》中俯拾皆是，同一句式甚至同一词语的并置使用，一方面造成行文上的拖沓感和疲惫感，正与小说中人们精神状态的麻木疲乏相适应；同时，语言在空间上的并置甚至堆砌，带来连环复沓的感觉,也造成了时间的滞缓和迂回,凸显了小说的空间形式感。

三 《呼兰河传》中的时间流程

在小说创作中,时间和空间是一对矛盾统一体,空间的彰显往往意味着时间的淡化。《呼兰河传》中空间形式的建构也是以时间因素的淡化为前提的,萧红采取了多种多样的叙述方式来模糊时间的刻度,甚至使时间流程终止。

首先,童年视角的使用,充分利用儿童思维感性直观的特点,消解了读者追寻精确时间刻度的可能性。儿童记忆的模糊性和幻想性、情感性的特质,使得时间刻度晦暗不明。《呼兰河传》中的故事是通过一个解事颇早的小女孩"我"的童年记忆来呈现的,整个叙事发生在这个小女孩从三岁到四五岁的时段,通过孩童看世界的纯真无邪的眼睛,烛照出成人世界的荒诞和愚昧。儿童的记忆具有原始思维的特点,有很强烈的选择性,多着眼于琐细微小的事物,而且多带有浓厚的感情色彩,是充分情绪化的,能被儿童记忆的事物多具有直观、形象、具体、鲜明的特点,但没有清晰明确的时间刻度,记忆的精确性和巩固性较差,"孩子是容易忘记的"。所以,在《呼兰河传》中出现的时间刻度,如"在我三岁的时候"、"那时我才五岁";"祖母死了"、"祖父几乎抱不住我了"等,或者是成年叙事者的事后追认,或者是童年叙事者的直观感受,都不能算做精准的叙事时间。童年叙事者的存在,使得整个小说的时间刻度愈显得模糊不清。

其次,主题的重复,圆圈型抒情结构的运用,打破了时间的向外延展性,显示出情感空间的封闭性。一方面是主题词的反复出现,全书贯穿着"荒凉"的情绪氛围:"这院子是很荒凉的了"、"我家是荒凉的"、"我家的院子是很荒凉的"、"不但不觉得繁华,反而更显得荒凉寂寞"……核心主题词"荒凉"

反复出现，一唱三叹，仿佛凄凉的咏叹调，将读者卷入情绪的涡流，起坐徘徊，举首踌躇。在情绪流的裹挟中，情节的发展开始踌躇不前，叙事的时间进度终止。另一方面是圆圈型抒情结构的运用，在叙事开始时，童年叙事者以平淡的口吻娓娓诉说："呼兰河这小城里住着我的祖父。／我生的时候，祖父已经六十多岁了，我长到四五岁，祖父就快七十了"，语气平静但饱含深情；到叙事结束时的尾声部分，成人叙事者依然语调平缓，但声音里充满了沉痛："呼兰河这小城里边，以前住着我的祖父，现在埋着我的祖父。／我生的时候，祖父已经六十多岁，我长到四五岁，祖父就快七十了。我还没有长到二十岁，祖父就七八十岁了。祖父一过了八十，祖父就死了。"这两段话之间的时间跨度里，镶嵌着呼兰河小城的众多人生故事，首尾相衔，两两对照，仿佛经历了漫长的旅程，故事的叙述者绕了一个圆圈，从终点又回到了起点，情感的轨迹近乎封闭自足的圆形。这种封闭自足的情感结构，对应着小说叙事中时间流程的终止，排斥了时间向度的延展性，保持了叙事进程内在的整一，这种闭锁型的情感结构充分保证了小说空间结构的完整自足。

与此同时，《呼兰河传》中圆圈型抒情结构还打破了昔日重来的幻觉，显示出时间的一去不返，从而解构了在小说主题上的"寻找失去的时间"之说。显而易见的是，对于"后花园"、"储藏室"，以及那失落了的童年时光，还有那给了童年时代的"我"以"温暖"和"爱"的祖父，萧红满怀着无法言说的温情。写作《呼兰河传》时的作者，也早已经历人生的风霜洗礼，身世飘零，自然免不了怀旧情绪的浸染，因此说《呼兰河传》具有挽歌的情调，想要重新唤回那失去的旧日时光，是一曲"失乐园"的哀歌，也不无道理。但同样让我们困惑的是，在"尾声"部分，叙述者亲手打碎了"回家"的幻影："从前那后花园的主人，而今不见了。老主人死了，小主人逃荒去了。"

在尾声部分，怀旧对象的失落，物是人非的感慨，把我们从童年往事中唤醒，以"物是人非事事休"的浓重的哀愁打碎了"美好童年"的幻觉。

笔者认为，从小说主题上看，《呼兰河传》创作主旨与其说是为了"昔日重现"，不如说是"为了忘却的纪念"。在尾声部分，作者自言："以上我所写的并没有什么优美的故事，只因他们充满我幼年的记忆，忘却不了，难以忘却，就记在这里了。""忘却不了，难以忘却"，可见叙述者承载着往昔沉重的精神负担，她之所以"记在这里"，是希望能借助写作达到精神上的疗伤，耸身一摇，从萦绕于心的重重往事中挣脱出来。写作对她而言，并非遗忘的反面，而是遗忘的一种方式。在《呼兰河传》的世界里，无论是小团圆媳妇被"好心"的看客折磨着悲惨地死去，还是有二伯寄人篱下苟且偷生地活着，还是冯歪嘴子倔强艰难地活着，这些都是作者宁愿忘却的，因为这里"尽是些偏僻的人生"。即使是充满了温暖和爱的与祖父相处的时光，也因为祖父的离去，"人群中没有我的祖父"，而不值得重新来过。

再次，人们生活形态的单调与重复，显示出时间的停滞不前。呼兰河城中人们的生活，也是一片永劫轮回的生死场。小说中叙事者时时跳出童年叙事者的视角，以悲悯的目光打量呼兰河人日复一日、年复一年的卑琐生活："那里边的人都是天黑了就睡觉，天亮了就起来工作。一年四季，春暖花开、秋雨、冬雪，也不过是随着季节穿起棉衣来，脱下单衣地过着。生老病死也都是一声不响地默默地办理。""生、老、病、死，都没有什么表示。生了就任其自然的长去；长大就长大，长不大也就算了"，对他们来说，"人活着是为吃饭穿衣"、"人死了就完了"。他们的生活状态是自然的和原始的，是周而复始的循环往复，脱离了历史的轨道，仿佛岁月的流逝，独独与他们无关。他们的生活沉滞如死水，看不到历史变迁带来的任何震动，人们一年之中精神上的盛举，诸如跳大神、唱秧歌、放河灯、野台子戏、四月十八娘娘庙大会等,仿佛能给贫瘠单调的生活增加一点色彩,其实也不过是死水微澜。自然而然地,他们照着祖先留下来的规矩办去,带有民间狂欢气息的节日活动也往往凝定为人们生活的常态,在平静的生活之流中吹不起半点涟漪。

最后,叙事性因素的弱化和描写性因素的加强,冲淡了时间感。虽然从根本上说,一切人类的文明都是对时间的抵抗。但在传统文类中,相对于诗歌、散文和戏剧,在保存和凝固时间方面,无疑小说的效果更为显著。小说是一种叙事文体,而叙事的本质是对时间的凝固和保存。然而在《呼兰河传》中,传统小说学所谓的"叙事性"是很稀薄的,大量诗歌和散文文体中的抒情性因素渗透进来,淡化了这部小说的叙事性,以致该小说被命名为"诗化小说"、"散文化小说",也正是这种叙事性的淡化,显示出淡化和削弱时间性的趋势,进一步彰显了其空间形式。

同时,大量描写的使用,对细节的精心雕琢,使得局部超越整体而获得意义,对细部琐屑事物的流连和咀嚼导致小说叙事的迟缓,在情节节奏上显示出迟滞和徘徊不前,也缓解了时间的进程,造成空间感。此外,对细节的精心雕琢类似于绘画艺术中的工笔细描,正是小说借助空间艺术的表现手段,这种手段无疑会增加空间感。

以上种种终止时间流程的方法,彰显了《呼兰河传》的空间形式,瓦解了时间的清晰度,使得《呼兰河传》中的时间感变得模糊,叙事的年代被淡化,叙事的时代背景被消解。于是读者关注的重心转向小说中的空间形式,使得叙事更具有象征色彩,能够超越一时的意识形态的喧嚣,抵达对人类整体生存困境隐喻的高度。

总之,无论是从整一的空间情境的营造,还是从并置的空间结构的采用,抑或从叙事中时间流程的终止来看,《呼兰河传》都具备空间形式小说的主要构成要素,《呼兰河传》堪称是中国现代文学中体制最为完备的空间形式小说之一。同时如果我们注意到萧红的《呼兰河传》写于1940年,而直到1945年,美国文学批评家约瑟夫·弗兰克才在《现代小说中的空间形式》中首次系统地提出小说空间形式的理论范型,那么,萧红《呼兰河传》的先锋性品格就更加一目了然了。所以我们说,正是在小说空间形式方面的杰出探索,使得《呼兰河传》冲破了传统小说学的束缚,具有了鲜明的现代品格,并最终被凝定为中国现代文学的经典。

原载《北京工业大学学报》(社会科学版)2007年第5期

"诗"与"史"的缠绵

哲思的诗意表达
——读《在时光之外》

少年哀乐过于人，歌泣无端字字真。

既壮周旋杂痴黠，童心来复梦中身。

——龚自珍《己亥杂诗》

一 阐释的艰难：不可名状的小说

在充满喧嚣与躁动的 2007 年中国文坛，刘诗伟 28 万字的长篇小说《在时光之外》（作家出版社 2007 年版）逸然面世，宛如旷野的清风，给人们带来一阵惊喜。惊喜之余，评论家发现了对这部小说阐释的困难：这是一部什么类型的小说？历史小说，成长小说，科幻小说，哲理小说？

在叙事视角上，这部小说采取了典型的儿童视角，以一个小学生从 7 岁到 10 岁的生活历程和内心体验为线索来编织故事，铺陈情节；但在故事的展开过程中，成人叙事者又频频出现，不时以深沉理性的议论打破童年叙述中天真幻美的情调。在风格上，这部小说以细腻柔美的笔触描画乡间风情风物，渲染乡土风俗，具有感伤唯美的抒情品格；但它的故事背景却是充满暴力和血腥的"文化大革命"。在对荒诞历史的回溯中，作者的笔调时常流露出讥刺的锋芒，小说中充满了机智诙谐的讽喻，作者常常沉醉于话语的狂欢，调侃甚至戏仿的语言游戏，又在某种程度上解构了小说中的脉脉浓情，使小说的风格趋向斑驳芜杂。在语言上，这部小说的人物语言主要采用江汉平原一带方言土语，原汁原味，但作者的叙述语言却是经过高度提纯和锤炼的诗化语言。他时而采用客观严谨的论文体，时而采用清新自然的散文体，自由游弋于不同风格的语言体式中，融会"文革"词汇、政治术语、领袖语录、乡村俚语于一炉，文风如行云流水般舒卷自如。

《在时光之外》所蕴含的上述诸多"对立统一"，一方面造成了对这部小说解读的艰难，另一方面，也向我们敞开了这部小说的多重视野，提供了从多个维度阐释它的可能性。在2007年7月16日作家出版社举行的作品研讨会上，与会学者有人认为《在时光之外》是一篇"大文化散文"，有人认为它是"非小说"，有人则说这部小说情节的张力不够。这种阐释的多元和歧异也说明了：这部小说对已有的艺术成规提出了挑战，对传统的审美规范造成了冲击，简单地从传统的小说三要素，即"人物"、"情节"和"故事"来谈论它的艺术创新是不够的，我们必须考察，在《在时光之外》中，传统的"小说性"，也即那种"使小说成为小说的东西"如何发生了变化。

在"小说美学"的意义上，笔者认为，《在时光之外》是一部典型的"诗化小说"，可以将之纳入中国现代文学史上"诗化小说"的谱系中。这类带有浓郁抒情气息的"诗化小说"，跨越了小说与散文，甚至小说与诗歌之间的体裁界限，是一种跨文类写作。在体裁的边缘处生长，"诗化小说"能够吸纳各种体裁的优长，造成文体的摇曳多姿，叙事的灵动活泼。在艺术上，这类跨越体裁禁锢的小说往往能够推陈出新，为小说艺术重新立法。较之那些固守传统小说边界的创作，这类小说的艺术价值和审美独创性往往更高。中国现代"诗化小说"由鲁迅奠基，属于这一系列的作家，有萧红、萧乾、沈从文、汪曾祺、何立伟、铁凝等。刘诗伟《在时光之外》的出现，无疑为"诗化小说"这一文类谱写了新的篇章。

二 "思"与"诗":新的深度模式

在某种意义上,小说是一种面向死亡的讲述,几乎所有着意于雕刻时光的小说,处理的都是一个思索死亡的命题。犹如普鲁斯特的《追忆似水年华》一般,《在时光之外》表达的也是这种深切的终极关怀。它描述刘浪对"死亡"的思考过程,向我们敞开的却是关于"生存"的真理。在《在时光之外》中,哲理的表达融会在叙事的肌理中,对生存的哲学思考通过亲切感人的生活细节自然而然地流露出来。那么,作为一部具有浓郁抒情气质的诗化小说,《在时光之外》是如何通过诗意描写进行哲理表达的呢?笔者认为,新的深度模式的探索,成就了《在时光之外》独特的哲理品格。

首先,对"死亡思考"的凸显。《在时光之外》有一条明晰的主线,那就是刘浪的心灵成长,而刘浪的一切困惑都围绕着对"死亡"的思考展开。当意识到人是必死的,刘浪的心情焦灼而苦痛,他无法接受人作为"必死者"的命运。在小说中,刘浪喋喋不休地念叨着,最使他痛苦而彷徨无助的,也正是"人终有一死"这个冷冰冰的事实。这是现代人在"人的觉醒"开始后最初的迷惘,这种迷惘在我们的文化传统中是罕见的。中华民族崇实尚用,很早就具有朴素唯物主义思想。关于生死,我们耳熟能详的是孔子的"未知生,焉知死",强调从容面对现世,悦纳自我,不纠缠于对存在的空虚追问,所谓"子不语怪力乱神"。奉实用主义为处世金针的国人,对于遥远的彼岸世界,倾向于漠然置之。然而,距孔子 2000 年后,西方哲人海德格尔却发出了振聋发聩的追问:"未知死,焉知生?"《在时光之外》秉承海德格尔式的追问,描摹了以刘浪为代表的现代主体的觉醒过程,弥足珍贵。《在时光之外》中以老贤木为代表的新一代知识者向宇宙空间探索,寻求新的能源及新的生存可能,也正代表着新时代里,科学话语对于塑造新的知识主体的作用。有了科技之光的照耀,《在时光之外》因现代理性而彰显哲理品格,免于空虚和荒诞。

其次,对"文革"灾难新的反思。"文革"是一场空前的大浩劫,是史无前例的对于人性的扭曲和异化,是中华民族精神史上最为污秽阴暗的段落。"文革"结束后,涌现了一大批相关题材的小说,如刘心武的《班主任》,卢新华的《伤痕》等,一时"伤痕文学"、"反思文学"热潮迭起。这些小说裸露"伤痕","反思"历史,大多造成了轰动效应。如今反观这些作品,发现其深度模式大多建立在这样的思维模式上:"文革"惨绝人寰,"文革"中人人自危,人们彼此泼脏水,揭阴私,假恶丑到处横行,真善美无处藏身。有少数作品渲染苦难,裸露伤痕,甚至由声讨"文革"罪恶的"谴责小说"逐渐沦为专揭隐私黑幕的"黑幕小说",于是,"人性恶"泛滥成灾,借"文革"题材展览人性病态成为一时风尚。对文学的价值判断,也造成了一种恶性循环:有的批评家认为,描写人性的阴暗面,暴露潜伏在冰山之下的幽暗的隐意识层面,才能探索到人性之"深"。与这些沦为"黑幕派"的"文革"小说相比,更能见出《在时光之外》深度模式的独特性:《在时光之外》处理的依然是不堪回首的"文革"岁月,但它提供的是正面的价值。它写了"文革"对人们心灵的戕害,但更多地写出普通老百姓在"文革"岁月中的"时穷节乃现,危难见真情":马老师和篓娃子婶,大难临头时没有劳燕分飞,反而尽释前嫌,重归于好;父亲因"思想问题"被关押起来时,乡亲们没有落井下石,而是殷勤探问;向老师为解救学生,毅然献出了年轻的生命,背负着"畏罪自杀"的莫须有罪名;甚至连老书记最后也人性苏醒,在残酷的阶级斗争中悄悄放过了老贤木……在阶级斗争的血雨腥风中,交织着人与人之间浓浓的温情,使得恐怖的岁月不再那么面目狰狞。人性的真、善和美,普通老百姓在灾难岁月中相濡以沫的真情，底层生活的质朴的伦理，劳动人民中间温暖的情与爱，默默无言地滋养着刘浪。乡间生活中孕育着朴素的真理，以"爱"的力量抵挡了"死"的空虚，刘浪的"文革"岁月依然是美好的青葱岁月。《在时光之外》对人性正面价值的肯定，对冷酷历史中温暖色调的努力追寻，使它在同类题材小说中具有了深沉温暖的格调，提供了"文革"叙事新的深度模式。

三　敏感的主体："分享者"与"旁观者"

《在时光之外》以刘浪的心灵成长为线索，用细腻的笔触描绘了"文革"初期江汉平原农村的日常生活。它写出了"文革"中历史的暴力，也写出了个体在历史中的蜕变和成长，感人至深，发人深省。《在时光之外》其实"在时光之内"，小说诉说那光阴的故事，主旨是雕刻"时光"。作者追忆似水年华，营造出昔日重来的幻觉。我们看到，叙事者沉醉于童稚时代美好的幻梦中，期盼"时光"永驻：他流连过去的光与影，镌刻下乡村童年的爱与美。然而，童真的幻境被历史粗暴地打破，《在时光之外》中的翩翩少年遭遇"文革"。它是如何将童年纯洁的情愫镶嵌在历史的暴力中，而能彼此相宜的呢？笔者认为，《在时光之外》中，抒情主体兼有"分享者"与"旁观者"的双重身份，使得"童年"与"文革"嫁接在一起时不显突兀。

《在时光之外》的叙事角度，并非单一的儿童视角，而是夹杂着成人视角。作者在儿童视角与成人视角之间切换，流转自如，不露痕迹；更多的时候，儿童视角与成人视角合而为一。这是它的独特之处，也是它容易引发争议的地方。作为一部追溯往事的小说，《在时光之外》故事进展的"过去完成时"与写作时刻的"现在进行时"常常交叉渗透，作者不刻意将二者剥离开来，而是你中有我，我中有你。这也正是写作和生活的常态。在作者"有距离的观照"中，当回首往事，沉醉于那消逝了的童稚时光时，他是"分享者"：他沉浸于那少年时代的云与月，迷恋那时天空的光与影，畅饮着那时岁月的爱与美，在审美的沉醉里，他忘却了自我，正是"童心来复梦中身"。而一旦从回忆的幻梦中惊醒，陷入日常生活的琐碎和劳碌，思考现实人生的伤与痛，对于那过去的时光，他便变成冷静的"旁观者"：经历了多年的世路周旋，心中夹杂着童心未泯的"痴"和世事洞明的"黠"，回归现实自我，他又复是"既壮周旋杂痴黠"了。

《在时光之外》以全知视角"他"作为观世论人的出发点，"他"即珠玑小学的刘浪。全书叙述刘浪从7岁到10岁，从小学二年级到小学四年级的人生遭遇和心灵成长。刘浪气质明慧敏锐，聪明过人，具有"打破砂锅问到底"的个性。故事开始时，7岁的刘浪即陷入形而上的痛苦中不能自拔，"我生活在人们中间，我和人们一样生活"，这个平淡无奇的觉悟使他惊觉自己和他人的存在，并对人作为"必死者"的命运感到恐慌，在生机勃勃的、春天的大自然中萌发出"我们都会死的，死了便没有了，而且永远永远！"的伤感。我们发现，在此后的叙述中，这种焦灼和感伤的情绪不断重复，宛如循环往复的咏叹调，一唱三叹，构成了全书的主旋律。引起人们争论的首先是"诗"与"真"的问题：一个7岁的男孩，童蒙未开，懵懵懂懂，生命还在一片混沌，为何竟会发出对生死的深沉喟叹，有了"滚滚红尘都看破"的悲天悯人的情怀？其实，小说一开头，儿童视角的纯真无瑕与成人视角的沧桑幻灭就交织到了一起，奠定了整个故事的双重视野。儿童，站在人生的起点，明媚如春日的朝阳，"少年心事当拿云"，总有无穷的天真纯美的梦想，想要经历人生的"有"，他的生命是丰盈而优美，又同时忧虑着那"有"的失落；成人，饱受世事白云苍狗般的变迁，逐渐领悟了人生的"无"，幻灭虚无的情绪无法排遣，又无法超然物外，于是在苍茫暮色中回望人生那如绚烂朝霞般的起点，向那无边的幻灭发出召唤，发出质询，这是抗争，也是悲悯。

儿童视角和成人视角的交叉渗透，使得抒情主体得以在"分享者"与"旁观者"之间自由游移，多元视角带来了多维景观，《在时光之外》给我们呈现出1960年代初期江汉平原农村生活的全景图。以儿童视角观世看物时，作品写出了刘浪、马宏达、李黑牛、安娜、杨柳青等少男少女缤纷多彩的心灵世界，写出了男孩刘浪充满欣喜而悚惧的成长过程；以成人视角体察世界时，作者把幼稚无知的童年提升到对人生进行哲理探求的高度，揭示出生命成长的启示录，他那双阅尽沧桑的炯炯双眸，看到了历史和现实的深处。

与文学史上众多采取单一"儿童视角"的小说相比，更容易看出《在时光之外》艺术探索的独特性。单纯的儿童视角往往容易限制作家思想探索的深广度。以儿童视角来观照成人世界，以孩子真纯清澈的眼睛凝眸成人的蝇营狗苟，往往容易见出成人世界的异化和荒诞，能够便捷地完成批判现实主义的文学主题。萧红的《呼兰河传》、林海音的《城南旧事》，都是采取单一的"儿童视角"，成就社会批判的主题。但就思考深沉的人生哲理而言，单一的儿童视角却无法承担。儿童视野往往单纯轻浅，无法承载人生探索和哲理表达的沉重。《在时光之外》成人叙事者的在场，使得文本中镶嵌幼童刘浪的生死思考显得自然而然，成就了深沉凝重的哲理品格；如果成人叙事者缺席，小说对"文革"的深刻反思和犀利批判将没有载体，我们无法想象那些深沉独到的议论出于一个十龄小童口中。所以，采用双重视角，给了作者更多创造的自由。《在时光之外》的艺术逻辑中，双重视角使得许多乍看匪夷所思的情节和议论显得顺理成章。

四　词与物："方言写作"与诗化文本

《在时光之外》最吸引人的是它纷至沓来的精彩细节。它描画记忆中的乡土，那方水土上人民的情爱，饱蘸着柔情。笔触温柔，细腻，唯美，复活了1960年代江汉平原的风景、风俗与风情。作者捕捉到江汉平原特有的自然风貌，把它移在纸上：那繁茂的春柳形成绿色隧道，那无边的菜花编织成金色原野，那清脆婉转如天籁的"豌豆八果"，那遮天蔽日的木子树冠……凡所着墨处，皆点染得缤纷绚烂，与人生的华彩段落恰相谐调。作者是个诗人，他以一颗眷眷诗心来捕捉乡村生活的光影，无意于编织扣人心弦、引人入胜的情节，更无意于玩弄叙事的迷宫或圈套，他只是诚挚地写出他的胸襟怀抱，描摹出画境，洋溢着诗情。作者是着色的妙手，他工于写景致，长于造情境。作为一种新型的"诗化小说"文本，《在时光之外》是一首明媚优美的叙事诗，一幅丰富多彩的风俗画，一支明媚感伤的歌谣。

引人注目的是，作为洋溢着诗情画意的"诗化小说"，《在时光之外》的人物语言却采用了俚俗的江汉方言。中国江汉平原沃野千里，是富饶的鱼米之乡，物产丰美，民风淳朴。江汉方言是西南官话的一支，语言简洁、明快，反映出楚地民风的豪强悍勇，乡民性格的爽利明朗。海德格尔有言："一种民族语言就是本民族的精神，民族精神就是它的语言"，海德格尔认为"语言是存在的寓所"，维特根斯坦也说过："想象一种语言就是在想象一种生活方式。"江汉方言用作文学语言，携带着江汉平原人特有的爽朗豪迈的气质。楚人的魂魄黏着在江汉平原的方言土语上，造成江汉方言绮丽明媚的抒情气息和干脆利落的为文风貌。《在时光之外》采用了大量的江汉方言，传达出浓浓的乡土情怀，写出了江汉平原乡间泥土的气息，人民的死生。

"诗"与"史"的缠绵

《在时光之外》写的是作者的故乡,人物语言采用江汉方言,充分口语化,这种谈论故乡时不用整齐划一的"普通话"的努力,避免了将特定的、唯一的故乡"普通化"。作者对语言有充分的自觉,他对故乡的热爱附着在对江汉方言的敏感上。在第三章《迷里迷气》的开头,作者从语义学的角度追根溯源,详细解释了江汉平原的独特词条,如"二黄"、"日夜弹琴"、"迷气",赋予这些词汇以江汉平原人特有的生动性格,并由其中"迷里迷气"和"迷气"两个词条展开了对故乡奇异人事的描写。在"迷里迷气"的人物系列中,烘托出老贤木的形象,为老贤木撰写了"精神的家谱"。此外,《在时光之外》整齐的四字回目,如"迷里迷气"、"豌豆八果"、"太阳落土"等,都是直接采用江汉平原的方言土语;另外的回目,如"菜花黄了"、"流氓地主",其中的"菜花"、"流氓"等江汉口语,也与普通话中的含义迥然有别。

与人物语言采用方言土语相对应,在作者叙述语言部分,密集着对江汉平原乡民物质生活精细的介绍,比如对食物的描写。乡人淳朴憨厚,大爱无声,不习惯直白地表达火辣辣的情感,人们之间深切的关怀往往在馈赠食物的过程中默默无言地流露出来,1960年代正是中国农村物质贫瘠、食物缺乏的时候,凝聚在食物上的情爱弥足珍贵。《在时光之外》写了许多围绕着食物展开的人际交往,如马宏达与刘浪嗜好的"火烧芝麻小麦饼",祖母和爷爷生气时候吃的"油盐豌豆",奶奶悄悄送给地主婆子的"猪肝汤",安娜与刘浪一起吃的"麦米粑"……乡间物质生活的细节跃然纸上,凝结在食物上的人与人之间的情感交流,无论是少男少女之间纯洁的友情,还是乡民之间温暖的关切,都与食物一起给读者留下了深刻印象,那些食物因此也参与了小说中浓厚的地方特色的营造。

但无论是对新鲜活泼的方言土语的采用,还是对乡村物质生活的细腻刻画,都没有使《在时光之外》的语言流露出粗鄙化的迹象。总体风格上,《在时光之外》具有"雅言写作"的基本特点,是典型的知识分子文本。弥漫在小说中的大量精彩细节,呈现出一个又一个画面,作者采用古典诗词中写景造境的精细笔法,以密集的优美、抒情的"诗化句子"连缀全书,方言土语的俚俗气息被净化,被升华,只剩下一片温馨,一派美好。在一个欲望膨胀,消费至上的时代,当代文学语言出现了粗鄙化倾向,尤其是方言写作,因为采用五方杂处、南腔北调的市井俚语,更容易流于鄙俗。表现在性描写上,有些作家的方言写作甚至造成语言污染。《在时光之外》也写了孩童的性启蒙和性成长,写了青春期朦胧混沌的性的觉醒,写了乡人宽容松弛的性道德和乡间自然随意的性关系。小说中的曹大婶骂街、王光大和篓娃子偷情等,都直接间接地写到了乡间的性关系。但都经过了审美的提纯,作者充分节制语言,避免使用脏字脏词,往往用"流氓"、"过喜事"等中性词来含蓄委婉地表达,因此能将不洁感过滤掉,只留下审美的距离。

五 诗与真:距离的组织

《在时光之外》是小说,不是历史。但诚如郁达夫所言,"文学作品,都是作家的自叙传"。《在时光之外》带有某种程度的自传性,是作者童年的心影,是他成年后回顾往昔的自叙传。因此,我们习惯于将刘浪的心路历程看成作者自己少年时代的精神探求,将《在时光之外》的"小说家言"看成作者的"心史"。此时,《在时光之外》里"诗"与"真"的问题便浮出水面:作为一部以个人生命体验为底色,描写现实生活的小说,刘浪、老贤木等人物形象真实吗?在整个故事的进展中,刘浪处于7岁到10岁的年龄段,小说结束时刘浪也只有10岁,这样一个稚嫩的孩童,难道会时常陷入对生死问题的抽象思考吗?老贤木这样一个"迷气",似癫似痴,似疯似傻,仿佛大智若愚,又仿佛迷狂无知,他"比革命更狡猾"。这两个人物形象符合生活和艺术的真实吗？

　　首先，从艺术的真实考量，在《在时光之外》的艺术逻辑中，无论是少年老成，沉思冥想的刘浪，还是似傻如狂，逸出正常生活轨道的老贤木，都是真实的。在作者艺术创造的虚拟世界中，刘浪被赋予"天才"的气质，虽是小小孩童，却颖悟超群。作为极其早慧的天才儿童，刘浪寻思生死问题并不显得突兀，这正是天才的不同寻常。这情形正如《红楼梦》中的贾宝玉，聪慧明达为常人所不及，十岁左右就多愁善感，工诗善文。以现实生活中正常儿童的心智发展水平来衡量天才刘浪，是无视作者塑造刘浪这一人物形象的假定艺术前提的。同样，在疯狂的"文革"年代，一切价值都被践踏，黑白混淆，是非颠倒，往往浊者愚者一步登天，清者智者沦为下流。面对滔滔浊世，老贤木无力回天，只好装疯卖傻以自藏，苟全性命于乱世，所谓"天下无道则隐"，这是中国知识分子在黑暗时代韬光养晦、聊以自保的策略。在老贤木表面的痴狂后面，是大智若愚，是正直清高的知识分子面对乱世无以藏身的无奈。作者将老贤木放在风雨如磐、暗无天日的"文化大革命"这一特定的历史时期，有深意存焉。从中国历史上看，魏晋时期文人如阮籍、刘伶的佯狂纵酒，狷介不同流俗，落落不群等狂者人格，在老贤木身上得到了淋漓尽致的体现。

　　其次，从生活的真实考量，《在时光之外》中的刘浪、老贤木等人物形象虽然有一定程度的理想化色彩，但依然符合楚地的生活真实。湖北江汉平原一带在古时属于楚国，楚地在历史上巫风最烈，民性中诡谲奇丽的性情发扬得格外凌厉。屈原《离骚》般绚丽奇诡的文辞，美人香草的比喻，也正是植根于楚地巫风炽烈的土壤。近代以来，饱受现代科学洗礼，楚地民众中崇鬼神、行巫术的风气却依然不改，尤其是居住在乡村中的愚夫愚妇，日常行事往往听凭感性驱遣，更多蒙昧与混沌。在江汉平原农村生活过的人，会对乡人被神秘谣言所蛊惑的迷狂情状印象深刻。笔者于20世纪90年代初期，曾在江汉平原乡间亲闻一桩"15岁以下孩童必穿红短裤以辟邪，否则必死无疑"的惊天谣言，记得那时乡人得此谣言，急切如得军令，众人奔走相告，一时店铺中红布被抢购一空，当时笔者与同学闻此谣言均信以为真，遂至惶惶不可终日。所以，《在时光之外》最后的"宇宙通知"，放在现代文明视野中只觉其荒唐滑稽，读者往往将之当成作者不合情理的"大胆想象"，但以江汉平原人的生活现实"小心求证"，却发现这并非凭空虚构的"小说家言"。

其实，我们的生活中充满了不合逻辑，不能听凭理智剪裁的元素，出人意料，让人心惊，生活的真实往往超越了艺术的想象，不独楚人的生活为然。同时，刘浪从小敏锐地感悟到"人都是要死的，地球也是会死的"，他对祖母、马老师、老贤木发出关于生前死后的追问，寻求答案。对于"不知死活"，浑浑噩噩地生活着的人们，这孩子稚嫩的童音宛如平地起惊雷，颇让人惊讶于其过于早熟多思，但当我们追溯楚地的历史，刘浪式的追问其实一直回荡在荆楚大地，这追问犹如屈原的《天问》，晴天霹雳般劈头而来，这"天问"中满载着敏感多思的楚人的魂魄，它还将不断困扰着一代代明敏多思的人们，同时警醒麻木混沌的人们，重新思考自己的存在。

综上所述，《在时光之外》作为一部诗化小说，在艺术上的独特探索体现在：突破了单一的"儿童视角"，采取了"儿童"和"成人"双重视角；在诗化风格中容纳了"方言写作"的新元素，创造了新鲜活泼的新语言；将大胆的艺术想象和楚地的历史文化结合起来，塑造了鲜活生动的人物形象。

其实，《在时光之外》除了在艺术探索上着意于对时间（童年记忆与"文革"历史）和空间（江汉平原大地）进行精细繁密的"距离的组织"之外，作者刘诗伟与文坛的关系也保持着若即若离，恰到好处的"距离"：他多年沉浮于商海，系念着文学；身在热闹喧嚣的"文坛"之外，心却在睿智深沉的"文学"之内。在饱经人生忧患之后，以世事洞明的"黠"来反观童心未泯的"痴"，他才能做到"童心来复梦中身"；也正是在远离浮躁扬厉的文学圈，规避"圈内人"写作的潜在规则和操作程序后，沉潜博览，十年磨一剑，他才能为自己写下真挚的赤子心，为故乡描下清晰的全景图。在这个意义上，刘诗伟一直在文坛之外，但从来都在文学之内。

原载《小说评论》2008 年第 1 期

大时代里的小人物
——崽崽小说中的海南土著

作为当代中国最执著于海南书写的作家，崽崽笔下的海南人具有文学标本的意义。崽崽被誉为"海南岛的老舍"，他继承了老舍关注底层、体贴民生的文学血脉，将目光投向了海南岛上的芸芸众生。在崽崽的小说世界里，活跃着形形色色的海南人和大陆人，但其中最生动鲜活的，往往是来自海南底层社会的"牛头马脸"：阿辉、老罗哥、阿六、七爹、七嫂、狗六、吉仔、阿霞……这些人连姓名都很土很低贱，他们出没于海南的大街小巷，是真正的"引车卖浆者流"，具有鲜明的"草根性"。在油盐酱醋、家长里短的琐屑生活中，崽崽描摹了土生土长的海南人的生动形象；并从他们的烦恼人生中，思考文化的多样性，探询边缘的意义。

一 弱者的反抗

崽崽小说的关键词之一，是"反抗"；崽崽笔下的市井豪杰，往往性格粗粝，富于反抗性。在《不识字的阿辉》中，崽崽写道："阿辉父子不稀罕相濡以沫，他们泼向对方的暴怒，是反抗生活的一种演习，这种演习使他们保持了生命的活力和勇气。"[①]当"反抗生活"成为生活艰难者的一种演习，反抗已经具有了天然的合理性。然而,崽崽笔下的反抗依然让我们触目惊心：这是弱者的反抗，一种自轻自贱的阿Q式的反抗，反抗者最终取得了胜利，

---

① 崽崽：《谷街后》，海南出版社2005年版，第42页。

"诗"与"史"的缠绵

也只是一种阿Q式的精神胜利。

这是小说《不识字的阿辉》中的一段描写:

> 警察赶到了……阿辉就不跑了,他转过身,一只右手在裆里掏,那些人又笑,我不知他们笑什么,却见阿辉从裤裆里拖出自己的家伙来,用手握着戳了三几下,那家伙蓬勃起来,像剥了皮的眼镜蛇,嫩红赤亮狰狞吓人。阿辉的眼镜蛇朝着警察三下五下直顶,笑声又从四周塘堤和水面升起,荡漾在天空。阿辉没有笑,他的脸上甚至带着愤怒,不过他的愤怒显得有点皮怒心不怒的样子。……警察倒是被阿辉镇住了,他们一副不屑的样子掉头往回走,走得很不心甘,脚步呆滞的样子,但他们确确实实是往回走了。①

阿辉在别人的鱼塘里抓鱼,是明目张胆的偷窃;民警要抓他,他却不慌不忙地掏出自己的生殖器羞辱对方。最后,阿辉大获全胜,警察悻悻而去。然而,阿辉父亲早逝,又遭母亲遗弃,跟着继父,生活无着,只好行窃。他以卑贱低俗的方式,羞辱警察,反抗不公道的世界,其实也情有可原。事实上,通过叙述者"我"的观感,崽崽表达了对底层社会生活伦理的同情之理解:"我感到非常惊讶,要知道,我是多么害怕警察、兵士以及一切穿制服的人啊。阿辉怎么就这样轻而易举地把他们挫败呢?""穿制服的人"代表着强大的国家机器,象征着体制的冰冷面孔。阿辉以弱者的反抗,凭借微不足道的个人,消解着体制的强大威权。

弱者的反抗无关乎善恶,只关乎强弱,这是穷人们从艰难的日常生活中领悟到的朴素的真理。于是,对于《谷街后》中奶奶的反抗,我们也能投

---

① 崽崽:《谷街后》,海南出版社2005年版,第11页。

大时代里的小人物

去同情的一瞥了:"我"偷了一捆菜,被人追打,要扭送派出所。这时"我的奶奶"的反抗是:"奶奶勃然大怒,她从床上一把揪住了那汉子的裤腰,叫道,你什么牛头马脸敢欺负我的孙,我拔两根老嬷毛塞你的嘴!她真的从裆下扯出了三根黑亮的毛来……我的奶奶已经把那三根毛贴在了那汉子汗湿的脸上……"①奶奶平日为人阴鸷,此番她的反抗方式卑俗不堪。叙事者依然对她流露出饱含温情的态度,这情形仿佛印证了老舍所言:"穷人的狡猾也是正义。"

弱者的反抗,在崴崴小说中反复出现,成为一个生动鲜明的意象。小说《谷街后》中,"我的哥哥"为了抢回被人强占的房子,大打出手,招来了派出所警察和所长,这时叙述者写道:"我的哥哥还在所长瞪他的时候把手伸进裤裆里搔了搔,罢了又把手放在鼻上嗅了嗅,街坊们就哄笑起来。所长就被挫了一挫……"② "我的哥哥"是个跛子,因为残疾,饱受屈辱,生命的低贱激发了他反抗的蛮强。对于这种蔑视政府的流氓行为,崴崴通过文中人物之口,流露出赞赏的态度。小说中"我的对象"评论"我的哥哥"说:"我就喜欢你哥哥这种人,直来直去,敢作敢为,最好!"

直到2010年获奖的小说《我们的三六巷》,崴崴依然延续了这种"弱者的反抗"模式。财大气粗的狗六筑屋,占了阿霞家土地,阿霞父母敢怒不敢言。前来"主持公道"的派出所老吴已被狗六收买,装模作样打官腔。作者叙述阿霞对老吴的反抗:"不料阿霞冲过来往他裤腰上一抓,把他的裤带揪住了"。煞有介事的老吴顿时颜面扫地,只好请求阿霞:"汝别动手动脚,我裤子落下来,法院判我不判汝的!"在围观者的哄笑声中,道貌岸然的老吴变得滑稽可笑。

---

① 崴崴:《谷街后》,海南出版社2005年版,第52页。
② 同上书,第64页。

崽崽小说中的反抗，往往设置了"强者"和"弱者"的二元对立，对立的双方本来力量悬殊：一方是代表权威的体制，甚至是国家暴力机器，诸如警察、派出所所长等人物，另一方是渺小的个人，诸如做贼的阿辉、跛子哥哥、势单力薄的弱女子阿霞、风烛残年的奶奶，等等。但是，弱者的反抗采取了贬低自己的卑贱的方式，强者因此威风扫地，颜面无存。当然，弱者也并非真正的赢家。此情此景，让人不由发出崽崽式的慨叹："他们会感叹自己旺盛的生命力，也会悲叹自己生命的低贱。"[①]

二　对照的世界

谈及《我们的三六巷》，崽崽有云："这部长篇写的是建省初期几个内地移民到海口某巷居住，与巷子原住民互相拉扯触合的故事。"实际上，崽崽一直是在"内地移民"与"原住民"的"拉扯触合"的视野中描画海南人形象的，不独《我们的三六巷》为然。"内地移民"是一个与"原住民"两相对照的世界，是一个参照系；以"内地移民"为镜像，在一个对照的世界中，更能深入刻画"原住民"的形象。

崽崽仿佛有两套笔墨，能描绘出两种截然不同的人物。对于"原住民"，崽崽笔端流露出温情与悲悯。但是，当他以土生土长的海南人的眼光，掉转过来打量"内地移民"的时候，便不禁露出讽刺的锋芒来。实际上，描写"内地移民"的小说，对于崽崽并没有完全独立的意义，而是作为他整个"原住民"世界的一个陪衬物，或者一个补充而存在。

小说《女人的故事》中，内地移民、被称为"人才"的克金上岛后颓唐潦倒，最终不名一文。当他衣冠不整、失魂落魄地去饭店与人会面，被印度门童拒之门外后，克金的反抗显得有些气急败坏："他全身的血都涌到头

[①] 崽崽：《寻找自己》，南海出版公司1994年版，第290页。

126

上。神使鬼差的，他突然褪下T恤，接着抬起脚，脱下裤子，甩了甩，一把罩在头上，拉开弓步，嘴里吭哧吭哧叫着，左右两边做了几个划船动作，用英语说，我，毛利人，艺术家……"①崽崽以漫画手法，勾勒出克金的猥琐形象。同样是弱者的反抗，内地移民克金的自轻自贱显得卑琐无聊，仿佛无理取闹，只能激发人们的厌恶与鄙夷之心；原住民阿辉、阿霞等人的反抗，同样卑贱低俗，却引起人们的同情与悲悯之情，真正大快人心。显然，对于"内地移民"与"原住民"，叙述者并未一视同仁。

毋庸讳言，崽崽并非一个不动声色的冷静的叙述者，其小说中有鲜明的自我，有强烈的主观。作为一个诚实的叙述者，崽崽的态度常常与其小说中人物的态度合二为一。崽崽小说的视野是内在于"原住民"的。崽崽的小说中，可以梳理出一条"内地移民"与"原住民"关系变迁的清晰脉络。

早期小说里，崽崽勾勒出"内地移民"的漫画像，展现了"原住民"居高临下的"福地"优越感。1988年，"十万人才下琼州"，内地人大举"侵入"海南岛之前，"原住民"居住在海南这个"阳光岛"上，风调雨顺，衣食无忧，占尽天时地利人和。崽崽通过小说、散文等多种艺术形式，反复书写"原住民"生活的怡然自得，论证海南岛为"福地"。然而，当年的"内地移民"，怀着淘金梦，跋山涉水，千里迢迢奔赴海南，他们背井离乡，举目无亲。创业期的内地移民，在海南岛上从事的多是贱业，他们挥汗如雨，衣衫褴褛。与整日泡在茶楼里的"原住民"相比，后者以其衣长裤白、逍遥自在傲人，正在情理之中。小说《福地》中阿六、阿明、赵宏等"原住民"与"过海人才"小英之间的强烈反差，为当时的情景留下了生动的写照。早期崽崽小说中，对于"内地移民"，男有"盲流"，女有"叮咚"之称②，"原住民"居高临

---

① 崽崽：《谷街后》，海南出版社2005年版，第253页。
② 在崽崽小说中，"盲流"特指内地民工，"叮咚"特指从事色情业的内地女子。

下的优越感，由此可见一斑。

然而，在福地海南岛，最终取胜的依然是"物竞天择、适者生存"的社会达尔文主义。凭借坚韧的生存意志和顽强的奋斗精神，能够吃苦耐劳的"内地移民"最终成为海南岛的精英人群，满足于喝老爸茶的"原住民"，则渐渐被边缘化，被抛入海南社会的底层。小说《我们的三六巷》通过性格鲜明的人物塑造，形象生动地展示了"原住民"边缘化的微观过程。

《我们的三六巷》体现了崽崽对于"原住民"性格与命运的重新思考。《我们的三六巷》以"三六巷"为核心，搭建了"内地移民"与"原住民"之间"拉扯触合"的广阔舞台。小说有两个脉络清晰的人物谱系：以卓金、王培生、王连财、那伟宏、李梦莲、星星等为代表的"内地移民"系列，以狗六、吉仔、阿霞、李坚、北琪、王遥等为代表的"原住民"系列。写得生动鲜活的，依然是"原住民"。"内地移民"是三六巷的"入侵者"，正是在他们的触发下，两相对照，凸显出"原住民"性格中的明与暗，命运中的澄澈与混沌。在理想主义者卓金的心灵感召下，吉仔得到精神上的成长；星星的忍辱负重、含辛茹苦，与李坚、王遥的游手好闲、好逸恶劳，恰成鲜明的对照；在卓金和星星的帮助和启发下，阿霞走出三六巷的阴暗与狭隘，走向明亮与开阔，活出了自己的一片新天地。故事结束时，吉仔、阿霞的人生境界得到升华；狗六、李坚锒铛入狱；北琪寿终正寝；王遥免于沉沦，重新开始。"三六巷"是一个寓言，它的沉沦与升华，象征着"原住民"走出原有生活世界，迈出新的步伐的艰难步履。三六巷的故事最终以"内地移民"卓金和"原住民"吉仔结合，携手漫漫人生路告终。这个皆大欢喜的结局，寄托着作者的美好愿望："内地移民"和"原住民"能够最终结合，实现优势互补。

三 文化的多元性

崽崽小说中土生土长的底层海南人，是独具特色的文学形象。通过对"原住民"的描写，崽崽为中国当代文学留下了社会急剧转型期的"海南经验"：弱者的反抗，采取的却是自轻自贱的卑俗的方式，其中的自暴自弃让人惊心动魄，悲从中来；大陆人才汹涌而至，生存空间被挤占，竞争的原则至高无上，"小人物"遭遇"大时代"，原本恬淡自守、懒散无为的海南市井小民，面临被边缘化的历史命运，又将何去何从？

崽崽表现了"海南经验"的独特性。崽崽小说，对茶楼、街巷与台风等独具海南特色的人文景观和自然景观的反复描绘，对海南人性格优劣短长的执着探讨，对海南市井人物的生动塑造，对海南方言土语的大量引用，揭示了崽崽为海南人写真的文学抱负。正是由于浓烈深厚的本土情怀，崽崽成为一个"海南风景的记录人"。

然而，崽崽并不满足于只是一个"地方风景的记录人"，他不愿凭借对海南热带风情的精细临摹，对海南奇人异事的展览性描写夸耀于世。崽崽小说中的海南人，皆是凡夫俗子，过着烦恼人生。崽崽的写作，让我们重新思考边缘的意义，并反思"文化的多元性"。

崽崽通过海南人的塑造，呈现了迥然不同的价值观。比如，关于"吃"，崽崽小说中的海南人有自己的一套人生哲学，他们信奉的是："肚大吃不过命长"，"吃肉好过吃药"，"吃不一样饱一样，穿不一样暖一样"，这些海南谚语中凝聚着海南人听天由命、得过且过的价值观。遥想古人对于"民以食为天"的真诚信奉，孔夫子对于"食不厌精，脍不厌细"的执意追求；反观如今紧张焦虑的现代人，为了"吃饭"，一味"吃苦"，形容憔悴，精神疲惫；我们对于土著海南人"吃肉"的人生态度，逍遥游的人生状态，不由生出几分羡慕：地处南疆僻地的海南人，注重人生的"过程"，而非汲汲于"结果"，其独特的价值观让我们发思古之幽情，仿佛证明了"礼失而求诸野"。

时至今日，土著海南人所代表的随遇而安、知足常乐的价值观，在内地移民积极进取、奋发有为的价值观的冲击下，逐渐分化瓦解。大浪淘沙，在大时代的冲击之下，死守传统价值观的土著海南人，摆脱不了历史的惰性，最终被时代大潮抛掷到社会的底层，彻底边缘化。对于土著海南人，崽崽常常"哀其不幸，怒其不争"；对于土著海南人的价值观，崽崽既有同情与眷恋，更有批判与决绝。因此，从《福地》到《我们的三六巷》，崽崽写出了"原住民"的升华与沉沦，也写出了"内地移民"的奋斗与挣扎。崽崽小说中的叙述者，也由一个内在于"原住民"的狭小视角，转向"原住民"与"内地移民"两相对照的宏大视野，崽崽正走向开阔和博大。

然而，崽崽写作中鲜明独特的"海南经验"是否因此被稀释，"文化多元性"是否因此无法体现？其实，以"文化多元性"之名固守"海南经验"的人，其深层心理动因正如鲁迅所言："愿世间人各不相同以增自己旅行的兴趣，到中国看辫子，到日本看木屐，到高丽看笠子，倘若服饰一样，便索然无味了，因而来反对亚洲的欧化。这些都可憎恶。"[①]

崽崽警惕着这种以"文化多元性"的名义，将不思进取、懒散无为的"海南性格"过度审美化的趋向，提醒海南人不要成为看客眼中的"风景"："我们再这样粗疏、潦草地乐天下去，恐怕来海南旅游的客人不会看重海南的风物，反而会对我们的人感兴趣。我们自己端凳子，排排坐，让客人瞧个仔细，打量个够罢了……"[②]

---

① 鲁迅：《灯下漫笔》，《鲁迅全集》第一卷，人民文学出版社2005年版，第228页。
② 崽崽：《海南的粗疏》，《福地》，海南出版社2007年版，第125页。

崽崽的海南书写，仿佛与阿来的话遥相呼应："这个世界，不同的人，不同的国家，都有发展与进步的权力。而不是基于某种叫做'文化'的理由，任一些人与国家时时进步，而要另外一些人与社会停滞不动，成为一种标本式的存在，来满足进步社会中那些人对所谓'文化多样性'的观感。"[1]

原载《海南师范大学学报》（社会科学版）2011 年第 6 期

---

[1] 阿来：《文学和社会进步与发展——在中意文学论坛上的演讲》，载《中华读书报》2011 年 7 月 6 日第 18 版。

抢救方言
——论崽崽的海南书写

一 "普通话"在海南:"国话"

关于"普通话",当代作家贾平凹有一句诙谐幽默的调侃:"普通话是普通人说的。"然而在海南,"普通话"的身份并不"普通",它被尊为"国话"。"普通话"摇身一变成为"国话",它在海南民众心目中的崇高地位,由此可见一斑。《现代汉语词典》中,"普通话"词条的释义如下:现代汉语的标准语,以北京语音为标准音,以北方话为基础方言,以典范的现代白话文著作为语法规范。[1]理论上,无论是作为其标准音的"北京语音",还是作为其基础方言的"北方话",对于地处中国最南端的海南人而言,普通话都显得相距迢遥,甚至漠不相关。普通话说得差的多是南方人,尤其是海南人。海南人说普通话,"南腔北调"在所难免,有时甚至"南辕北辙"。可是说来奇怪:"恰恰是海南人,特别是海口人却最爱说普通话。"[2]

作为一个移民岛,海南历来具有兼容并包的博大胸怀,善于吸收外来先进文化。普通话与海南话,在海南岛曾有双峰并峙之势。时至今日,随着"国际旅游岛"上升为国家战略,海南的国际化程度与日俱增。外来人口,尤

---

[1] 中国社会科学院语言研究所词典编辑室编:《现代汉语词典》,商务印书馆2002年版,第989页。

[2] 崽崽:《福地》,海南出版社2007年版,第120页。

其是北方人大量涌入,有人戏言三亚是"黑龙江省三亚市"。三亚北方化的趋势有目共睹,海口北方化的进程也赫然在目。随着北方人的到来,海南成为一个普通话处于绝对强势地位的语言环境。与此同时,海南话却在逐渐衰落之中。

一方面,日常生活中,由于北方文化的强势影响力,海南话逐渐边缘化。在海南,贩夫走卒都努力去说一口略显生涩的普通话,这在中国其他地方简直不可想象。在武汉街头,操一口纯正的"汉腔",更能理直气壮;在广州,会几句粤语,让人刮目相看;在成都,随着川话版《让子弹飞》等影视作品的热播,一口流利的川话让人平添底气。无论在中国哪一种方言区,外来者都以学习当地的语言,融入当地的文化为自豪,海南的情况是个罕见的例外。前几年,"海南在线"曾进行方言调查,结果让人触目惊心。一时之间,以《网络调查发人深思:海南人开始普遍不说海南话》、《未来海南人,不说海南话?》、《以后,海南宝宝都不会说海南话了》、《高考评卷老师提醒:用海南话写作文将被扣分》等为题的新闻报道,引发"海南话"与"普通话"之间孰优孰劣的议论纷纷。方言调查显示,海南人不说海南话,原因有二:一是人们认为"讲海南话就暴露自己是海南人,会被瞧不起";二是担心孩子"学了海南话,会影响普通话的发音标准"[1]。此外,海南话没有文字,一种方言缺少文字支持,只能通过口耳相传,也影响了它的普及程度。

另一方面,文学写作中,海南话也逐渐式微。在"国话"与"海南话"的大比拼中,"国话"大获全胜。海南当代作家崽崽自云:"我是海南人,一天到晚都说国话,一说本地话有种无力的感觉,词汇困难不说,好像口形肌肉都不对,说着说着就要夹国话,像那些好卖弄学问的假洋鬼子一样。"[2]

---

[1] 王灿等:《政协委员忧心:海南人不会讲海南话"不像话"》,http://news.sohu.com/20090112/n261695435.shtml。

[2] 崽崽:《福地》,海南出版社2007年版,第121页。

崽崽是土生土长的海南作家，他说"海南话"，竟已有身体的不适感：感觉"无力"，甚至"口形肌肉都不对"。显然，"国话"已经内化为海南作家的思维方式。崽崽对此深有感触："有土生土长的海南作家叫嚷着要用海南话写小说，我写写看：么诺妮大姊极色水，每日炒鸡脚仔吃夜辉……这么一写，连我自己都看不懂了。"①

二 海南方言的"普通化"

语言是存在的家园。一个地方山川地貌、风俗人情的独特性，往往寄寓在当地的方言土语之中。海德格尔有言："一种民族语言就是本民族的精神，民族精神就是它的语言"，海德格尔认为"语言是存在的寓所"；维特根斯坦也说过："想象一种语言就是在想象一种生活方式。"显然，"海南话"写作能更好地保存海南地域文化的特殊性。"国话"写作，也即"普通话"写作，则容易将特殊的海南经验"普通化"。因此，在与汉语普通话差距最大的海南方言区，如何既用普通话写作，又能同时传达海南生活的独特神韵，的确是一个艺术难题。

崽崽的写作，为解决这个艺术难题，做了卓有成效的努力。作为一个自觉的海南书写者，崽崽有意识地在写作中大量使用海南方言俚语，为海南方言提供了形象生动的文学文本。笔者认为，在"海南话"与"普通话"左冲右突的表达的艰难和痛苦中，崽崽的写作已具有"抢救海南方言"的典型意义。方言土语的直接嵌入，俚语俗话的大量活用，使崽崽小说具有深厚浓郁的"海南风味"。

首先，引人注目的是，崽崽小说中出现了大量海南方言词汇。

一方面，这些方言词汇逼真地再现了海南古风犹存的地域环境。1988

---

① 崽崽：《福地》，海南出版社2007年版，第110页。

年海南建省之前,海南岛一直孤悬海外,远离中原。正所谓"礼失而求诸野",交通阻隔、信息闭塞的海南,人们日常言谈之中仍然保留了大量的古汉语,古风盎然。且看狗六(《我们的三六巷》)对吉仔说的一番话:"汝说对了!不是我想和阿霞斗,伊辫子翘翘要抵我!我就是要把伊的牛头拧来煲粥。伊怕我不敢来,懂怕就好!伊求汝,汝脸大了,我当哥的高兴。吉仔,汝成人物了,以后有好事莫忘汝六哥我!"狗六是三六巷里的市井豪杰,为人爽直粗鲁,却一口一声"汝"、"伊",俨然古人声口。阿六(《福地》)是四九间廊巷里的小市民,邀人去喝酒,就大叫一声"啜!""啜"也就是"喝",一字之差,尽显海南生活的古色古香。阿六请大伙去"沸汤",小说解释"沸汤"有云:"就是自己到市场上买了鱼、肉、蔬菜等,交由路边小店放一小锅里用清水煮熟即食,热气腾腾,淋漓痛快,别具一番风味。"不说"炖汤",也不说"煲汤",而说"沸汤",让人想见水烧开时翻滚的状态,一个"沸"字,古韵悠然,热气腾腾的海南生活气息也随之扑面而来。

另一方面,海南方言词汇形象生动地刻画了海南人物。狗六(《我们的三六巷》)建屋,将地基打到阿霞家墙脚下,阿霞不服,狗六仗着自己财大气粗,甚至要对阿霞大打出手,这时北琪叫来了派出所警察老吴,小说写道:"狗六看见老吴就把阿霞撇下,头笑脸春地迎上去说,钢筋够了没有?""头笑脸春"一词,尽显狗六对老吴满脸堆笑的谄媚之态,狗六欺软怕硬的个性跃然纸上。狗六在老吴面前,一味点头哈腰,却敢于在三六巷人面前人模狗样。北琪看不过,骂狗六为"灶前虎",意思是只会在家里折腾的人。"灶前虎"一词,形象地勾勒了狗六欺善怕恶的市侩嘴脸。北琪与狗六斗嘴,小说描写狗六的反应是:"狗六更生气了,心想我请茶你不来算了,来吃我的钱,还跟我作对!他叫道,汝有啥了不起,汝一个月一百来银工资,不过是端盘等血的!""端盘等血"犹言"等米下锅",且比后者程度更甚,极言生活的窘迫。在下海经商的弄潮儿狗六眼中，在单位上领死工资的北琪就是这副穷愁潦倒的倒霉形象。一个"端盘等血"，逼真地描摹了一种生活状态，也渲染了改革开放初期海南的时代氛围。

其次，崽崽小说中大量海南俚语俗话的引用，以略显夸张的笔调，表现了海南人的价值观，彰显了海南人性格。作者叙述狗六（《我们的三六巷》）交朋结友、发家致富的创业史时写道："认识了一帮吐痰能砸出坑来的朋友，场面就打开了。""吐痰能砸出坑"一语，以夸张的修辞，表现了市井人物粗俗豪爽、不拘小节的精神气质。北琪（《我们的三六巷》）对狗六的做派颇有微词，狗六勃然大怒："汝一个上午和我唱对台戏，我牛气都忍成了鸡气。""牛气都忍成了鸡气"一语，极言忍气吞声，然而心有不甘的情状，真是惟妙惟肖。生活困顿的老吉嫂（《我们的三六巷》）教育儿子吉仔说："吃不一样饱一样，穿不一样暖一样，全世界都这个理！"在这句海南格言里，有得过且过、安天乐命的豁达，也有阿Q式的自我安慰，这是典型的海南人生观。其实，在崽崽小说中，海南格言警句几乎俯拾皆是，诸如"吃肉好过吃药"，表现了海南人及时行乐、怡然自得的心态；"乞丐也有三年运"，表现了海南人随遇而安、知足常乐的价值观，等等。

最后，崽崽小说中对海南民歌的引用，渲染了浓郁的地域风情。阿霞（《我们的三六巷》）唱的海口民歌："打风胎（台风），大家来救灾，汝出五百（五分钱）我出一千（一角钱），汝出棉被，我出棉胎；汝推车仔，我出力抬,同心合力,风胎无害……"这是一首关于台风的歌谣,音调活泼轻快，唱出了海南人在天灾人祸面前依然昂扬乐观的精神面貌，洋溢着浓浓的热带雨林气息。

总而言之，通过对"海南成语"和"海南格言"的引用，崽崽在自己的小说中，刻画了形形色色的海南人物，展现了多姿多彩的海南生活，为中国当代文学留下了生动鲜活的"海南形象"。

三 "翻译"与"名词解释"

由于有了崽崽的小说文本,海南方言的一部分获得了物质载体,得以凝固下来,成为生动活泼的文学语言。显而易见的是,在崽崽的小说世界里,"海南话"与"普通话"之间,经常进行着自觉的翻译与转换,这是崽崽有意为之的。同样引人注目的是,崽崽"翻译"海南方言的方式,是"名词解释"。正是通过"名词解释"的方式,崽崽直截了当地向"国话"世界输送"海南话"。

在小说中,崽崽有意识地、大量地进行着"海南话"与"普通话"之间的"翻译"活动。下面是笔者在崽崽小说中随手摘引的"翻译"片段:

走神在海南话里是精神病的意思。(《不识字的阿辉》,《谷街后》第4页)

可亲娘就是普通话可爱娘子的意思。(《不识字的阿辉》,《谷街后》第23页)

海南话的词序很多是颠倒的,比如鸡公猪公等等,其实就是公鸡公猪。(《不识字的阿辉》,《谷街后》第37页)

这就是海口话说的"抠面"了——鸡蛋过手轻三分,揩公家的油。(《宾馆》,《谷街后》第101页)

本地人说的成人是有成就、出人头地的意思。(《坎》,《谷街后》第152页)

"贝汝买",翻译成普通话就是"操你妈"。(《你猜我是谁》,《谷街后》第176页)

生牛鸡，这是一句海南粗口话，愚钝不化的意思。(《我们自己的游戏》，《谷街后》第226页)

"高创"这个词的海南话音近似猴狲。(《苦味的风》，《海口女人》第112页)

海口话的"啜"等于普通话喝酒的"喝"。(《福地》，《海口女人》第136页)

他叫青木为"库朗"，译成普通话即是"裤衩"。(《剥落》，《海口女人》第183页)

Kang是海口话，读上声，是好、有出息、排场的意思。(《我们的三六巷》电子版第14稿)

支在海口话里指女性生殖器，代表女人。(《我们的三六巷》电子版第14稿)

跳蚤性是海口嫌人的话，意思是没恒心，一时一个样。(《我们的三六巷》电子版第14稿)

我们巷里人都说他"少渺"，翻译成普通话是宵小、人品低下的意思。(《我们的三六巷》电子版第14稿)

上述"走神"、"库朗"、"抠面"、"跳蚤性"等独具特色的"海南成语"，逼真地写出了海南民性的淳朴厚道，既古风盎然，又富有浓郁的海南风味。显然，对于文本中有意引入的上述这些"海南话"，崽崽的处理策略并不单一：这其中有"释义"，也有"拟音"；有直译，也有意译；有对词序规则的揭示，有对民谚俗语的化用。崽崽有意将"海南话"转化为文学语言，使之进入"普通话"的话语序列，可谓煞费苦心。

然而，在讲究叙事策略，追求叙事流畅性的小说写作中，中断对环境、人物、情节的描写，停下来对"海南话"与"普通话"之间的音义关系进行详尽的"翻译"，崽崽所用的这种"名词解释"的方式，显得生硬，而且笨拙。无论是全知视角，还是限制视角，叙事者中断叙事，开始"名词解释"，都显得突兀，它往往打破小说预设的虚拟情境的完整性，成为游离于文本之外的"多余的话"。事实上，崽崽小说中的"名词解释"较多，也的确影响了阅读的顺畅感。这种"词典编撰式"的写作方式，其冰冷的理性话语，仿佛节外生枝，减损了崽崽小说带给我们的感性愉悦。

四　表达的艰难

崽崽的小说在"海南话"与"普通话"之间不免生硬的"翻译"行为，具体而微地呈现了一种已被边缘化的方言，它的文学表达所必然面临的困境。有时候，崽崽会遭遇海南话无法翻译成普通话的痛苦。《我们的三六巷》中描绘李坚的外貌，崽崽写道："他又矮又小，长得不好看，用海口话说是欠人样。普通话里好像没有相应的词，就是长得困难的意思。"普通话里没有相应的词，崽崽的"翻译"也半途而废。

其实，作为多年执著于海南方言写作的作家，崽崽已经敏锐地体验到了"海南话"的"边缘化"。对此，崽崽曾经满怀困惑，他写道："海南人真是一个奇怪的民系，想不通他们为什么这样喜欢国话？只好认为说国话有脸。说国话为什么有脸呢？还是不知道。"[1]后来，崽崽找到了海南人不说海南话的原因："海南岛孤悬海外，经济和文化都有点势单力薄。海南人都不大愿意说海南话，说明海南话的羞涩；外地语言吸收海南话的可能性不太大。"[2]海南人对海南话羞于启齿，源于海南经济和文化的边缘化。海南话的羞涩，也是海南人的羞涩。

---

[1] 崽崽：《福地》，海南出版社2007年版，第122页。
[2] 同上书，第73—74页。

古之海南，孤悬海外。一道琼州海峡，隔断了大陆，这里历来被视为瘴疠横行之地，是历朝统治者发配政治贱民和贬谪官员的蛮荒之地。由于远离中原，天高皇帝远，这里长期被视为文化沙漠。然而，天地玄黄，沧海桑田，1988年"十万人才下琼州"之后，内地大批智力资源涌入海南——在崽崽小说中，他们有一个颇具时代色彩的称呼——"人才"，海南岛的封闭状态被彻底打破。恬淡自守、得过且过的海南人，在与吃苦耐劳、不倦进取的大陆人的正面交锋中，迅速被边缘化。土生土长的海南人逐渐落入社会的底层，与经济上的边缘化相对应的，是他们所代表的文化的边缘化。"普通话"就是在这个时候成为"国话"，在海南岛上强势挤压了"海南话"的话语空间。

一种被边缘化的方言，将因为人们"羞于启齿"，而逐渐丧失自己的话语权；作为一个为海南方言"立言"的作家，崽崽所经历的表达的痛苦，给我们带来了深长的启示。经由崽崽，我们体会表达的艰难，同时思考文化的命运。

原载《广州社会主义学院学报》2012年第1期

辑三

关于鲁迅

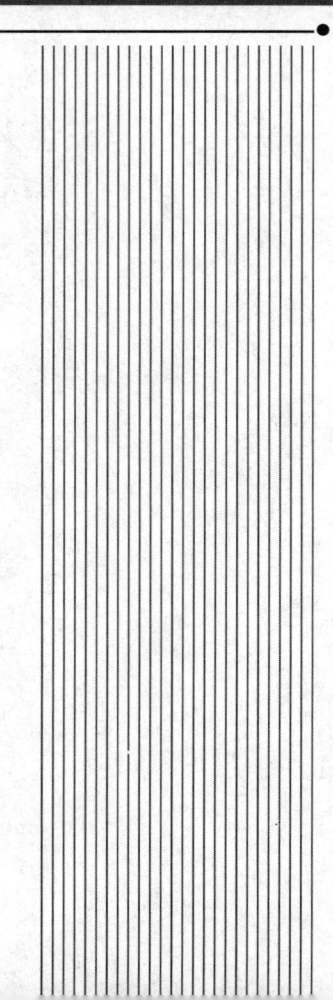

鲁迅肖像：刺丛里的行走

一　小红象

我们中国有句俗话说"名不正则言不顺，言不顺则事不行"，所以为人处世讲究个"名正言顺"，这才能势所必至，理有固然。这样子，做事情才能够光明正大，做人才能够堂堂正正。这种讲究"名正言顺"的风气影响到人的命名，我们中国人也是很在乎的。

名字是孩子的"第一品牌"，而且多半要伴随孩子终生，而且，名字也往往寄托着家长对孩子的美好祝愿，所以对家长们来说，给孩子取名不能马虎敷衍，是很慎重的。

鲁迅先生也是很讲究给孩子命名的。1929年9月，鲁迅先生已经49岁了，终于老来得子，夫人许广平为他生了个儿子，孩子刚生下来没多久，鲁迅先生就琢磨着给孩子取个好名字。一天，鲁迅先生与许广平商量，准备给孩子取名为"海婴"。他说："因为是在上海生的，是个婴儿，就叫他海婴。这名字读起来颇悦耳，字也通俗，但却绝不会雷同。译成外国名字也简便，自己随便改过也可以，横竖我也是自己再另起名字的，这个暂时用用也还好。"

鲁迅先生在孩子的命名上，没有像别的家长那样，只顾考虑自己的看法，给孩子加上许多沉重的寄托。当时，长辈给儿孙取名字，往往寄托着"功名利禄，荣华富贵"的追求，比如鲁迅先生的祖父，给鲁迅取小名"阿张",就是由于那天刚好有个姓张的京官来访问他,他也希望自己的孙子将来能够博取功名,飞黄腾达,所以就取那官员的姓给孩子命名,讨个吉利。鲁迅先生取名时全没有这些世俗的考虑,但他给孩子命名也是很精细周到的,方方面面都考虑到了。这时,鲁迅先生大概想起自己小时候,祖父最初给取的字是"豫山",因为与"雨伞"谐音,上学时就经常遭到小朋友的嘲笑,弄得很不愉快,最后只好要求祖父改字,改成了"豫才"。现在轮到他为自己的儿子取名字,他是很慎重的。他取的这个名字,看似普通寻常,却意味隽永,是大有深意的。鲁迅先生也不刚愎自用,他是允许孩子长大后自己改名的,就像他自己,由本名"樟寿"改名为"树人",又由"树人"改为"鲁迅"一样。

当然,作为名人之后,尤其是鲁迅先生这样在中国家喻户晓的名人的后代,周海婴的压力是很大的,小时候上学,他不敢用自己的本名"周海婴",他用的是"周渊"。等到周海婴用自己原名的时候,他是很辛苦的。据说周海婴在北京大学读书的时候,有一次他站在一边看别人打桥牌,自己并没参与,可是,不几天有人就传出话,说鲁迅的儿子不好好读书,整天玩桥牌。当时北京大学青年团的书记还找周海婴谈话,做他的思想政治工作,教育他说:"作为鲁迅的儿子,你应该好好读书,起表率作用嘛……"不过,虽然长大后为"周海婴"三个字吃了些苦头,但周海婴觉得父亲给自己取的这个名字很有纪念意义,就没有改,一直用到今天,这是后话了。

除了本名"周海婴"外,鲁迅还给孩子取了个小名"小红象"。说起这个名字,也还有一番来历呢!据许广平说,林语堂曾经在一篇文章里写到鲁迅先生在中国的难能可贵,称誉鲁迅先生为"白象"。因为象多数都是灰色的,遇见一只白的,就很为人们宝贵珍视。这个典故许广平也用过,在《两地书》中,许广平就亲昵地称呼鲁迅先生为"小白象",许广平则自称"小刺猬"。海婴出生了，鲁迅先生就仿照"小白象"，把"小红象"这个名字赠送给海婴了。为什么叫"小红象"呢？有人说是因为海婴刚出生时小身体赤红，又有人说是因为海婴小时候脸蛋总是红扑扑的，不管怎么说，这"小红象"的昵称里寄托着鲁迅先生对海婴浓浓的父爱！

海婴出生后，鲁迅先生怕自己抽烟熏了小孩，就搬到楼下去工作，把客厅的会客室改为书房，免得在会客时吵闹了孩子和许广平的休息。通常是鲁迅先生和许广平、女工三个人轮流看护海婴，轮到鲁迅先生值班的时候，他就坐在床头，一只手抱着海婴，另一只手摆弄一些香烟纸盒之类的东西，弄出响声来，吸引海婴的注意，海婴很高兴，就在父亲的腿上蹦蹦跳跳的，玩得很开心。等到海婴疲倦了，鲁迅先生就让海婴躺在自己的臂弯里，抱着海婴，从门口走到窗前，在房间里来回走动，一边还轻声唱着一首鲁迅先生专门为自家的"小红象"编的儿歌，这歌的名字就叫做《小红象》，歌中唱道：

小红，小象，小红象，
小象，红红，小象红；
小象，小红，小红象，
小红，小象，小红红。

歌词像绕口令似的，但听起来亲切，活泼，寄托着"白象"对"小红象"深切的喜爱。我们只要想象一下，平时"横眉冷对千夫指"的鲁迅先生，对敌人总是"一个都不宽恕"，他往往给人冷峻、不苟言笑的印象。但这样一位抱着儿子，哼着儿歌的鲁迅先生，在他的孩子海婴眼中，一定是世界上最慈祥和蔼的父亲吧。

"可怜天下父母心"，像天下所有的父母一样，鲁迅先生非常疼爱自己的孩子，有人讥诮他那么爱自己的孩子，是一个温情主义者，他就义正词严地反驳。为此，他还专门写了一首诗《答客诮》，诗中写道："无情未必真豪杰，怜子如何不丈夫。知否兴风狂啸者，回眸时看小於菟。"事实上，鲁迅先生除了"金刚怒目"的战士的一面以外，还有"菩萨低眉"的温情脉脉的一面，作为一个父亲，他是慈祥的，对孩子充满了关爱。所以，直到周海婴自己已是72岁高龄的老人时，回忆起自己的父亲鲁迅，他还是很自豪地说："我觉得他是一个很喜欢我的爸爸。"虽然鲁迅逝世时，周海婴才刚满7岁，但60多年过去了，爸爸在他的心目中，永远是那么亲切，爸爸给他的爱令他终生难以忘怀。这种关怀是无微不至的，从父亲给自己取名"海婴"和"小红象"中，爸爸的爱就可见一斑了。

　　鲁迅先生是伟人，他的伟大除了在他那如匕首和投枪一样犀利独到的文章中显露出来外，还往往在很平凡、很细小的地方也能显示出来。鲁迅先生给孩子取名就是一个例子，在给孩子的命名中，他充分表达了自己的爱和关怀，但没有任何束缚，没有任何不切实际的期待。

　　如今，家长们为孩子取名也是挖空心思，绞尽脑汁。新闻上说最近有个"80后"的许姓家长为孩子取名为"许多钱"，这孩子的父母多半是"财迷"，所以给孩子取的名字中，追求金钱富贵的意思一目了然；另一位张姓家长为孩子取名为"张口笑"，大概是希望孩子有个乐观开朗的性格，但这家家长可能没有考虑到取个这么滑稽可笑的名字，孩子上学后一准要被小朋友逗乐取笑的；还有一个姓吴的家长，给孩子取名为"吴所谓"，这里是祝愿孩子长大后能性格豁达，轻松潇洒，满不在乎，但这名字一看就是心不在焉的人，孩子长大后怕给人的第一印象就是吊儿郎当；还有个母亲，翻遍了字典，给自己的宝贝儿子取名为"郑他他"，这位母亲说"他"代表男性，蕴含着很多美好的品质，如阳刚啊，坚强啊，勇敢啊，心胸开阔啊，她希望自己的儿子成为一个真正的男子汉，所以就给他取这个名字了，这名字意思是不错的，但给人的感觉毕竟怪异。其他类似这样另类的名字还有很多，比如"毛绒绒"、"白果树"、"郑（正）方形"……这类名字大概是希望能达到让人过耳不忘的效果，所以极力追求标新立异，都努力向着中华"第一名"靠拢。当然了，这种新奇的名字的重复率应该是很低的了。但大多除了能让人一下子记住外，也能因为哗众取宠，立刻成为大伙取笑的对象吧。

其实，上面所说的这些家长给孩子取这些怪异的名字，多半还是家长的一种自我意识的体现，流露的是家长自己的个性。这些家长很少精细周到地考虑孩子将来面对这个名字时候的感受，只顾独一无二，与众不同，所以取名才这么夸张，滑稽和可笑。在给孩子命名这个小问题上，现在的许多家长，只要跟鲁迅先生一比，精神境界就分出高下来了。所以，即使在取名这些小的事情上，我们也应该"向鲁迅学习"。

二　月亮诗

1926年11月26日，"狂飙诗人"高长虹在《狂飙》周刊第七期上发表了一首爱情短诗《给——》，诗中写道：

　　我在天涯行走，
　　月儿向我点首，
　　我是白日的儿子，
　　月儿呵，请你住口。

　　我在天涯行走，

"诗"与"史"的缠绵

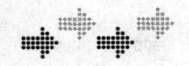

夜做了我的门徒,
月儿我交给他了,
我交给夜去消受。

夜是阴冷黑暗,
月儿逃出在白天,
只剩着今日的形骸,
失却了当年的风光。

我在天涯行走,
太阳是我的朋友,
月儿我交给他了,
带她向夜归去。

夜是阴冷黑暗,
他嫉妒那太阳,
太阳丢开他走了,
从此再未相见。

我在天涯行走,
月儿又向我点首,
我是白日的儿子,
月儿呵,请你住口。

这时候，正是高长虹与鲁迅冲突起来，高长虹撕破脸皮，向鲁迅破口大骂的时候，也正是鲁迅决定"不再彷徨，拳来拳对，刀来刀当"的时候。

当时社会上关于鲁迅的流言很多，鲁迅的一举一动都成为文坛茶余饭后的谈资。女师大风潮后，鲁迅和许广平的关系更加受到人们瞩目，又成为鲁迅的论敌攻击他的口实。有人说鲁迅大搞"师生恋"，已经与许广平同往厦门，有人说鲁迅已经抛弃了原配妻子朱安，等等。流言蜚语满天飞，真是层出不穷。

因此，高长虹的这首诗一出来，立刻引起了很多人的考证兴趣，大家猜测着，疑惑着，议论纷纷。文坛上的"八卦大师"们平时就最喜欢挖掘名人的桃色新闻，这下可找到新话题了。于是，有人开始对这首诗进行"索隐"，终于给这些"索隐派"闲人们摸到了一点眉目，他们得出结论说：这首《给——》是高长虹写给鲁迅看的，影射他和鲁迅以及许广平的三角恋爱关系："太阳"是高长虹自比，"月亮"是比喻许广平，"黑夜"则是影射鲁迅。

俗话说的好，"好事不出门，坏事传千里"，何况世上本没有不透风的墙。当这个"月亮诗"的传说在文坛上已经炒得沸沸扬扬的时候，鲁迅远在厦门海岛上，对在上海的高长虹的所作所为一无所知。但到1926年12月28日，来自韦素园的一封信，却使鲁迅知道了事情的来龙去脉。这是1926年12月21日，韦素园从北京寄来的一封信。在信中，韦素园说，他从沉钟社听说，高长虹拼命攻击鲁迅是为了一个女性，也就是许广平。高长虹的那首诗中，太阳是自比，鲁迅是夜，月是许广平。末了，韦素园问鲁迅："先生，这事情可是真的？详情究竟如何呢？"韦素园也想知道一点详情了。

看完韦素园的来信后，已是深夜。鲁迅非常生气，他反剪着双手，不住地在房间里来回走动，心里的愤怒不能平息："我竟然一向在闷葫芦中，以为长虹骂我只因为《莽原》的事。原来他川流不息地到我这里来，是在等月亮。他是恨我破坏了他的'单相思'的好梦。这真是太可恶了！"

鲁迅自言自语着，由于生气，他呼吸急促，有些咳嗽起来。他轻轻地按着胸脯，好一会儿才平复过来。想起往事，鲁迅不由伤心，他沉重地叹了口气：爱而获怨，这对我来说也不是第一次了。高长虹，这个曾经在我面前以学生自称的人，曾经，我为了校对他的文稿《心的探险》而吐血的人，我对他的一片心算是全部白费了！以前我只道是他拼命攻击我，是为了争夺《莽原》的地盘，却原来他是暗恋广平，恨我对他"横刀夺爱"了！早在《莽原》周刊时期，他就已经痛哭流涕地做过好多篇《给——》的诗了，却原来一直是做着爱情的迷梦呢！但文坛上我的怨敌太多，这回会不会是有人造谣，作为攻击我的一种新法子呢？

想到这里，鲁迅从书柜中厚厚的一堆杂志里翻出《狂飙》第七期，找到了高长虹的短诗《给——》，低着头细细地看了一回。这首诗乍一看去很是寻常，不过是对月伤怀，描写一个人在黑夜中想起月亮和太阳来，有感而发罢了，可谁知道，里面还有这么多微言大义呢？什么"月儿我交给他了，我交给夜去消受"，看来，长虹的确是以太阳自居了，跟尼采一样，以为自己光热无穷，可惜尼采也终究不是太阳，那是他发了疯。

看完《给——》后，对于事情的前因后果，鲁迅心里已经大致有了谱。他疾步走到书桌跟前，抽出毛笔，开始给韦素园回信了。由于气愤和激动，他下笔不休，一连写了千余字，除了给许广平的信外，他好久没有写这么长的"千言长信"了。谈到"月亮诗"，鲁迅写道：

至于关于《给——》的传说，我先前倒没有料想到。《狂飙》也没有细看，今天才将那诗看了一回。我想原因不外三种：一，是别人神经过敏的推测，因为长虹的痛哭流涕的做《给——》的诗，似乎已很久了；二，是《狂飙》社中人故意附会宣传，作为攻击我的别一法；三，是他真疑心我破坏了他的梦，——其实我并没有注意到他做什么梦，何况破坏——因为景宋（笔者注：即许广平）在京时，确是常来我寓，并替我校对，抄写过不少稿子，《坟》的一部分，即她抄的，这回又同车离京，到沪后她回故乡，我来厦门，而长虹遂以为我带她到了厦门了。倘这推测是真的，则长虹大约在京时，对她有过各种计划，而不成功，因疑我从中作梗。其实是我虽然也许是"黑夜"，但并没有吞没这"月儿"。

如果真属于末一说，则太可恶，使我愤怒。我竟一向在闷葫芦中，以为骂我只因为《莽原》的事。我从此倒要细心研究他究竟是怎样的梦，或者简直动手撕碎它，给他更其痛哭流涕。只要我敢于捣乱，什么"太阳"之类都不行的。

写到这里，鲁迅嘴角露出了孩子气的笑容，他显得有些凶恶了。是啊，我今年已经46岁，在长虹眼里，我的年纪大也成了罪过，他不是一再骂我"世故老人"吗？我老则老矣，你骂我别的我都可以不在乎，但我和广平的爱，却不是你们这些"流言家"在背后摇唇鼓舌，所能诋毁破坏的！

鲁迅给韦素园的信里，提到了三种可能。那时的鲁迅，还不能肯定高长虹的"月亮诗"是影射"恋爱纠纷"，但看到高长虹后来发表的一系列文章，鲁迅终于恍然大悟了。1926年12月，高长虹在《狂飙》第九期上，说："在恋爱上我虽然像嫉妒过人，然而其实是我倒让步过人。"这里依然是含含糊糊，但却仿佛与"月亮诗"中的那句"月儿我交给他了"遥相呼应。到

"诗"与"史"的缠绵

1926年12月的《狂飙》第十期,在《时代的命运》中,高长虹就直截了当地说:"我对于鲁迅先生曾献过最大的让步,不只是思想上,而且是生活上。"高长虹这就叫做"不打自招",自己注解了他的"月亮诗"的"本事"了。

但适得其反,高长虹的"月亮诗"倒成了鲁迅和许广平的爱情进展的催化剂,这恐怕是高长虹始料未及的吧。得知"月亮诗"流言后十余天,也就是1927年1月11日,鲁迅在给许广平的信里,气愤地讲了几年来围绕着他俩的流言后,果决地说:"我先前偶一想到爱,总立刻自己惭愧,怕不配,因而也不敢爱某一个人,但看清了他们的言行思想的内幕,便使我自信我决不是自己贬抑到那么样的人了,我可以爱!"此时此刻,鲁迅终于大胆地喊出了爱的心声!谈到高长虹的"月亮诗",鲁迅诙谐地说:"况且如果是'夜',当然要有月亮,倘以此为错,是逆天而行也。"是啊,按照天文学的常识,"黑夜"与"月亮"本该是形影不离,"太阳"与"月亮"倒是势不两立呢!

但"月亮诗"的传言,在当时,是很刺伤了鲁迅的心的。高长虹是鲁迅亲手栽培,寄予了无限期待的青年作家,到头来却以怨报德,甚至对鲁迅恩将仇报,造谣毁谤,无所不用其极,真让鲁迅痛心啊!

1927年9月,鲁迅写了《新时代的放债法》,又一次抨击了高长虹的无理取闹。文中,鲁迅幽默地讽刺了高长虹这个"天才而且革命家",鲁迅说:"你如有一个爱人,也是他赏赐你的。为什么呢?因为他是天才而且革命家,许多女性都渴仰到五体投地。他只要说一声'来!'便都飞奔过去了,你的当然也在内。但他不说'来!'所以你得有现在的爱人。那自然也是他赏赐你的。"说这番话时,鲁迅肯定又记起了"月亮诗"的往事吧。

1929年5月26日,鲁迅致许广平的原信上,有一段涉及高长虹的另一桩"单相思"的文字:"丛芜因告诉我,长虹写给冰心情书,已阅三年,成一大捆。今年冰心结婚后,将该捆交给她的男人,他于旅行时,随看而随抛入海中,数日而毕云。"这情形非常滑稽,看来,高长虹的爱情道路也真够坎坷不平的。

三 "迢迢牛奶路"

在鲁迅生活着的时代,"教授"、"学者"、"正人君子",这些词和今天一样,也都是"好词",但经鲁迅下笔一刻画,一描写,再听起来却像骂人了。就像现在,你要说谁是"诗人",他一准跟你急,瞪着眼睛看着你,暴跳如雷、唾沫横飞,说:"你丫才是诗人呢,你们全家都是诗人!"这不,一经鲁迅写《教授杂咏四首》,"教授"这个词就跌了身价,几乎成了贬义词了。

《教授杂咏四首》中写了四个教授:钱玄同、赵景深、章衣萍、谢六逸,鲁迅对这四个教授都给予了辛辣尖锐的讽刺。每首诗中,都影射着某个教授的一段故事,今天我们就先说说这其中的赵景深教授的故事吧。

赵景深是那时很活跃的翻译家,在翻译问题上,他是主张"与其信而不顺,不如顺而不信"的。赵景深在《论翻译》一文中曾经为误译辩解说:"我以为译书应为读者打算;换一句话说,首先我们应该注重于读者方面。译得错不错是第二个问题,最要紧的是译得顺不顺。倘若译得一点也不错,而文字格里格达,吉里吉八,拖拖拉拉一长串,要折断人家的嗓子,其害处当甚于误译。……所以严复的'信''达''雅'三个条件,我以为其次序应该是'达''信''雅'。"

赵景深的这种观点,与鲁迅是针锋相对的。鲁迅向来主张翻译"与其顺而不信,不如信而不顺"的,宁可被人批评为"硬译"或"死译",鲁迅也不愿意为了顺而"误译"或"乱译"。当时,对于鲁迅主张的"硬译",攻击最厉害的,也就是鲁迅所说的"拼死命攻击'硬译'的名人",在《几条

"诗"与"史"的缠绵

"顺"的翻译》里,鲁迅说:"已经有了三代:首先是祖师梁实秋,其次是徒弟赵景深教授,最近就来了徒孙杨晋豪大学生。但这三代之中,却要算赵教授的主张最为明白而且彻底了",所以,鲁迅要对赵景深予以讽刺和还击了。

鲁迅在《教授杂咏四首》的第二首中写道:"可怜织女星,化为马郎妇。乌鹊疑不来,迢迢牛奶路。"这是怎么回事呢?在中国民间传说中,织女是"牛郎"的妻子,他俩的爱情忠贞不渝,千百年来传为美谈,现在她怎么突然背叛夫君牛郎,变成"马郎"的夫人了呢?那隔开牛郎织女,使得他们只好隔河相望,全靠眉目传情的迢迢银河,怎么又变成"牛奶路"了呢?原来,这首诗正是鲁迅写来影射赵景深的翻译的。

赵景深曾将德国作家塞意斯的小说《半人半马怪》,连题目都翻译错了,译成了《半人半牛怪》。在中国,有"风马牛不相及"的说法,是说"马"和"牛"彼此毫不相干,即使发情了的公马迫不及待,它也不会发昏,在急迫中去找母牛调情。赵景深却在这里无缘无故地"牛"了一下子,"牛"得错误百出。

这首诗还有一个典故,也涉及赵景深的翻译问题。1922年,赵景深翻译契诃夫的小说《樊凯》(通译《万卡》)的时候,将英语 Milky Way 翻译成"牛奶路"。其实,稍有常识的人都知道,英文 Milky Way 是"银河"或者"天河"的意思,不是赵景深按照字面意思直译的"牛奶路"。Milky Way 还暗含着一个希腊神话故事,鲁迅在《风马牛》里是这么讲的:

> 却说希腊神话里的大神宙斯是一位很有些喜欢女人的神,他有一回到人间去,和某女士生了一个男孩子。物必有偶,宙斯太太却偏又是一个很有些嫉妒心的女神。她一知道,拍桌打凳的(?)大怒了一通之后,便将那孩子取到天上,要看机会将他害死。然而孩子是天真的,

他满不知道，有一回，碰着了宙太太的乳头，便一吸，太太大吃一惊，将他一推，跌落到人间，不但没有被害，后来还成了英雄。但宙太太的乳汁，却因此一吸，喷了出来，飞散天空，成为银河。

在中国古代的神话传说中，银河是王母娘娘为了隔开牛郎和织女，随手用她的玉簪在天上划出的一条河；在希腊的神话中，银河是天后赫拉的乳汁（"神奶"）流淌而成，总而言之，中西方的银河起源故事虽然都与天宫的第一夫人有关，但与"牛奶"却毫不相干。显然，天后赫拉是"神"，她挤出来的奶当然也就不会是"牛奶"了。

讲完这个故事后，鲁迅幽默地总结说，这"银河"，就是赵景深所误译为的"牛奶路"。按照赵景深的翻译法，这由宙斯太太的乳汁喷射而成的天河，压根不是"牛奶路"，而应该是"神奶路"。所以，鲁迅讽刺赵景深作为"对于翻译大有主张的名人"，却"遇马发昏，爱牛成性，有些'牛头不对马嘴'的翻译"。

翻译《樊凯》时候的赵景深，只有二十来岁，还是一个初出茅庐的年轻人，在他的翻译中，夹杂着几个不三不四的译法，似乎是可以原谅的。因为翻译是难的，连名家都难免有错误的时候，何况一个名不见经传的年轻人呢？同时，在20世纪20年代的中国，翻译相对于创作，是被人轻视和忽略的。当时还有人说，翻译是媒婆，创作是处女呢！在一个讲究"男女平等、自由恋爱"的时代，人们早就厌倦了"父母之命，媒妁之言"。当然，就会重视作为"处女"的创作，而对作为"媒婆"的翻译，也就不怎么放在眼里了。所以，鲁迅虽然早就看出了赵景深译作的瑕疵，但他选择了沉默。可能在当时的鲁迅看来，译者还年轻，是不应该对他加以苛责的。这就像一个婴儿，在他最初学走路的时候，免不了有些摇摇摆摆，脚步不稳，但

"诗"与"史"的缠绵

这婴儿的步履蹒跚,是不应该受到健步如飞的大人们的嘲笑的。

其实,鲁迅跟赵景深之间也曾有过亲密友好的关系。我们只要翻开《鲁迅全集》就会发现,在1928年他们之间还有书信往还,赵景深向鲁迅寄赠过刊有他文章《小泉八云谈中国鬼》的《文学周报》,又向鲁迅索借过《百孝图说》这本书。许广平曾说过,鲁迅是不愿意借书给人的,除非万不得已。这次鲁迅却破例借书给赵景深,可见两人的关系是比较密切的。直到1930年,他们还有来往。在鲁迅日记中,1930年4月19日就记着:"李小峰之妹希同与赵景深结婚,因往贺,留晚饭,同席七人。"对于惜时如金,习惯于深居简出的鲁迅来说,一般的应酬交际,他都很不愿意参加,总是能免则免,避之惟恐不及。但他却参加了赵景深的婚礼,一方面固然是因为李小峰的关系,但此时鲁迅与赵景深之间关系依然融洽,也是毋庸置疑的了。

那为何到了1931年,距赵景深的婚礼不过一年多的光景,鲁迅对赵景深就改变了态度,前后判若两人了呢?从1931年起,鲁迅陆续发表了《几条"顺"的翻译》、《风马牛》、《教授杂咏四首》,连珠炮似地向赵景深打过去,打得赵景深只有招架之功,而无还手之力。而且,鲁迅还新账旧账一起算,旧话重提,又拉出了赵景深当年"有名的'牛奶路'",让这位赵景深教授好不狼狈。

我认为,这主要是由于赵景深身份地位的变化。1931年的赵景深,已经是复旦大学的教授,同时又是北新书局的编辑,不再是当年刚出道的毛头小子了。按照咱们今天的话来说,这时的赵景深已经掌握了"话语权",成了文学界的一号人物,他能够对舆论产生影响,他的谬误就不仅限于自身,而且还对他人产生消极作用了。所以,鲁迅再也不能对他姑息了,该出手时就出手,对于赵景深关于翻译的谬论,鲁迅是老实不客气了。

赵景深的"迢迢牛奶路",已经过去80多年了,一提起来,却依然是赵景深在翻译界落下的一个笑柄。其实，倘论全人，赵景深后来是一个著名的学者，对中国戏曲小说的研究功莫大焉，他偶然的几处翻译错误不该被人们惦记这么久的。但赵景深的"幸运"或者说"不幸"就在于：与他论争的是鲁迅。许多原本默默无闻的小人物，只因与鲁迅"过招"，而被历史记住了。所为者何？鲁迅是名人，而且是伟人。这情形就像《阿Q正传》里说的那样："一上口碑，则打的既有名，被打的也就托庇有了名。"赵景深幸耶？不幸耶？我也不知道。

四 曲终人不见，江上数峰青

"寻章摘句老雕虫"，是唐朝诗人李贺的一句诗，用它来形容科举时代那些青灯黄卷、皓首穷经的老学究们，描绘他们苦闷无聊的书斋生活，是再合适不过的。其实，"寻章摘句"不仅是古时候老学究们的生活状态，也是现代许多学者做学问的"九阴真经"。君不见，现在有些学者，坐拥书城，真是"藏书破万卷"，你要问他："这么多书看得完吗？"他没准跟你急，鄙视你说："书不是用来看的，是用来查的。"他们的文章也因此免不了东拼西凑，"下笔如有鬼"。既然是"寻章摘句"，也就免不了"断章取义"，甚至牛头不对马嘴。这种情况，有些名家也不能例外。今天我们要说的，就是美学大师朱光潜。朱光潜先生真正是饱读诗书的人，却也在"摘句"问题上摔了跟斗，又偏偏被鲁迅先生给逮着，老实不客气地批评了一通。

1935年12月的《中学生》杂志上，发表了朱光潜的一篇文章《说"曲终人不见，江上数峰青"——答夏丏尊先生》。在这篇文章中，朱光潜摘取了唐代诗人，被誉为"大历十才子"之一的钱起的《省试湘灵鼓瑟》中的两句诗"曲终人不见，江上数峰青"，来发挥他的美学观点："我爱这两句诗，多少是因为它对于我启示了一种哲学的意蕴。"什么哲学意蕴呢？朱光潜接着说：

"曲终人不见"所表现的是消逝，"江上数峰青"所表现的是永恒。可爱的乐声和奏乐者虽然消逝了，而青山却巍然如旧，永远可以让我们把心情寄托在它上面。人到底是怕凄凉的，要求伴侣的。曲终了，人去了，我们一霎时以前所游目骋怀的世界，猛然间好像从脚底倒塌去了。这是人生最难堪的一件事，但是一转眼间我们看到江上青峰，好像又找到另一个可亲的伴侣，另一个可托足的世界，而且它永远是在那里的。"山穷水尽疑无路，柳暗花明又一村"，此种风味似之。不仅如此，人和曲果真消逝了么；这一曲缠绵悱恻的音乐没有惊动山灵？它没有传出江上青峰的妩媚和严肃？它没有深深地印在这妩媚和严肃里面？反正青山和湘灵的琴声已发生这么一回的因缘，青山永在，琴声和鼓瑟的人也就永在了。

由钱起的"曲终人不见,江上数峰青"说开去，朱光潜提出了"静穆"说，认为诗歌的最高境界在于"静穆"：

艺术的最高境界都不在热烈。就诗人之所以为人而论，他所感到的欢喜和愁苦也许比常人所感到的更加热烈。就诗人之所以为诗人而论，热烈的欢喜或热烈的愁苦经过诗表现出来以后，都好比黄酒经过长久年代的储藏，失去它的辣性，只剩一味醇朴。我在别的文章里曾经说过这一段话："懂得这个道理，我们可以明白古希腊人何以把和平静穆看作诗的极境，把诗神阿波罗摆在蔚蓝的山巅，俯瞰众生扰攘，而眉宇间却常如作甜蜜梦，不露一丝被扰动的神色？"这里所谓"静穆"

自然只是一种最高理想，不是在一般诗里所能找得到的，古希腊——尤其是古希腊的造形艺术——常使我们觉到这种"静穆"的风味。"静穆"是一种豁然大悟，得到归依的心情。它好比低眉默想的观音大士，超一切忧喜，同时你也可说它泯化一切忧喜。这种境界在中国诗里不多见。屈原、阮籍、李白、杜甫都不免有些像金刚怒目，愤愤不平的样子。陶潜浑身是"静穆"，所以他伟大。

朱光潜大概没有想到，他会因这篇文章受到有生以来最尖锐的一次公开批评，而且这批评来自鲁迅先生。1935年12月，针对朱光潜的"摘句"，鲁迅写了《"题未定"草（七）》。鲁迅认为，"摘句"是最能引读者入迷途的，它往往是"衣裳上撕下来的一块绣花"，经过摘句的人一番胡乱吹嘘或者牵强附会，说得如何超然物外，与尘浊无干，读者没有见过全篇，就会被他弄得"迷离惝恍"。朱光潜推举"曲终人不见，江上数峰青"为诗美的极致，就有这种"以割裂为美"的毛病。

其实，钱起这首诗的题目《省试湘灵鼓瑟》，已经表明了这是参加科举考试的"考场作文"，不过是"官样文章"罢了，没有多少真情实感可言。鲁迅说，朱光潜所引用的两句脱离了具体的上文就显得"含胡，不过这含胡，却也许又是称引者之所谓超妙"。一看诗的题目就知道，最末两句是试贴诗中常用的"点题"手法："曲终"者结"鼓瑟"，"人不见"者点"灵"，"江上数峰青"者做"湘"字。所以，"全篇虽不失为唐人的好试贴，但末两句也并不怎么神奇了"。这是典型的"应试作文"的套路。而且，既然是参加"省试"，是为了博取功名的考场作文，当然就不会有"愤愤不平的样子"了。鲁迅尖锐地指出："假使屈原不和椒兰吵架，却上京求取功名，我想，他大约也不至于在考卷上大发牢骚的，他首先要防落第。"在科举时代，考场上的诗文乃是"奉旨作文",大部分考生"歌功颂德",为统治阶级涂脂抹粉,粉饰太平,即使偶然有些愤愤不平的话,也都烂在肚子里了。有时候发点小牢骚,也是"为赋新词强说愁",为写文章而来的几句无病呻吟,是一种小摆设,小点缀,无伤大雅。所以这些诗文,乍一看去,超然飘逸,而且"和平静穆",没有一点"人间烟火气"。对皇上有意见怎么办?保留。更何况在考场上,谁敢"金刚怒目"呢?只好"菩萨低眉"了。否则惹得"龙颜大怒",考生可要吃不了兜着走。

谈到朱光潜的"静穆"说,鲁迅认为:"古希腊人,也许把和平静穆看作诗的极境的罢,这一点我毫无知识。但以现存的希腊诗歌而论,荷马的史诗,是雄大而活泼的,沙孚的恋歌,是明白而热烈的,都不静穆。我想,立'静穆'为诗的极境,而此境不见于诗,也许和立蛋形为人体的最高形式,而此形终不见于人一样。"那么,诗神阿波罗为何被摆在山巅呢?鲁迅说:"那可因为他是'神'的缘故,无论古今,凡神像,总是放在较高之处的。这像,我曾见过照相,睁着眼睛,神清气爽,并不像'常如作甜蜜梦'。不过看见实物,是否'使我们觉到这种"静穆"的风味',在我可就很难断定了,但是,倘使真的觉得,我以为也许有些因为他'古'的缘故。"所以,在鲁迅看来,阿波罗并不像"常如作甜蜜梦",朱光潜的论断倒有些近似于"痴人说梦"了。

对于陶渊明,鲁迅的看法也与朱光潜针锋相对。朱光潜最欣赏的魏晋人物是陶渊明,认为:"陶潜浑身是'静穆',所以他伟大"。陶渊明的"采菊东篱下,悠然见南山"一类冲淡平和的诗句最为朱光潜所喜欢。而鲁迅反对"摘句",也反对"选文"。他认为,陶潜在人们心目中之所以老是"飘飘然",是因为他被"选文家"录取的往往是《归去来兮辞》和《桃花源记》一类"飘逸"的诗篇。

鲁迅说，"采菊东篱下，悠然见南山"的陶潜先生，在后人的心目中实在飘逸得太久了。其实，在全集里，陶潜却"有时很摩登"。他发誓说"愿在丝而为履，附素足以周旋，悲行止之有节，空委弃于床前"，竟想摇身一变，化为"阿呀呀，我的爱人呀"的鞋子，虽然后来自说因为"止于礼义"，未能进攻到底，但那些胡思乱想的自白，究竟是大胆的。就是诗，除论客所佩服的"悠然见南山"之外，也还有"精卫衔微木，将以填沧海。刑天舞干戚，猛志固常在"之类的"金刚怒目"式，在证明着他并非整天整夜的飘飘然。这"猛志固常在"和"悠然见南山"的是一个人，倘有取舍，即非全人，再加抑扬，更离真实。

最后，鲁迅总结说，自己放出眼光看过较多的作品，就知道历来的伟大的作者，是没有一个"浑身是'静穆'"的。陶潜正因为并非"浑身是'静穆'，所以他伟大"。现在之所以往往被尊为"静穆"，是因为他被选文家和摘句家所缩小、凌迟了。

对于鲁迅的批评，朱光潜保持了沉默。多年以后，有访问者旧事重提，问他为何不写文章反驳鲁迅？朱光潜说，鲁迅的为人为文他很了解，他不想陷入真正的笔战。朱光潜一派谦谦君子风度，好像他"沉默是金"，很绅士的样子。至于鲁迅对他的"摘句"的批评，晚年朱光潜依旧不以为然。他说："'曲终人不见，江上数峰青'，毛主席不仅摘了句，又从这句中摘了字，那就是'江青'——这说明毛主席对这两句诗的欣赏，在这个问题上并不赞成鲁迅先生。毛主席对学术问题从来是坚持百家争鸣的方针。——我想，我到底还是幸运的。"

朱光潜这里引用来为自己辩护的，不是"古典"，而是"今典"。江青原名"蓝苹"，有人说，她取名"江青"，是因为"青出于蓝而胜于蓝"，又有人说，"江青"这名字是毛泽东为她取的，来自古诗"江上数峰青"。朱光潜当年三缄其口,选择了固执的沉默;后来却抬出政治领袖来维护自己的学术观点,其辩解也就越发苍白无力了。

五 拒绝诺贝尔文学奖提名

1927年9月25日的广州,虽然时序已经是秋天了,但暑气还没有消退,街上往来的行人还都穿着单衣,匆匆忙忙地走。在这样的天气里,是只要做事就要流汗的。

这又是一个暑气蒸腾的晚上,幸亏下午下了一场暴雨,空气中稍微有些凉意,推开窗户,看到的是夜晚的广州,华灯初上,远远近近都是人家屋子里的灯光,装点得夜色更加宁谧而幽深。在这样的夜晚,鲁迅先生才感到凉快些,不再像前几天那样汗流浃背了。

夜已经深了,鲁迅先生习惯性地点燃一支烟,躺在藤椅上歇息一小会儿,只见烟火在黑暗里一直闪烁,宛如夏夜夜空的点点繁星。许广平过来,轻轻地放下一盒饼干,嘱咐一声:"先生,饿了就吃点点心吧。"鲁迅先生向她投去温柔感激的一瞥,微笑着点点头。

"行李都收拾得差不多了吧?咱们这回去上海可真够呛,东西也实在太多了些,光我的那些书就够你拾掇的了。你这一礼拜以来都没好好休息,今天可要早些睡。"鲁迅先生向许广平转过藤椅,爱怜地望着她,含着笑问。每次大搬家都要大动干戈,这次幸亏有许广平,把行李整理得妥妥帖帖,自己都没有操过什么心,鲁迅先生内心是感激的。

许广平轻轻地扶着藤椅的把手,歪着头,向鲁迅先生抱怨了:"还说我呢,先生您哪天不是熬夜到拂晓,别人都睡着了,就你一个人还在写啊写的?你也要当心保重身体才是。今天怕又要熬夜写回信吧?上午台静农的信,先生一定要今晚就回复他吗?往后缓一缓不行吗?他到底有什么急事,您要这么急切地回复他呢？"听许广平的语气,仿佛很有些怪罪鲁迅先生了,他是很不爱惜自己身体的,信件的处理往往亲力亲为,尽量当天就回复的,这习惯可不好啊!

"恩,他这回的信还真有些紧急呢!是刘半农委托他写信给我,说瑞典的探测家斯文海定正在我们中国考察,目前就在上海,打听得中国文坛状况,这斯文海定硬是与刘半农说,要推荐我为诺贝尔奖金的候选人呢!静农因此特意写信来问我的意见的。"鲁迅先生还是微笑着,耐心地解释。

许广平听到这里,不由为先生高兴,她兴冲冲地大声说:"那很好啊!诺贝尔文学奖是世界文学界最高的荣誉,先生能够得到候选人的机会当然很好啊!这不但对于先生个人是崇高的荣誉,对我们中国文学在世界上的地位也将大有改观的。多少人梦寐以求呢!先生准备怎么跟他说呢?肯定是同意的吧。"她期待地望着鲁迅先生。

"不,我不能够。我不愿意如此。"鲁迅先生斩钉截铁地说,"我还不配。"

许广平一听,愣住了,显然她很吃惊,而且有些不满了:"先生这是何苦呢?您要说不配,那中国还有谁能配呢?就最近10年的文坛情况看,在中国,哪个作家像您一样影响深远呢?郁达夫、郭沫若、冰心、叶圣陶等人,虽然也有一定量的读者,但无论在创作的质量上还是在创作的数量上,都不能跟您相提并论啊!您应该当仁不让才是啊!而且,您自己不是也说过,就新文化运动而言,在创作上体现了新文学的实绩的,也还是您的小说集《呐喊》和《彷徨》吗?"

鲁迅先生始终微笑着,知道许广平又急了,他安慰地说:"这是只要与外国的创作比较就可以知道的,目前我们中国作家的水平都还很不够,包括我。比如说吧,我和齐寿山合作翻译的《小约翰》你是知道的,这本书真可称得上是'无韵的诗,成人的童话',它的作者望·蔼覃的手段就比我高明，然而他也没有得奖呢！"

她还是有些想不通，闷闷不乐的样子。她知道鲁迅先生的文学成就是卓越的，在中国，无人可以比拟的。然而她也了解，鲁迅先生的写作，向来只是为了自己的兴趣的，从来都抱着不求闻达、默默无闻的态度，她也是知道的。鲁迅先生曾经给她讲，年轻时候的著述，先生的好几篇作品都是署了二弟周作人的名字后发表的，他写作本来不为名利，写出来，发表了就算了，又何必计较署谁的名字呢？先生从1918年起就在《新青年》上以"鲁迅"为笔名发表小说，但一直隐姓埋名，不赴宴会，很少往来，也不奔走，也不结什么文艺学术的社团，直到1926年才由陈西滢发表出来，人们才知道这"鲁迅"就是先生。

想到这里，许广平不吭声了，她知道是无法说服鲁迅先生的了，沉默了一会儿，她叹口气："就依先生的意见吧，先生向来不求名利，这也是先生做人的本色。不过先生还是早点休息。"她轻手轻脚地走开了，上楼去休息。

望着许广平离去的背影，先生陷入了沉思："社会还是太黑暗，在目前的情况下，要是我得了诺贝尔奖金而从此不再写作，对不起人；要是再写作，那就免不了许多有形无形的束缚，无聊之状可掬，还是不要这些名誉的好。"想到这里，鲁迅先生抽出毛笔，展开信笺，一气呵成地写下去：

静农兄：

九月十七日来信收到了。请你转致半农先生，我感谢他的好意，为我，为中国。但我很抱歉，我不愿意如此。

诺贝尔赏金，梁启超自然不配，我也不配，要拿这钱，还欠努力。世界上比我好的作家何限，他们得不到。你看我译的那本《小约翰》，我那里做得出来，然而这作者就没有得到。

或者我所便宜的，是我是中国人，靠着这"中国"两个字罢，那么，与陈焕章在美国做《孔门理财学》而得博士无异了，自己也觉得好笑。

我觉得中国实在还没有可得诺贝尔赏金的人，瑞典最好是不要理我们，谁也不给。倘因为黄色脸皮人，格外优待从宽，反足以长中国人的虚荣心，以为真可与别国大作家比肩了，结果将很坏。

我眼前所见的依然黑暗，有些疲倦，有些颓唐，此后能否创作，尚在不可知之数。倘这事成功而从此不再动笔，对不起人；倘再写，也许变了翰林文字，一无可观了。还是照旧的没有名誉而穷之为好罢。

就这样，鲁迅婉言谢绝了诺贝尔文学奖的候选人提名。

鲁迅是第一位受外国关注并有可能获得诺贝尔奖提名的中国作家，他写这封信是在1927年，距今已经80多年了。

80余年过去了，我国的现当代文学发生了很大的变化，涌现出了许多作家，而对于中国作家来说，"诺贝尔文学奖"始终是心中挥之不去的情结。直到2012年莫言获得诺贝尔文学奖，"诺贝尔情结"曾经是中国作家"心中永远的痛"：人们抱怨诺贝尔文学奖评委会中只有马悦然一个人懂汉语，好端端的中国文学作品被翻译们糟蹋掉了；抱怨诺贝尔文学奖评选不公平，有欧洲中心主义的心态，受政治意识形态的影响等。有人甚至像阿Q一样，在精神上胜利了，自我解嘲地说，占世界人口五分之一的中国人未获得此奖项，世界上使用人数最多的汉语没有能够对诺贝尔文学奖有所贡献，这是诺贝尔文学奖的耻辱。他们所引为不平的根据，也依然是中国"人口众多，地大物博"的事实，希望评审委员会能够"因为黄色脸皮人，格外优待从宽"。

在中国文坛，曾经有许多关于诺贝尔文学奖的传言。据说在1987年，汉学家马悦然成为瑞典皇家学院的院士后，曾将沈从文的好多作品翻译成了瑞典文,可惜沈从文1988年就去世了,与诺贝尔奖提名失之交臂,非常遗憾。2000年,华人作家高行健以小说《灵山》获得诺贝尔文学奖,但他已经加入了法国籍,是法籍华人了,他的获奖也就不能算是中国作家获奖了。直到莫言获奖,中国文学界的诺奖传说,才算告一段落。

为了一个诺贝尔文学奖,中国作家曾经愤愤不平,大嚷"不公平",但我们只要再把鲁迅先生80多年前写的这封信拿出来看看,相信大家就会心平气和,再也没有谁来吵闹不休了。鲁迅作品的普遍价值,其纤毫无爽的洞察力,丰富机智的语言,强大的批判力量,现今的中国作家,有谁能与之一决高下呢?然而鲁迅先生没有大声嚷嚷,他从来不愿意因为"是中国人,靠着这'中国'两个字"而获得诺贝尔奖金。

六 作文与做人的"秘诀"

在中国,当医生的最好有个"祖传秘方",做厨子的讲究有"家传菜谱",练拳脚的希望能得到"武林秘籍"。总之,就像金庸笔下有盖世武功的大侠一样,是要有"独门暗器",才好在江湖上混下去的。作文是个"码字"的活儿,讲究的是熟能生巧。古人说:"熟读唐诗三百首,不会写诗也会吟",这话在理;唐代大诗人杜甫也说过:"读书破万卷,下笔如有神。"那么,多读多写,这就是写作的奥秘了吧?其实也不尽然,作文还有别的秘诀在。

市面上流行的那些"作文秘诀"大半不靠谱,要想知道真正的"作文秘诀",还得听听有丰富写作经验的大作家们怎么说。世界超级大文豪鲁迅,就经常有人写信向他请教作文的秘诀,鲁迅是怎么回答的呢?我们先看看鲁迅的一篇散文《立论》,里面有一位私塾老师,就正在向小学生传授作文立论的"秘方",好一幅温馨的"授业解惑图":

我梦见自己正在小学校的讲堂上预备作文,向老师请教立论的方法。

"难！"老师从眼镜圈外斜射出眼光来，看着我，说。"我告诉你一件事——

"一家人家生了一个男孩，合家高兴透顶了。满月的时候，抱出来给客人看，——大概自然是想得一点好兆头。

"一个说：'这孩子将来要发财的。'他于是得到一番感谢。

"一个说：'这孩子将来要做官的。'他于是收回几句恭维。

"一个说：'这孩子将来是要死的。'他于是得到一顿大家合力的痛打。

"说要死的必然，说富贵的许谎。但说谎的得好报，说必然的遭打。你……"

"我愿意既不谎人，也不遭打。那么，老师，我得怎么说呢？"

"那么，你得说：'啊呀！这孩子呵！您瞧！多么……。阿唷！哈哈！Hehe！he，hehehehe！'"

这位循循善诱的私塾老先生，到底要教给学生什么"独家秘方"呢？

对于作文的立论，老师提供了三套方案：方案一，说这孩子将来要升官发财的，这是闭着眼睛说瞎话，是说谎——小男孩刚刚满月，谁能打包票说他将来一定大富大贵，前程似锦呢？所以，那些拍着胸脯说"这孩子将来要发财的"、"这孩子将来要做官的"的人，是为了讨好和奉承孩子父母，说了谎话。方案二，说"这孩子将来要死的"，是真话。人必有一死，虽然每个人的死亡意义不一样，有的"轻于鸿毛"，有的"重于泰山"，但任何英雄豪杰，都免不了终有一天要"驾鹤西去"，死亡对于每个人总有一次，大伙全在劫难逃，想要羽化成仙，追求长生不老不过是古代帝王的痴心妄想。所以，说要死的说出了真理。方案三，既不愿意撒谎，也不愿意因说真话而遭打，怎么说呢？老师支的招是："啊呀！这孩子呵！您瞧！多么……。

"诗"与"史"的缠绵

阿唷！哈哈！ Hehe！ he,hehehehe！"一大串象声词加上一小串感叹号，中间还有个长长的省略号。这老师到底说了什么呢？

说还是不说，说真话还是撒谎？我们经常要面对这个哈姆雷特式的棘手问题。《立论》中的老师说了一大串，其实等于什么也没说，一言以蔽之，也就是"今天天气，哈哈哈"七个大字。不过，这老师虽然说了一大通，等于啥也没说，却并不是在"装深沉"、"玩暧昧"，而是歪打正着，既说出了在中国作文的"秘诀"，也揭示了中国社会上做人的"诀窍"。在咱们中国，"世事洞明皆学问，人情练达即文章"，做人与作文，向来是合二为一，是一个问题的两个方面。

鲁迅写这篇《立论》，正话反说，其实是别有寄托的，暗含着鲁迅对中国国民劣根性的批判。大部分中国人，对一切事情照例都不十分认真，只用一个"模模糊糊"或者"含含糊糊"敷衍过去，还美其名曰"中庸主义"，只求表面上的"你好我好大家好"，彼此皆大欢喜，天下从此太平。

鲁迅说："我们虽挂孔子的门徒招牌，却是庄生的私淑弟子"。庄生即是道家思想的代表人物庄子，也就是庄周。古时候，这位飘逸潇洒的庄子成天飘飘然地做逍遥游，至今仍然是读书人的精神偶像。我们的庄周先生，战国时候就很走红，是那个时候的"摩登学者"。庄子似乎早就领悟了在中国作文和做人的秘诀。他说："是亦彼也，彼亦是也。彼亦一是非，此亦一是非。"庄子这话听起来有些像绕口令，用通俗一点的话来说，就是"这个就是那个，那个也就是这个"，既然如此，就不必分清"彼此"，进而不必辨别"是非"了。据说有一次，庄周梦见了蝴蝶，一觉醒来犯了迷糊："不知周之梦为蝴蝶欤，蝴蝶之梦为周欤？"到底是庄周做梦梦见了蝴蝶，还是蝴蝶做梦梦见了庄周呢？庄周连做梦与睡觉都分不清了。总之，在庄子看来，生活要混沌，日子才能好过些。彼此敷敷衍衍，含含糊糊地过去，是最好不过的。有明确的是非，有热烈的爱憎，一定要揭示真理，或者揭穿谎言，是在传统中国作文和做人的大忌。

还是回到《立论》。第一种方案是"恭喜发财"的谎话，给人家许下荣华富贵，自己却成了说谎的人。第二种方案是"实话实说"的真话，说出了大家都心知肚明的"老实话"，却遭到一阵暴打。第三种方案是"含含糊糊"的废话，既不骗人，也没遭打。既不伤害大家的感情，也没违背自己的良心，真是周全妥帖，十全十美了。这里，鲁迅又犀利地揭露出中国社会国民劣根性的一个方面：无论是"真话"，还是"谎言"，都没有"废话"受欢迎。

说真话的人，"有一说一"，为了坚持真理而不顾利害，他们就像《皇帝的新装》里的小孩子，毫无顾忌，偏偏指出"皇帝光着屁股，啥也没穿"的事实，如果没有围观群众的保护，搞不好要惹得皇帝老爷子龙颜大怒，弄得皇帝身边的大臣们也左右不是人，这小孩是要"吃不了兜着走"的。真话是大伙心照不宣而又讳莫如深的，说出真话是很危险的，在《立论》中，说真话的人"得到一顿大家合力的痛打"，就是一个鲜活的例子。现实生活中，老实本分人喜欢说真话，动不动就掏出"肺腑之言"，最后往往吃亏上当讨人嫌。

说谎话的人，平时总得处处小心，时时在意，唯恐多说一句话，稍有不慎，泄露天机："万一不小心说了真话怎么办？""扯谎"之后，就得"圆谎"，耗费好多心机，还担心"机关算尽太聪明，反算了卿卿性命"。是谎言总会露馅，说谎的人每日过得战战兢兢的，唯恐谎言被揭穿，那窝窝囊囊的滋味可真不好受。而且，一旦谎言被人当众揭穿，从此失去了信用，可要颜面扫地。所以，撒谎也是给自己找不自在。

只有那说废话的人，啰啰唆唆一大篇，东拉西扯，哼哼哈哈，王顾左右而言他，但不痛不痒，无伤大雅，相当于什么都没说。因此到处都能蒙混过关，任谁都找不到他的缺点，做人能做到天衣无缝，说话能说到滴水不漏。这才是深得中国社会"圆滑世故"的秘诀，到了作文和做人的最高境界。孔子所谓"七十而从心所欲不逾矩"，也不过如此吧？

对于个人来说，说废话能够明哲保身，避免祸从口出；但对国家和社会来说，说废话的人多了，往往无济于国计民生，甚至祸国殃民，影响文化进步，阻碍社会发展。鲁迅曾说："凡带一点改革性的主张，倘与社会无涉，才可以作为'废话'而留存。"中国社会中，无论是作文还是做人，只有废话的生命力最为悠久，人们总抱着"说废话混得过去的时候，千万别撒谎"的心态，总希望打马虎眼，彼此"忽悠"过去。

在《立论》中，通过揭示"作文的秘诀"，鲁迅揭露了中国社会中"做人的秘诀"，批判了那种苟且敷衍，模模糊糊，看似平和稳妥，折中调和，其实不辨是非，也不敢坚持真理的国民劣根性。有人说"文如其人"，又有人说"风格即人"，我们应该反对"瞒和骗"，在生活中把自己锻造成敢于仗义执言，不顾利害的勇者，这才是文学大师鲁迅教给我们的真正的"作文的秘诀"。

七 "他叫我先生，我叫他皇上"

1931年，鲁迅在杂文《知难行难》里，旧事重提，提起九年前的"宣统与胡适"的往事，还发了一通议论。鲁迅说："中国向来的老例，做皇帝做牢靠和做倒霉的时候，总要和文人学士扳一下相好。做牢靠的时候是'偃武修文'，粉饰粉饰；做倒霉的时候是又以为他们真有'治国平天下'的大道，再问问看，要说得直白一点，就是见于《红楼梦》上的所谓'病笃乱投医'了。"

接下去，鲁迅简要地叙述了"胡适见宣统"的情形，寥寥数字，就把胡适和宣统两人的面目都刻画出来了，鲁迅是这么说的："当'宣统皇帝'逊位逊到坐得无聊的时候,我们的胡适之博士曾经尽过这样的任务。见过以后，也奇怪，人们不知怎的先问他们怎样的称呼，博士曰：'他叫我先生，我叫他皇上'。"

众所周知，胡适是新文化运动的先驱和闯将，是在中国最早揭起文学革命大旗的"新人物"。宣统是清朝的末代皇帝，是两千年封建王朝在中国的最后一个代表。胡适与宣统，两人不说是势不两立，老死不相往来，至少也是井水不犯河水，八竿子打不到一块儿去。这两人是怎么扯到一块儿去的呢？其实，要明白"宣统召见胡适"的个中情形，还得从九年前说起。

1922年，清宫装了电话，17岁的小皇帝溥仪独处深宫，备感寂寞无聊。有一天，溥仪突发奇想，给胡适打了个电话，约胡适进宫去聊聊天。据说，当时的溥仪也是个文学青年，这就是我们今天所说的"文青"，溥仪有事没事的时候也喜欢写写新诗。胡适提倡的白话文运动，影响的确深远，那时就传到了深宫内院，溥仪看过胡适的新诗集《尝试集》后，很感兴趣，所以电邀胡适去谈谈。胡适后来写有《宣统与胡适》，很详细地记载了他与溥仪见面的情景，胡适是这么写的："30日上午，他派了一个太监来我家中接我，我们从神武门进宫，在养心殿见着清帝，我对他行了鞠躬礼，他请我坐，我就坐了。……他称我'先生'，我称他'皇上'。我们谈的大概都是文学的事……他说他很赞成白话；他做过旧诗,近来也试作新诗。"据胡适后来说，"我们谈了二十分钟，我就告辞出来了。"

然而，这"新人物"与"旧皇帝"之间20分钟的谈话，在当时却掀起了轩然大波，闹得满城风雨。报纸上一下子多了好多以"宣统与胡适"为题目的新闻，有的说"胡适为帝师"，胡适成了宣统皇帝的军师，为宣统出谋划策;有的说"胡适请求免跪拜",胡适以西洋礼节向宣统行礼致敬,宣统也毫不在意,免去了传统的"君臣之礼"。

这些议论使胡适很苦恼,他专门写了一篇《宣统与胡适》出来为自己辩护,说"一个人去见一个人,本也没有什么稀奇","不料中国人脑筋里的帝王思想,还不曾刷洗干净。所以这一件本来很有人味儿的事,到了新闻记者的笔下,便成了一条怪诧的新闻了"。其实,大家要知道,"这是一件很可以不必大惊小怪的事"。

但是,胡适的辩护词在当时看来就破绽百出,不能自圆其说。大家都知道,1912年1月1日南京临时政府成立后,清帝溥仪(也就是宣统皇帝)于当年的2月20日就被迫宣布退位了,只不过按照当时订立的优待皇室条件,溥仪才能够依然留在故宫,在紫禁城里这狭小的范围内享受他原封不动的帝王生活而已。退位以后的溥仪虽然仍然称"皇帝",用"宣统"的年号,但已经满不是当年"普天之下,莫非王土"时候的那么回事了。在宣统被废后10年,胡适依然念念不忘宣统皇帝的威仪,诺诺连声地称呼"皇帝",俨然是大清国的子民,岂非咄咄怪事!何况,胡适还是新思潮的先驱,中国新文化运动的健将,更让人感慨"帝王思想"在中国的根深蒂固了。

胡适1922年做的这件"很有人味儿的事",在当时闹得沸沸扬扬,很为人们所诟病;但对人们的议论,胡适很有些不以为然:1924年,胡适曾经"第二次进宫见溥仪",这就是所谓的胡适"二进宫"。到1931年的时候,胡适的"二进宫"已经烟消云散,人们早就把这事儿忘到九霄云外去了。鲁迅为何偏偏"哪壶不开提哪壶",在1931年,又翻出了当年的老黄历,给胡适一个下不了台呢?

原来,历史总是不断重演,甚至连细节都惊人地相似。这回,胡适又要被蒋介石政府召见了。1931年10月14日的《申报》上,就记载着"蒋召见胡适之丁文江"的新闻:"南京专电:丁文江,胡适,来京谒蒋,此来系奉蒋召,对大局有所垂询。……"鲁迅叙述了胡适被溥仪召见的情景,感慨地说:"那时似乎并不谈什么国家大计,因为这'皇上'后来不过做了几首打油白话诗,终于无聊,而且还落得一个赶出金鸾殿。现在可要阔了,听说想到东三省再去做皇帝呢。"

这回,胡适又要被蒋介石召见了,鲁迅笔锋一转,调侃地说:"现在没有人问他怎样的称呼。为什么呢?因为是知道的,这回是'我称他主席'……!安徽大学校长刘文典教授,因为不称'主席'而关了好多天,好容易才交保出外,老同乡,旧同事,博士当然是知道的,所以,'我称他主席'!"

这里,鲁迅顺手用了一个新典故,是关于当时著名学者刘文典的。刘文典是安徽合肥人,跟胡适是安徽同乡,又曾在北京大学任教,与胡适曾是同事。1928年11月,在安徽大学学潮中,刘文典被蒋介石召见,刘文典是书生脾气,不通世故,在谈话中他称蒋介石为"先生",而不称为"主席",惹得蒋介石勃然大怒,当场就拍桌子打板凳,后来蒋介石到底找了个岔子,以刘文典"治学不严"为借口,当场拿下,将刘文典拘押一个月之久,直到同年12月才释放。

从1922年胡适被宣统召见时,胡适自称"我叫他皇上",到1931年胡适被蒋介石召见,鲁迅为胡适拟想的"我叫他主席",只用寥寥数语,鲁迅就给我们画出了胡适的一个侧面像。

鲁迅说过,他的批判和揭露,"乃为公仇,绝非私怨"。鲁迅往往提取了社会生活中的一种现象,加以典型化,他的出发点并不在于批评个人,而是针砭一种社会病态。鲁迅对胡适的批判也是本着这个原则的。他批判的不是胡适个人,而是这种"胡适现象"。

"诗"与"史"的缠绵

在20世纪二三十年代，随着五四运动高潮的过去，许多当时的先驱者失去了当年勇往直前的气概，跟封建势力妥协了。他们有的主张学者要"踱进研究室"，钻进故纸堆，不问世事，一门心思做学问，这派人物以胡适为代表；有的主张作家要"搬进艺术之宫"，要为艺术而艺术，不要把高雅的文学艺术跟粗俗的阶级斗争混为一谈，这派人物，以"新月派"为代表，胡适又是新月派中重要的一员。

在白话文运动中，胡适是"文学革命"的旗手，鲁迅在钱玄同的劝说下，参加了他们的革命队伍，为他们呐喊助威。鲁迅严格遵守胡适、陈独秀等前驱的指令，写了不少"遵命文学"；但到后来，胡适功成身退，提倡"多研究些问题，少谈些主义"，又提倡"整理国故"，胡适思想逐渐消沉，早就没有了五四时期的朝气蓬勃的气概了。所以，鲁迅跟胡适，这两个五四时期并肩作战的亲密战友，只好各奔前程了。

鲁迅一生都坚持着战士的姿态，与各种反动势力不断斗争；胡适呢，越到后来，就越埋头于故纸堆中，向一个纯粹的学者发展了。胡适，这个文学革命的老兵，后来却离开队伍，最终退伍了。

从"宣统与胡适"到"蒋介石与胡适"，胡适走上了和鲁迅完全不同的道路，十字路口，歧路徘徊，所谓"道不同不相与谋"，鲁迅和胡适，两人分道扬镳了。

注：《"他叫我先生，我叫他皇上"》一文，原载《杂文月刊》（原创版）2008年第6期

党的鲁迅
——以《解放日报》和《新华日报》上的鲁迅纪念为例

抗战时期,由于特殊的政治和军事格局,中国被分割为三大区域:国民党统治的抗日大后方,被称为"国统区";共产党控制的解放区(抗日民主根据地);以及日本侵略者占领的沦陷区。不同政治区域,对于鲁迅的纪念方式不同,阐释角度不同,呈现出迥然不同的鲁迅纪念景观。

在沦陷区,日本侵略者疯狂地实行文化殖民主义的政策,对鲁迅著作的阅读和谈论成为一种禁忌,只能秘密进行,对鲁迅的纪念活动根本无法公开举行,鲁迅的著作只能在人民中"秘密风行",其情形正如《解放日报》一则新闻报道所言:

> 敌寇在沦陷区对鲁迅先生遗留的文物不断加以迫害,现在不仅鲁迅先生的坟墓被敌伪任意摧残,而且敌伪把阅读鲁迅先生遗作的沦陷区居民,视作"危险分子",买卖交换先生遗作者,不时遭到敌特宪兵的盘诘拘捕。最近由于敌伪压迫,及沦陷区生活困难,鲁迅先生留平家属,竟被迫出售先生生前藏书。①

沦陷区日本帝国主义者对鲁迅的封锁造成的直接后果,是迫使对鲁迅著

---
① 《鲁迅先生精神不死,遗著风行于沦陷区》,《解放日报》1944年10月24日。

作的阅读和讨论转入地下状态，同时也必然带来了广大人民群众对于鲁迅的隔膜，正如《解放日报》另一则报道在谈到东北沦陷区纪念鲁迅逝世十周年的情形时所言："过去由于日本帝国主义者之封锁迫害，东北人民对于鲁迅先生一生的战斗精神及史实仍属隔膜。"①

相对于沦陷区对鲁迅及其著作的封锁与禁忌，国统区和解放区的鲁迅纪念活动，在中国共产党的支持与鼓励下，得以经常举行，而且贯穿了战争年代的始终，形成了意义完整的对于鲁迅的阐释段落。笔者以中共分别在国统区和解放区出版的两份机关报《新华日报》和《解放日报》的对比分析为个案，试图探讨中共建构鲁迅形象的不同侧面。

《新华日报》是中国共产党在国民党统治区公开出版的机关报。1938年1月11日在汉口创刊，同年10月25日迁到重庆继续出版。1947年2月28日被国民党政府强迫停刊。《新华日报》是中国共产党在抗日战争时期和第三次国内革命战争时期在国民党统治区公开出版的唯一大型报纸。

《解放日报》也是中共中央的机关报，1941年5月16日在延安创刊，1947年3月27日终刊。《解放日报》和《新华日报》同为中国共产党的机关报，创刊时间虽有先后，终刊时间却相距不远；在纪念鲁迅和对鲁迅的阐述上，两份报纸都体现了中共鲜明的政党意识形态色彩，但由于分别处于国统区和解放区这样政治氛围迥然不同的地理区域，在具体言说策略上，《解放日报》和《新华日报》又各有侧重，探究它们在言说鲁迅时候的同与异，对于探讨中共政治意识形态对鲁迅的塑造过程，是一个独特的角度。

对于在国统区和解放区，应该采取不同的言说策略，中国共产党有着充分的自觉。在《在延安文艺座谈会上的讲话》中，中国共产党领袖毛泽东谈到文艺工作者的工作对象问题时，特别区分了解放区和国统区工作对象

---

① 《东北热烈纪念鲁迅逝世十周年》，《解放日报》1946年10月23日。

的不同:"工作对象问题,就是文艺作品给谁看的问题。在陕甘宁边区,在华北华中各抗日根据地,这个问题和在国民党统治区不同,和在抗战以前的上海更不同。在上海时期,革命文艺作品的接受者是以一部分学生、职员、店员为主。在抗战以后的国民党统治区,范围曾有过一些扩大,但基本上也还是以这些人为主,因为那里的政府把工农兵和革命文艺互相隔绝了。在我们的根据地就完全不同。文艺作品在根据地的接受者,是工农兵以及革命的干部。""工作对象"的不同,直接导致的是"根据地的文艺工作者和国民党统治区的文艺工作者的环境和任务的区别"①。而环境和任务的区别,不可避免地带来言说策略的不同,这在《解放日报》和《新华日报》对于鲁迅纪念的叙述方面,表现得也格外突出。

一 1938—1940年《新华日报》的鲁迅纪念

《新华日报》创刊伊始,就十分注重对鲁迅纪念的介绍与宣传。《新华日报》上关于鲁迅纪念活动的新闻报道,开辟的纪念鲁迅的专版,以及发表的纪念鲁迅的文章,密切配合中国共产党的各项方针政策,同时又紧密联系国统区的实际情况,很好地传达出了党的声音。

《新华日报》对于鲁迅形象的塑造,大体上有一个紧密结合时政的过程。在抗日战争初期,紧扣"抗战"的题目做文章,着重刻画的是鲁迅"民族战士"的形象;随着毛泽东《新民主主义论》的发表,《新华日报》论述的着眼点又转向对鲁迅"文化革命伟人"和"青年导师"形象的塑造。

(一)1938:持久抗战中纪念鲁迅

1938年10月,鲁迅逝世两周年纪念,正是武汉处于危急的关头,"保卫大武汉"的任务迫在眉睫的时候。在《新华日报》上刊登的文章中,郭沫

---

① 毛泽东:《在延安文艺座谈会上的讲话》,《解放日报》1943年10月19日。

若的《持久抗战中纪念鲁迅》是具有典型意义的一篇。在这篇文章里，郭沫若强调在"整个民族对于暴日作持久战的时期中"，必须重新阐发"鲁迅精神"的内涵："鲁迅精神是什么？便是不屈不挠，和恶势力斗争到底。这种精神是特别值得发扬的，尤其在目前整个民族，坚苦地对于暴日作持久抗战的期间。"①郭沫若的"鲁迅精神"是直接对应于当时"持久抗战"的时代要求的："不屈不挠，和恶势力斗争到底"中的"恶势力"显然是指日本侵略者，这篇文章最后呼吁当时的民众起来，发扬"鲁迅精神"："把鲁迅精神发扬起来，从文艺的范围扩展出去。假使人人都能够不屈不挠地和恶势力抗战到底，汉奸决不会产生，气馁的现象决不会出现，暴日终竟要在我们的最高战略前溃灭的。""鲁迅精神"的发扬最终导致暴日的溃灭，"鲁迅精神"与"抗战"之间建立起了一一对应的直线联系。

中国共产党领导人周恩来的《鲁迅逝世二周年纪念题词》，同样将鲁迅放置在"坚持长期抗战，坚信最后胜利"的时代语境中，并以高屋建瓴的宏阔视野，将鲁迅的伟大上升到一种"民族精神"的高度："鲁迅先生之伟大，在于一贯的为真理正义而倔强奋斗，至死不屈，并在于从极其艰险困难的处境中，预见并确信有光明的将来。这种伟大，是我们今日坚持长期抗战，坚信最后胜利所必须发扬的民族精神！"②周恩来塑造的鲁迅，是战时中国最需要的、具有坚韧和乐观气质的鲁迅，这个鲁迅能"从极其艰险困难的处境中，预见并确信有光明的将来"，这也是周恩来对当时社会上甚嚣尘上的"抗战必亡"、"再战必亡"等"亡国论"的有力的针砭。10月19日，在武汉举行的"鲁迅逝世二周年纪念会"上，周恩来又以"疾风知劲草，板荡识忠臣"来概括鲁迅的人格，以鲁迅"在国难当头或局势摇荡时，绝未

---

① 郭沫若：《持久抗战中纪念鲁迅》，《新华日报》1938年10月19日。
② 周恩来：《鲁迅逝世二周年纪念题词》，《新华日报》1938年10月19日。

动摇或妥协过"为榜样,来激励民众的抗日斗志。谈到鲁迅在文艺上的贡献,周恩来说:"鲁迅先生一贯地对旧社会给以无情的批判和揭露,不妥协,不苟且,指示我们一个光明的前途。即使在反映中国社会腐朽的《阿Q正传》上也显示出伟大的奋斗前途,而鼓励着大众反抗腐恶势力,这是在先生早期到后期都是如此的。"[1]周恩来作为政党领袖,为了团结抗战,鼓舞士气而着重强调鲁迅指示出了"光明的前途":对于鲁迅充满了"哀其不幸,怒其不争"的悲悯情感和讽刺色彩的《阿Q正传》,周恩来解读出了"伟大的奋斗前途";对于"鲁迅精神"的具体内涵,周恩来也给出了自己的理解:"只有坚信未来之胜利,同时又努力于克服现实的困难,而艰苦奋斗,这才是中华民族之伟大精神要素,也正是鲁迅精神之所代表。"[2]这里,我们清晰地看到:抗战时代需要的,是一个倔强乐观,对前途充满信心的鲁迅。鲁迅其人和其作品中的沉郁与悲哀,鲁迅对于未来的"黄金世界"的质疑与拒绝:"有我所不乐意的在你们将来的黄金世界里,我不愿去。"[3]在抗战的时代氛围中,显然被有意无意地淡化和忽略掉了。

在神圣的抗日战争的隆隆炮声中,几乎关于鲁迅的一切言说都与"战斗"、"抗战"有关。陶行知的《鲁迅先生逝世二周年题词》有云[4]:"百战争真理,两年死犹生。名著如秋月,照人造乾坤",题词刻画了"身经百战"的鲁迅形象。田汉为鲁迅逝世一周年忌日而作的诗句"神州合作存亡战,百万旌旗祭迅翁"[5]很容易让人想起陆游《示儿》诗中"王师北定中原日,家祭无忘告乃翁"的名句。在抗战时代,民族国家处于生死存亡的时刻,

---

[1] 欲明、密林:《鲁迅逝世二周年纪念会——昨日下午在青年会举行》,《新华日报》1938年10月20日。
[2] 同上。
[3] 鲁迅:《影的告别》,《鲁迅全集》第二卷,人民文学出版社2005年版,第169页。
[4] 陶行知:《鲁迅先生逝世二周年题词》,《新华日报》1938年10月19日。
[5] 田汉:《鲁迅翁逝世二周年》,《新华日报》1938年10月19日。

在田汉眼中，鲁迅与陆游的爱国主义情怀是息息相通的。同样，在武汉危急的历史时刻，对于鲁迅的小说《阿Q正传》中的阿Q以及阿Q性，田汉也密切结合抗战的新形势，给予了全新的阐释："敌人疯狂进攻未有已，我们岂肯作虫豸？亡我国家灭我种，岂是'儿子打老子'？寇深矣，事急矣！枪毙人人心中阿Q性，誓与敌人抗到底。"①

1938年的鲁迅纪念文章，所极力建立起来的鲁迅与抗战的紧密联系，以及营造出来的鲁迅的"战斗气息"，在全国各地的鲁迅纪念大会中，以集体记忆的形式，得到了同样淋漓尽致的展现，"鲁迅与抗日战争"已经成为当时全国各地鲁迅纪念大会的共同主题。

在武汉，1938年10月19日武汉文化界同人在青年会举行"鲁迅逝世二周年纪念会"②。纪念会由中华全国文艺界抗敌协会冯乃超和鲁迅先生纪念委员会胡愈之召集，出席会议者有中共领导人周恩来、秦博古，以及郭沫若、田汉、《新华日报》社长潘梓年等数十人。会场中悬挂着鲁迅先生遗像，绘着鲁迅"倔强而慈爱的影子"，周围贴满了各界评论鲁迅先生的名言，譬如苏联《真理报》对鲁迅的评论："他热烈地反对封建军阀的压迫，反对外来帝国主义，反对伪民族主义文学，拥护德谟克拉西，拥护大众的自由，拥护革命的文学。"主席郭沫若阐发"目前武汉危急中纪念鲁迅先生"的特殊意义时强调："我们在今天正同日寇进行激烈的战争时，我们更应该有百折不挠的斗争精神，我们希望今天更能发扬鲁迅精神，使中国人都成为鲁迅，那末便不至有气馁、妥协之表现。"在胡愈之、冯乃超、周恩来、秦博古等相继演说后，郭沫若带领大家喊出了"我们要打倒一切托派分子"和"以抗战到底来纪念鲁迅先生"的口号，鲜明而强烈地点出了纪念大会的主题。

---

① 田汉：《鲁迅翁逝世二周年》，《新华日报》1938年10月19日。
② 参见欲明、密林《鲁迅逝世二周年纪念会——昨日下午在青年会举行》，《新华日报》1938年10月20日。

在延安，1938年10月19日由边区文化界救亡协会主持的鲁迅逝世二周年纪念大会[①]，同样具有浓郁的抗战色彩。大会的标语是："把握着艺术的武器，踏着鲁迅开辟的道路前进"，"纪念鲁迅先生要巩固和扩大抗日民族统一阵线"，"纪念鲁迅，要坚持持久战"。大会主席团由毛泽东、陈绍禹等中共领袖和周扬、沙可夫、沙汀、柯仲平、丁玲、徐懋庸等文艺界人士共13人组成，柯仲平报告在"第三期抗战最紧急的关头"召开纪念大会的"异常重大的意义"时紧扣"抗战"主题，他说："鲁迅先生为着救祖国救人民，奋斗了一生，他曾不屈不挠的和恶势力进行了斗争，曾不倦的摇旗高呼，极力主张民族统一战线，渴望着全国抗战的到来，他给我们开辟了这条救亡图存的道路……所以在今天纪念鲁迅先生，我们应该坚持抗战，坚持持久战，坚持统一战线，争取最后的胜利……"

在香港，"鲁迅先生逝世二周年纪念大会"[②]于10月22日在孔圣堂举行，记者阐释纪念大会的意义时说："鲁迅先生是一个反日反封建的战士，在广州不守的第二天来开这个会，更有着双重的意义的，香港的侨胞是以纪念鲁迅来向日本帝国主义示威！中国是不能征服的！"大会主席阳翰生在开会辞中说："鲁迅的一生，是战斗的一生！……在今天我们纪念鲁迅先生的死，我们要学习鲁迅先生不屈不挠的精神，战斗的精神，不妥协，不苟且的精神和敌人战斗到底！"茅盾叙述了鲁迅"一生战斗的过程"后，最后归结为："我们纪念鲁迅先生要抗战到底！"香港的纪念大会最终以文艺演出的方式结束：由厦门儿童救亡剧团唱《救亡进行曲》，进一步紧扣了"抗日救亡"的时代主题。

在抗战初期，为了建立起"鲁迅与抗日战争"的必然联系，已经开始

---

① 参见敏英《延安纪念鲁迅逝世二周年》，《新华日报》1938年11月23日。
② 参见湮丹《鲁迅逝世二周年纪念在香港》，《新华日报》1938年11月23日。

了用"抗日战争"的民族话语对鲁迅文本进行改造（或"改写"）的过程。1938年10月19日，《新华日报》上发表了青年作家蒋弼的《并非照例》，这也是《新华日报》上第一篇以民族话语改造鲁迅文本《对于左翼作家联盟的意见》①的纪念文章。该文直接将鲁迅1930年3月2日在左翼作家联盟成立大会上的演讲与抗日战争的民族话语"接轨"，将鲁迅对于左翼作家联盟的意见，直接转化为鲁迅对于"全国一致，对日抗战"的具体教导。

在《并非照例》中，蒋弼采用"摘句法"，将鲁迅的《对于左翼作家联盟的意见》和《论现在我们的文学运动》②两篇文章中相关文句"组装"起来，拼接出一篇完整的鲁迅对于抗战的指导性意见："鲁迅已经教给我们：现在中国最大的问题，是民族生存的问题。而唯一的出路，只有全国一致，对日抗战。同时还教给我们：第一，'必须坚决，持久不断，而且注重实力'。其次，'战线应该扩大'。再就是'造出大群的新的战士'。'但同时……战线上的人还要"韧"'。"③蒋弼的引用凸显了"战线"、"战士"等富于战斗色彩的词汇，但显然脱离了原文的语境，将鲁迅原文中对于文学问题的意见移植到对日抗战这一现实问题上来。鲁迅原文中的"战士"、"战线"等，使用的是这些战争词汇的比喻义，是一种修辞手段，蒋弼的引用则凸显了这些词汇的本义，着眼于从字面上理解。对照鲁迅的原文《对于左翼作家联盟的意见》，发现鲁迅"必须坚决，持久不断，而且注重实力"强调的是"对于旧社会和旧势力的斗争"，蒋弼的引用有意忽略了这个语言环境，已然悄悄地将斗争对象转换成日本侵略者了；鲁迅原文中"战线应该扩大"，指的是"文学上的战争"，鲁迅说："在前年和去年，文学上的战争是有的，

---

① 鲁迅：《对于左翼作家联盟的意见》，《鲁迅全集》第四卷，人民文学出版社2005年版，第238—243页。
② 鲁迅：《论现在我们的文学运动》，《鲁迅全集》第六卷，人民文学出版社2005年版，第613页。
③ 蒋弼：《并非照例》，《新华日报》1938年10月19日。

但那范围实在太小,一切旧文学旧思想都不为新派的人所注意,反而弄成了在一角里新文学者和新文学者的斗争,旧派的人倒能闲舒地在旁边观战",蒋弼将这段话改造成鲁迅针对当时正在进行的抗日战争发言。同样,鲁迅"造出大群的新的战士"中的"战士"指的是"做文章的人",而非奔赴沙场,抗日杀敌的战士;鲁迅"战线上的人还要'韧'"前面也是有限定语的,明确指出了是在"在文学战线上"的人还要"韧"。只从字面上摘取"战士"、"战线"和"战斗"等鲁迅惯用语,让这些词汇脱离其原文的具体语境,建立起与现实中的抗日战争的简单对应关系,这种让鲁迅的"历史"文本直接对"现实"发言的方式,无疑是一种对于鲁迅文本的工具性使用和功利性改写。

综上所述,1938年《新华日报》上的鲁迅纪念,无论是纪念文章,还是纪念大会,都共同烘托出"持久抗战中纪念鲁迅"的时代氛围,建构起了鲁迅与抗日战争的紧密联系。

(二) 1939:作为"民族战士"的鲁迅

如果说在《新华日报》上,1938年的鲁迅纪念还只是感性直观地建立起了"鲁迅与抗日战争"的必然联系,这种联系在某种程度上延续了鲁迅逝世时对"抗日救亡"时代使命的承载功能的话,那么,1939年的鲁迅纪念文章与活动,则以更加明白显豁、一目了然的方式,论证了鲁迅"民族战士"的形象。

首先,引人注目的是,1939年10月19日的《新华日报》在第一版的显赫位置发表了社论《纪念伟大的民族战士鲁迅先生》。社论[①]往往是针对当前重大问题发表的权威评论,党的机关报的社论可以说直接传达出了党

---

① 《现代汉语词典》(2002增补本)对"社论"的解释是:"报社或杂志社在自己的报纸或刊物上,以本社名义发表的评论当前重大问题的文章。"参见《现代汉语词典》,商务印书馆2004年版,第1116页。

的声音。在这篇纪念鲁迅逝世三周年的社论《纪念伟大的民族战士鲁迅先生》里，重点引用了毛泽东1937年在陕北公学所作的"鲁迅论"中对"鲁迅精神"的相关论述，而且，毛泽东对"鲁迅精神"的阐释被归结为全文的结论："毛泽东同志曾告诉我们，鲁迅先生有政治的远见，有斗争的精神和牺牲的精神，这几个特点的综合，就形成了一种伟大的'鲁迅精神'。当此纪念鲁迅先生逝世三周年时，我们每一个真诚的人，都应该继承'鲁迅精神'的这种伟大传统，来坚持我们的民族抗战，这就也是我们纪念这位伟大的民族战士的唯一的有效方法！"

1939年《新华日报》社论对鲁迅形象的定位为"民族战士"，在当年的《新华日报》上得到了全面体现。《新华日报》社社长潘梓年的鲁迅纪念文章《纪念为自由而奋斗的战士》，与社论遥相呼应，认为鲁迅是"为自由而奋斗的战士"，并号召青年们"视自己为鲁迅先生的后身，拾起他遗下的争取自由的武器，奋力前进，用取得宪政的真实实现来作为纪念他的珍贵礼物"。[①]潘梓年倡议青年们用"取得宪政的真实实现来作为纪念他的珍贵礼物"，在这里，纪念鲁迅的现实参与功能得到了鲜明的体现。

凸显"民族战士"的鲁迅形象的，还有重庆举行的"鲁迅先生逝世三周年纪念大会"。大会的相关新闻报道《战时首都千余群众纪念民族战士鲁迅先生》[②]为我们重现了当时的情景。首先，对于参与者而言，这次民族战争时代的纪念大会具有鲜明的"统一战线"色彩："和三年前万国殡仪馆里的情形一样，到这里来的大部分是进步的青年、文化人、文艺工作者、工人、学生和广大的市民群众。虽然这里却也有以前不愿正视鲁迅先生的人们，但今天都以一致的步调走入了纪念鲁迅先生的会场"，凝聚起"不愿正视鲁

---

① 潘梓年：《纪念为自由而奋斗的战士》，《新华日报》1939年10月19日。
② 《战时首都千余群众纪念民族战士鲁迅先生》，《新华日报》1939年10月19日。

迅先生的人们",使他们具有"一致的步调"的,显然是当时抗日民族统一战线的时代氛围,这正如邵力子在演讲中所言:"我们继承了鲁迅先生的遗志:中国已经团结起来了!"而会场上的"有意义的布置"也为记者所注意:"主席台的中央,在孙中山先生遗像的底下,鲜花簇拥着鲁迅先生的画像。这个有意义的布置似乎已经说明了鲁迅先生是继中山先生之死而后的最大的损失"。在主席台上入座的有国民党中央委员邵力子及中宣部部长潘公展,以及中共领袖陈绍禹(王明)等人,共同烘托出了国共合作时代的政治氛围。代表中国共产党中央委员会参加纪念大会的中共领袖陈绍禹,在演讲中对于"我们应该怎样来纪念鲁迅先生"这一问题的回答,处处紧扣抗战时期的民族主义主题:"第一,我们要对日本帝国主义抗战到底……第二,我们要坚持全民族团结去争取抗战胜利……第三,我们要正视现实力求进步……第四,要学鲁迅先生的恨人爱人……"①邵力子、潘公展、陈绍禹等人演讲结束后,一千余听众走出会场,其中"一个青年用力在大门上捶了一拳,他没有说什么,他只深深透了一口气,短截地喊了一声'必须坚持团结,抗战与进步到底!'"这个青年的呼喊,从侧面点出了纪念大会的现实意义:"全国人民正遵守着伟大的导师的指示,将为着民族的解放而战到最后胜利!"

(三)1940:作为"文化革命伟人"的鲁迅

1940年,因为恰逢鲁迅诞辰六十周年和逝世四周年,《新华日报》上的鲁迅纪念也就自然分成两个时段:8月3日的诞辰纪念与10月19日的逝世纪念。

在中国现代文化史上,在伟大人物生前为之祝寿的屡见不鲜,但死后还能庆贺"冥诞",为之做"阴生"的,鲁迅是屈指可数的少数人之一。鲁迅诞辰日被赋予隆重庄严的意义:"今天,是我们伟大民族的伟大文豪鲁迅先

---

① 《鲁迅先生纪念会上,中共领袖陈绍禹同志演词》,《新华日报》1939年10月20日。

生的六十诞辰,这不仅是我们文坛上的一个光辉的盛节,同时也是我们整个文艺运动史上的具有历史意义的一天。"① 实际上,鲁迅诞生于公历9月25日,这一天是农历的八月初三日。当时为鲁迅祝寿的人们,却误将公历8月3日当作鲁迅的诞辰来予以纪念。这从一个侧面说明了对于鲁迅诞辰的纪念,需要的只是一个可以不断回返的时日,而并不在乎这个日子的真实性。因为"纪念"就其本质而言,是一种仪式。

1940年《新华日报》上的鲁迅纪念,无论是诞辰纪念还是逝世纪念,所极力塑造的鲁迅形象,除了延续1939年对鲁迅"民族战士"的定位外,增加了新的因素,对鲁迅形象予以新的定位:"文化革命伟人"。在新文化运动的视野中,鲁迅作为"革命文豪",作为"文化巨人"的形象得到凸显。这种对鲁迅形象赋予的新的意义层面,与毛泽东1940年1月在陕甘宁边区文化协会第一次代表大会上的讲演《新民主主义论》的发表息息相关。

在《新民主主义论》中,毛泽东对鲁迅给予了空前崇高的评价。作为中共领袖的毛泽东,是在中国文化革命的宏阔视野中,来论述鲁迅的意义的。毛泽东说:

> 在"五四"以后,中国产生了完全崭新的文化生力军,这就是中国共产党人所领导的共产主义的文化思想,即共产主义的宇宙观和社会革命论。……二十年来,这个文化新军的锋芒所向,从思想到形式(文字等),无不起了极大的革命。其声势之浩大,威力之猛烈,简直是所向无敌的。其动员之广大,超过中国任何历史时代。而鲁迅,就是这个文化新军的最伟大和最英勇的旗手。鲁迅是中国文化革命的主将,他不但是伟大的文学家,而且是伟大的思想家和伟大的革命家。鲁迅

---

① 《我们怎样来纪念鲁迅先生?》,《新华日报》1940年8月3日。

的骨头是最硬的,他没有丝毫的奴颜和媚骨,这是殖民地半殖民地人民最可宝贵的性格。鲁迅是在文化战线上,代表全民族的大多数,向着敌人冲锋陷阵的最正确、最勇敢、最坚决、最忠实、最热忱的空前的民族英雄。鲁迅的方向,就是中华民族新文化的方向。①

当论述到文化革命的第三个时期——1927 年至 1937 年的新的革命时期,在反革命的文化"围剿"中,鲁迅的发展变化时,毛泽东又说:"共产主义者的鲁迅,却正在这一'围剿'中成了中国文化革命的伟人。"②

在某种意义上,我们可以说《新华日报》1940 年的鲁迅纪念是对毛泽东《新民主主义论》中鲁迅论述的顺向式领悟,是对毛泽东权威话语的引用、发挥与演绎。1940 年 8 月 3 日,为纪念鲁迅六十诞辰,《新华日报》在头版头条的显赫位置,以大号字体发布刊头语:

我们怎样来纪念鲁迅先生呢?为了纪念鲁迅先生,我们就要学习他坚强不妥协和坚持抗战到底的精神。鲁迅先生是倔强的,丝毫不妥协的,反对市侩们的"中庸之道"的。当此鲁迅先生的六十诞辰,让鲁迅先生的名字,成为我们新文化运动的伟大旗帜吧,我们要肩着这个旗帜把这个运动进行到底!

在抗日战争的时代语境中,刊头语依然延续了此前对鲁迅"坚强不妥协和坚持抗战到底的精神"的强调,但落脚点则在对于鲁迅作为"新文化运动的伟大旗帜"的新的意义。

事实上,在新文化运动的序列中重新阐释鲁迅的意义,成为 1940 年鲁

---

① 毛泽东:《新民主主义论》,《毛泽东选集》第二卷,人民出版社 1991 年版,第 697—698 页。
② 同上书,第 702 页。

迅纪念的基调。在鲁迅诞辰日,《新华日报》发表社论《我们怎样来纪念鲁迅先生?》,社论主体部分以"毛泽东同志说,'共产主义者的鲁迅',就这样'成了中国一个文化革命的巨人'"①为结论,沿着毛泽东的论述,把鲁迅的意义镶嵌在"新民主主义的文化运动"的框架中,提出"为了纪念鲁迅先生,我们就要加强进行新民主主义的文化运动"的总体方向,而且明确地提出了当前的具体任务:"洛甫同志告诉我们,目前新文化运动的当前具体任务之一,就是'组织新文化运动大师鲁迅先生的研究会或研究院等',这是值得我们注意的。"

与1940年8月3日鲁迅六十诞辰纪念社论相呼应的,有潘梓年的题名为《"中国文化革命的伟人"》的时评。这篇文章从标题到内容,主要引用毛泽东《新民主主义论》中关于文化革命统一战线"四个时期"的划分,论证的是毛泽东的判断:在"一九二七年到一九三七年的十年"这第三个新的革命时期,"共产主义者的鲁迅,却正在这一'围剿'中成了中国文化革命的伟人"。②

1940年10月19日,鲁迅逝世四周年纪念的社论《悼念青年的导师鲁迅先生》,称鲁迅是"中国新文艺运动的巨人,新文化运动的旗帜",在"文化运动"与"革命运动"的结合中论述鲁迅作为"革命文化的旗帜"的意义,社论明确指出:

就因为他(鲁迅——引者注)能随时随地运用适当的战术,他才能终于在万啄纷哎中树立起一面鲜明的革命文化的旗帜,才能使他自己领导的文艺运动在狂流急湍中成为推动整个革命运动的伟大力量之一。

---

① 《我们怎样来纪念鲁迅先生?》,《新华日报》1940年8月3日。
② 《新民主主义论》,《毛泽东选集》第二卷,人民出版社1991年版,第702页。

他善于看清自己的社会背景，勇于脱去自己身上的古旧衣装；他从个性主义一进而为集体主义，再进而劳苦大众的服务者。他始终跑在战阵的前列，高举着革命文化的大旗。①

在"新文化运动"中论述鲁迅，将鲁迅重新定位为"中国文化革命的伟人"，随之而来的必然是对鲁迅作为"文学家"的身份的强调。"文学家"的身份又主要是在作品中体现出来的，所以，在1940年的鲁迅纪念中，出现了对于鲁迅作品阅读的呼吁，比如袁础的《我们应着重阅读鲁迅的杂文》②；也出现了研究和朗诵鲁迅作品的相关新闻报道，如《渝文艺界今开晚会研究鲁迅作品》③，《渝文艺界昨举行纪念晚会，作家们朗诵鲁迅先生遗作，全国文协将组鲁迅研究会》④等。

为了密切配合毛泽东对鲁迅"中国文化革命的伟人"的权威论断，1940年《新华日报》上的鲁迅纪念，其关键词是"文化"，着力凸显的是作为"文学家"的鲁迅，其与"文化"的紧密关联。

从1940年鲁迅纪念活动相关新闻报道的标题中对于鲁迅的身份定位，就可以窥见以"文化"来重新塑造鲁迅的情形之一斑。如《革命文豪鲁迅六十诞辰，港文化界筹备纪念》⑤，《文化革命伟人鲁迅六十诞辰，渝文化界今日举行纪念会》⑥，《文化巨人鲁迅逝世四周年，渝文化界筹备纪念》⑦等，这些新闻报道中对于鲁迅的称呼，无论是"革命文豪"，抑或是"文化革命伟人"，还是"文化巨人"，都紧扣"文化"这一核心语词。

---

① 《悼念青年的导师鲁迅先生》，《新华日报》1940年10月19日。
② 《新华日报》1940年10月20日。
③ 同上。
④ 《新华日报》1940年10月21日。
⑤ 《新华日报》1940年7月27日。
⑥ 《新华日报》1940年8月3日。
⑦ 《新华日报》1940年10月10日。

"诗"与"史"的缠绵

在重庆文化界举行的鲁迅逝世四周年纪念大会上,周恩来在演讲中也围绕"文化"这一关键词来做文章,强调"鲁迅先生是一个伟大的文化战士,是一个伟大的文化斗士,也可以说是一个'完人'"[①]。

1940年的鲁迅纪念,对鲁迅"文艺家"和"文化人"身份的强调,使得自称"武艺家"或"武化人"的叶剑英,也写下《我也来纪念鲁迅》。叶剑英引用毛泽东《新民主主义论》中的鲁迅论述,"把鲁迅作为一个文化新军的主将来纪念"[②]。

仅就1940年《新华日报》上的鲁迅纪念而言,如果说重庆的纪念着重于对毛泽东《新民主主义论》中与鲁迅相关论述的引用和发挥,多是对领袖言论的顺向式领悟,带有读后感性质,着重于"言";那么,延安的鲁迅纪念则着重于"行",在纪念大会上,以决议形式通过了一系列具体可行的鲁迅纪念措施:

> 大会通过:一,大会宣言;二,致文协总会、各分会及全国文艺界电;三,通电全国请将十月十九日定为鲁迅节;四,电询鲁迅先生家属探询其经济近况,并予设法救济;五,发展鲁迅先生基金委员会工作,进行募捐以创办文学奖金;六,成立鲁迅先生研究委员会分组研究其遗著;七,发动×区以外各地成立鲁迅研究委员会,并与之取得密切联系;八,成立鲁迅先生材料室,并计划雕塑鲁迅先生遗像;九,在延安各机关成立鲁迅研究小组;十,加紧发展×区新文字与世界语运动。[③]

当然,由于种种条件的限制,这些纪念措施后来并未一一落实,仅就其

[①] 《他——活在我们心里——鲁迅先生逝世四周年纪念大会记》,《新华日报》1940年10月20日。
[②] 叶剑英:《我也来纪念鲁迅》,《新华日报》1940年10月19日。
[③] 《延安文艺界纪念鲁迅逝世四周年,电请全国定十月十九为鲁迅节》,《新华日报》1940年11月29日。

中"通电全国请将十月十九日定为鲁迅节"一条而言,就未能真正实现。但也正是从这些具有很强可操作性的具体措施上,尤其是其中将10月19日定为鲁迅节的通电上,可以看出:在毛泽东《新民主主义论》发表后的延安,鲁迅的权威性地位已经确立。其实,虽然名义上"鲁迅节"虽然未能设立,但就连绵不绝,贯穿了整个20世纪的鲁迅纪念而言,每年的10月19日已经成为事实上的"鲁迅节"。

二 1941:学术与政治的歧途

在中国文化中,纪念活动的频率讲究的是"逢五逢十",所谓"五年一小庆,十年一大庆",因此,鲁迅逝世五周年纪念,相对而言便显得格外隆重。1941年,无论在国统区的重庆还是在解放区的延安,都掀起了纪念鲁迅的高潮。但在不同的政治空间,纪念鲁迅的方式方法并不相同。仅从《新华日报》与《解放日报》对鲁迅的纪念,就可以看出这一点。

1941年5月16日,《解放日报》在延安创刊。《解放日报》的创刊,在某种意义上是为了弥补《新华日报》之不足。在论述到《解放日报》的创刊缘起时,有论者强调了《新华日报》的局限性:"当时,我党虽然在重庆有一张大型机关报《新华日报》,但它是在国民党统治区出版的报纸,有其特定的宣传内容、宣传策略和宣传对象,特别是在皖南事变后,该报处境险恶。在党中央指示下,为保存力量,报社不少人员已分批疏散撤离重庆,报纸由原来的对开四个版改出半张两个版,而且报社处在敌特警宪的严密监视之中,报纸不但不能直接宣传党的方针政策,连正常发行都遇到了困难。"[①]

事实也的确是这样。《新华日报》在国民党的首都出版,面对着国民党

---

① 王敬主编:《延安〈解放日报〉史》,新华出版社1998年版,第6页。

的压迫，"在编辑上乃是反检查，在发行上乃是反封锁，在经济上特别是纸张供应上，乃是以自力更生为主、争取外援为辅的方针。一句话，就是采取合法和非法的斗争。合法是为了保持报纸不致被封闭，因为报纸的存在，就象征着国共合作未至最后破裂时期，这对全国人民是一个很大的鼓舞。报纸的存在，乃是共产党和广大人民的一种公开的联系，广大人民总可以从报纸上看出共产党的方针政策和在解放区的政绩，作为自己行动的指针。报纸的存在，同时又使国民党统治区人民多少可以经过报纸自由表达自己的意志和呼声。所以，保持报纸的存在，是有很大的政治和实际意义的。"①

由于是在国统区的重庆出版，为了维护报纸的存在，需要采取"合法的斗争"，需要对国民党有所妥协和让步。《新华日报》因此"有其特定的宣传内容、宣传策略和宣传对象"；而1941年皖南事变发生，国民党掀起新一轮的反共高潮，在这样的政治背景下，《新华日报》"不能直接宣传党的方针政策"，言论空间势必日益狭窄。但也正是由于这种局限性，也带来了在特定环境中言说鲁迅的独特性，《新华日报》与《解放日报》上的鲁迅纪念，在立场一致的大前提下，言说策略大相径庭，分别呈现出在重庆的"鲁迅"与在延安的"鲁迅"迥然不同的风貌。

首先，从《新华日报》与《解放日报》的新闻报道来看，在1941年鲁迅逝世五周年纪念大会这种最直观的仪式中，体现出在国统区的重庆与在解放区的延安，在鲁迅言说上的缝隙，以及它们分别赋予"鲁迅"的不同意义。

总体而言，在延安的鲁迅逝世五周年纪念大会②，具有更强烈的"仪式

---

① 吴克坚：《艰苦复杂的斗争——回忆在新华日报工作时期的情形》，潘梓年等编《新华日报的回忆》，重庆人民出版社1959年版，第16页。
② 参见《延安各界举行大会，纪念鲁迅逝世五周年》，《解放日报》1941年10月21日。

感"：正式的纪念大会之前，先有筹备工作的进行①。纪念大会召开时，大会地址选在中央大礼堂，会场上"巨大的鲁迅半身像竖立在主席台的中央，醒目地吸引着每个人们底视线"，大会规模宏大，参加者人数达千余，广泛代表着延安文艺界的各方人士：作家，诗人，戏剧家，美术家，音乐家……纪念大会前筹委会散发"鲁迅先生逝世五周年纪念特刊"和"鲁迅语录"多种，人们争相传阅。开会后先向鲁迅遗像致敬，再唱鲁迅纪念歌。接着才是萧军及萧三、丁玲等相继作报告和演讲。纪念大会所注重的形式感，绝非"无意味的形式"，而是一种"有意义的布置"，本身就赋予纪念大会以意义。延安的鲁迅逝世五周年大会，因为强烈的意义的灌注，更凸显其形式感。

在重庆的鲁迅逝世五周年纪念②，采取的则是相对不那么正式的"纪念晚会"的形式，由中华文艺界抗敌协会等八团体联合举行，地址在抗建堂，不具备延安那样缜密庄严的形式感。与晚会的学术报告性质相适应，重庆的鲁迅逝世五周年纪念在文艺表演阶段，由凌鹤主演鲁迅的短剧《过客》。《过客》是重庆鲁迅逝世纪念会的常演剧目，1939年鲁迅逝世三周年逝世纪念会上也曾经演出。但《过客》由于表达方式的高度抽象性，在直接配合时事和发挥战斗性方面，显然不能尽如人意。关于在1939年的纪念大会上演出鲁迅的《过客》，胡风在晚年的回忆中曾忏悔说："《过客》虽然是鲁迅作品里仅有的戏剧形式的一篇，但并不是代表鲁迅精神的作品，更不是能适应当时斗争要求的作品，如果我严肃地考虑过思索过，并非不能从先生的杂文里或其他文章里选出一些战斗性强而又适时的章节来加以编排，在纪念会上朗诵或者表演的。我实在是没有做到尽心尽力！"③五周年纪念

---

① 《延安文化界筹备纪念鲁迅逝世五周年》，《解放日报》1941年10月14日。
② 《渝文化界昨纪念鲁迅逝世五周年》，《新华日报》1941年10月20日。
③ 胡风：《忆几次鲁迅先生逝世纪念会》，《胡风全集》第六卷，湖北人民出版社1999年版，第534页。

会依然演出《过客》，可见当时的组织者也没有在晚会上寄托过多的现实政治诉求。

仅就大会上发表的个人演讲而言，在重庆的纪念大会具有更强烈的学术色彩：曹靖华讲演《鲁迅先生与翻译》，阐述鲁迅介绍外国进步文学理论与作品，斥资印刷各种翻译书籍的功绩；郭沫若演讲《鲁迅与王国维》，将鲁迅与王国维并论，说王国维是中国近代的新史家，而鲁迅则为一伟大的新文学家，两人所处的时代大致相同，王国维停滞在旧的学术思想范畴里，鲁迅却接受了新的学术思潮。然而，无论是谈论"鲁迅与翻译"，还是比较"鲁迅与王国维"，重庆的演讲者们都选取了一个学术研究的角度，谈论的话题围绕着"作为学者的鲁迅"。

相对而言，延安的演讲者则更强调纪念鲁迅的现实意义。把纪念鲁迅与参与现实紧密地联系起来，在批判和针砭现实中纪念鲁迅。萧三在讲话中强调："鲁迅先生是最富于正义感的，他挚爱人民，痛恨'混蛋'"，萧三着重指出1941年纪念鲁迅的特殊任务："今年纪念鲁迅更要发动广大人民声援苏联，打击希特勒的东方伙伴——日寇"。丁玲的发言同样具有很强的现实针对性，她不满于"我们年年纪念鲁迅，说得多，做的少"，希望"拿笔杆子的同志要大胆的互相批评，展开自由论争。学习继续鲁迅先生所使用过的武器'杂文'，来团结整齐大家的步骤，促进延安社会的进步。而且要打破老作家'名誉尊严'，积极的提拔新的有写作能力的作者"。在丁玲那里，"促进延安社会的进步"，成为纪念鲁迅的现实诉求。

其次，从《解放日报》和《新华日报》上发表的鲁迅纪念文章也可以看出延安和重庆纪念鲁迅意义的侧重点不同：大体上，重庆的鲁迅纪念以"研究鲁迅"为主题，具有浓厚的学术研究的色彩；延安的鲁迅纪念以"指涉现实"为旨归，具有强烈的现实针对性；在延安的"鲁迅"时常构成与当时延安社会生活的直接对话关系。

1941年《新华日报》的鲁迅纪念,取消了社论,但依然设有纪念专版。该专版以毛泽东的"鲁迅的方向是中华民族新文化的方向!"为刊头语,并节录毛泽东在《新民主主义论》中对于鲁迅"三家"(文学家、思想家、革命家)和"五最"(最正确、最勇敢、最坚决、最忠实、最热忱)的权威论述,题名为《鲁迅先生与新文化运动》重新发表。可见,中共意识形态的色彩依然一如既往地鲜明而强烈。

经常为《新华日报》撰写政论和时评的《新华日报》社社长潘梓年,1941年为鲁迅纪念发表的文章是《研究鲁迅》。潘梓年在《研究鲁迅》中反思了纪念与研究的关系后,提出倡议:"要纪念鲁迅,应得好好的来研究鲁迅"①,认为如果不经过研究,"也就使我们对他的纪念得不到真实的内容",潘梓年提出要研究鲁迅的思想、艺术论、写作方法、工作作风、战术等方面,他反复申明说:"要纪念鲁迅,应得从各方面去研究鲁迅。从研究他去了解他,从研究他去学习他。"

与潘梓年"研究鲁迅"的号召相呼应,1941年《新华日报》的鲁迅纪念,从学术上"研究鲁迅"成为主流,形成了"学术凸显,政治淡出"的总体格局。传统的注重考证索隐的研究方法在1941年的鲁迅纪念中得到了充分体现。首先是对鲁迅生活状况的研究,艾云的《鲁迅先生避难在北平——关于研究鲁迅的资料断片》②,有高度的"研究鲁迅"的自觉,该文钩沉鲁迅在北平避难的史实,有益于鲁迅研究的史料积累工作。欧阳凡海的《鲁迅先生在北京的经济情况》③ 同样是钩沉史料,研究了鲁迅在北京经济方面的困

---

① 梓年:《研究鲁迅》,《新华日报》1941年10月21日。
② 艾云:《鲁迅先生避难在北平——关于研究鲁迅的资料断片》,《新华日报》1941年10月19日。
③ 欧阳凡海:《鲁迅先生在北京的经济情况》,《新华日报》1941年10月19日。

难情况。受"研究鲁迅"的潮流所动,常常在鲁迅纪念大会上发表激情洋溢、富于煽动性和时政性演讲的郭沫若,在1941年的鲁迅纪念中,无论是前面我们已经谈到的他发表的讲演《鲁迅与王国维》,还是在《新华日报》上发表的纪念文章《O·E索隐》①,都体现了强烈的学术化的倾向。《O·E索隐》通过郭沫若自己亡命日本时的所见所闻,考证鲁迅《集外集》中《送O·E君携兰归国》这首旧诗中的一个人物——O·E——小原荣次郎,并叙述自己与小原的交游情形,是一篇考证严谨的索隐文章。总之,1941年重庆的鲁迅纪念,是将鲁迅作为一个"学术话题"来处理的。

与重庆鲁迅纪念文章的学术倾向迥然不同,1941年在延安的鲁迅纪念文章,与延安的社会现实有着紧密的联系。延安的鲁迅纪念,借助鲁迅的名字,或者针砭现实,或者赞美领袖,绝非单纯的"为学术而学术",仅就《解放日报》上的鲁迅纪念而言,鲁迅在延安,依然是一个"政治话题"。

萧军的《纪念鲁迅:要用真正的业绩!》②,题目摘取于1940年鲁迅逝世四周年纪念宣言中的一条,萧军借着纪念鲁迅先生的名目,谈论的却是"延安的小小鬼和大小鬼"的问题。萧军先"现身说法",表达自己作为两个孩子的父亲,违背了鲁迅先生所说的"父道",没有照顾好"小小鬼"——自己女儿的内疚心情;又联系延安的现实,讲述在延安作勤务的"大小鬼"不能读书的苦闷。以纪念鲁迅的名义,萧军讨论的是在延安孩子们得不到合理的生活照顾和正常的学习机会的现状,与其说是为了纪念鲁迅,不如说是为了针砭现实。

在萧军《两本书底"前记"(二)——鲁迅研究专刊第一辑》③里,"纪念鲁迅"与"作用现实"的联系更加紧密。在这篇"鲁迅研究丛刊"的"前

---

① 郭沫若:《O·E索隐》,《新华日报》1941年10月19日。
② 萧军:《纪念鲁迅:要用真正的业绩!》,《解放日报》1941年10月21日。
③ 萧军:《两本书底"前记"(二)——鲁迅研究专刊第一辑》,《解放日报》1941年10月21日。

记"里,萧军重新界定了"现实主义":"所谓'现实主义':它既不脱离现实,也不拘泥于现实;独反映了现实,更可贵的,还是在它有指导现实的本领和作用现实的力量。"在具有"指导现实的本领和作用现实的力量"这个前提下,萧军说:"在中国,我曾经看见过三位最伟大的'现实主义者',那就是——鲁迅、朱德、毛泽东。"显而易见的是,在萧军那里,"研究鲁迅"是为了"指导现实",所以他总结这三位最伟大的"现实主义者"的共同点时说:"他们出生的年代是相近的;背负着的历史底运命是相同的,最主要还是他们的共同的目的——为民族、为人类——现实主义'韧'性的战斗法。""他们有一面共同的旗帜——为民族、为人类——也有各自的旗帜各自的队伍——中国新文化底战斗者们;中国最革命的军队;中国最革命的'党'。"联系到现实中"革命的政治家们,正在指导他们整千整万的忠诚的党徒而战斗!革命的将军们,正在率领着他们整千整万英勇的武士而战斗!"萧军呼吁道:"只有我们——革命文化大队——的主将却已经离开了我们整整五年!我们如今只有从他的遗教里,寻找,研究能够绞死敌人们的方法和源泉!学习它,应用它。……"从鲁迅身上,萧军挖掘到"现实主义者"的品质,也呼吁人们研究鲁迅后,能够指导和作用于"现实"。

在追溯鲁迅的思想资源时,关于鲁迅思想中的尼采影响,在延安和在重庆也有迥然不同的评价。在延安,周扬在《精神界之战士——论鲁迅初期的思想和文学观,为纪念他诞生六十周年而作》[①]一文中,极力淡化尼采对鲁迅的影响作用,他说:"鲁迅成了一个拜伦主义者,他和尼采不能不站在了相反的立场",周扬认为,鲁迅和高尔基这两位"共产主义者"和尼采"大相径庭",说鲁迅是"尼采主义者"是一种谬误已极的见解;在周扬那里,"尼

---

① 周扬:《精神界之战士——论鲁迅初期的思想和文学观,为纪念他诞生六十周年而作》,《解放日报》1941年8月12日—14日。

采主义"和"拜伦主义"是有着根本的路线分歧的：

> 前者是主张强凌弱，主张压迫人，是便利于法西斯主义窃取的思想源流；后者是主张锄强扶弱，主张解放人，是真正人道主义的思想，和共产主义正一脉相通。

显然，周扬是在"法西斯主义"与"共产主义"的对峙中，淡化作为"共产主义者"的鲁迅思想中的尼采因素的。而在重庆，孙伏园发表《鲁迅先生逝世五周年杂感二则》[①]，其中第一则题名即为"托尼学说魏晋文章"，强调"鲁迅先生在学生时代，很受托尼（引者注：托尔斯泰和尼采）二家学说的影响"，谈到鲁迅与尼采之间的影响关系，孙伏园说：

> 鲁迅先生却特别欢喜他（引者注：尼采）的文章，例如萨拉图斯脱拉语录，说是文字的刚劲，读起来有金石声，而他的学说的精髓，则在鼓励人类的生活，思想，文化，日渐向上，不长久停顿在琐屑的，卑鄙的，只注意于物质的生活之中。

强化了鲁迅思想中的尼采影响之后，孙伏园也表达了对鲁迅的身份定位："鲁迅先生确不像一个哲学家那样，也不像一个领导者那样，为别人了解与服从起见，一定要将学说组成一个系统，有意的避免种种的矛盾，不使有一点罅隙；所以他只是一个作家，学者，乃至思想家或批评家。"

同样是谈论"鲁迅与尼采"，孙伏园反复申说"鲁迅先生始终是一个作家，学者，乃至是一个思想家或批评家"，与周扬强调鲁迅是"共产主义者"

---

① 孙伏园：《鲁迅先生逝世五周年杂感二则》，《新华日报》1941年10月21日。

和"精神界之战士"大相径庭,这两种针锋相对的判断,显然与两人分处国统区和解放区这两个迥然不同的政治空间有着密切的关联。

综上所述,1941年的鲁迅纪念,体现于在国统区的《新华日报》和在解放区的《解放日报》上,总体而言,呈现出倾向"学术"与侧重"政治"不同方面,这与1941年皖南事变发生后国统区的政治环境密切相关,也体现了中共意识形态在不同政治环境下的宣传策略的微观调整。

三 1942年:借鲁迅以整风

从1942年2月开始,中国共产党在全党范围内开展了声势浩大的整风运动。整风运动的主要任务是"反对主观主义以整顿学风,反对宗派主义以整顿党风,反对党八股以整顿文风"[①]。这次整风运动是中国共产党历史上极其重要的一页,也是鲁迅纪念史上影响深远的一页:从此,在鲁迅纪念中,整风话语全面渗透进来,用整风话语阐释鲁迅,以鲁迅的权威性为整风运动提供合理性资源,成为中共言说鲁迅的主要特色。1942年,《新华日报》和《解放日报》上的鲁迅纪念文章,就是典型的例子。

在1942年的《新华日报》上,集中地刊登了几篇以"整风"话语阐释鲁迅的文章,这些鲁迅纪念文章从总体上可以用姜添[②]的文章题目《用"整风"来纪念鲁迅》来概括。这些文章包括:欧阳凡海的《鲁迅与自我批评》,李健的《鲁迅先生论"八股"——鲁迅文学论管窥之一》,姜添的《用"整风"来纪念鲁迅》,林曦的《鲁迅在群众中》等,仅从标题上,就可以看出这些文章强烈的"整风"色彩:"自我批评"、"八股"、"群众"等,都是当时整风运动中的流行词汇,具有特定的含义。在姜添的文章中,一方面,

---

[①] 毛泽东:《整顿党的作风》,《毛泽东选集》第三卷,人民出版社1991年版,第812页。
[②] "姜添"即夏衍。

把"纪念鲁迅"与"反思自我"结合起来,提倡"把鲁迅当做一面中国人民的镜子,那么纪念他的时候,每个人都有对这明澈的镜子照一照自己的必要吧"。①同时,针对主观主义、宗派主义、党八股这三股"歪风",向青年们发出了"学习鲁迅作风"的号召:"在'整风'运动中纪念鲁迅,'学习鲁迅作风',是一件具有特殊意义的,每个青年人的切身工作。为了要彻底肃清主观主义,宗派主义,党八股这三股歪风,我认为用坦白的心情,去研究鲁迅,学习鲁迅,去照照这面中国人民的明镜,应该是最有实效的事情。"②

欧阳凡海的《鲁迅与自我批评》③,则将鲁迅当做自我批评的典型,考察鲁迅怎样执行自我批评时,欧阳凡海说:"还有谁比鲁迅的自我批判来得彻底,更来得尖刻的呢?""他解剖敌人,同时也不断的在解剖自己,反省自己有没有做错了事。"其实,鲁迅的"解剖自己",包含着觉醒了的现代知识者直面现实人生,拷问自己灵魂的深层含义,是指向"灵魂的深"的,一种存在主义意义上的自我追问,其含义显然不同于欧阳凡海在这里所说的一般意义上的"反省自己有没有做错了事"。同时,对鲁迅《写在〈坟〉后面》中的几句话:"发表一点,酷爱温暖的人物已经觉得冷酷了,如果全露出我的血肉来,末路正不知要到怎样。我有时也想就此驱除旁人,到那时还不唾弃我的,即使是枭蛇鬼怪,也是我的朋友,这才真是我的朋友。倘使并这个也没有,则就是我一个人也行!"④欧阳凡海联系当时的现实,借题发挥道:"这是指今天的社会,尤其是鲁迅所处的社会,他日常所接触的人,多半还或多或少脱不了儒教的影响,爱好适可而止的中庸之道;多半

---

① 姜添:《用"整风"来纪念鲁迅》,《新华日报》1942年10月19日。
② 同上。
③ 欧阳凡海:《鲁迅与自我批评》,《新华日报》1942年10月19日。
④ 《写在〈坟〉后面》,《鲁迅全集》第一卷,人民文学出版社2005版,第300页。

是小资产阶级分子，只能容受微温，所以更不能赤裸裸的把什么也袒露出来。"欧阳凡海这番话背后是有针砭现实的含义的："儒教"、"小资产阶级分子"之类，正是当时整风运动中被批判的对象。而对鲁迅所说的"不唾弃我的""我的朋友"，欧阳凡海是这么解释的："鲁迅说这话的时候，正是他还没有找到真正的永久战友的时候，他那时候还感孤寂，正如他所呼吁的，看见他全露出血肉而不唾弃他的，即使是枭蛇鬼怪，他也引为朋友，而且是真朋友。这种朋友就是他日夜所寻求而终于寻求到的中国工人阶级的先锋队伍。"欧阳凡海认为，鲁迅找到了真朋友——"中国工人阶级的先锋队伍"——中国共产党之后，在"解剖自己"时的顾忌就少得多了，能够"全露出我的血肉"来了。这句话的言外之意是：已经在中国共产党的领导下的知识分子，应该以鲁迅为榜样，毫无顾忌地开展"反省与自我批评"，无所顾忌地"全露出我的血肉"。

李健的《鲁迅先生论"八股"——鲁迅文学论管窥之一》[1]，讨论的是鲁迅的文学论："他反对在作品上面挂招牌，贴标识，反对八股式的夸夸其谈，而主张文艺应该是思想和感情之真实的流露。"但李健的文章最终依然归结到"要有并非八股的真实的革命文艺，首先，作者必须是一个'革命人'"的政治性教化中。

如果说，1942年重庆对鲁迅的纪念，"整风"话语的贯彻还只是体现在个别篇章和对个别整风词汇的直接引用上，那么，1942年延安对鲁迅的纪念，体现于《解放日报》上的，则是"整风"话语的全面贯彻。

1942年的延安，依然在中央大礼堂举行了悲壮盛大的鲁迅逝世六周年纪念大会[2]，大会紧扣"整风"主题。会场内外遍贴鲁迅先生的遗言："我

---

[1] 李健：《鲁迅先生论"八股"——鲁迅文学论管窥之一》，《新华日报》1942年10月19日。
[2] 《延安各界纪念鲁迅先生逝世六周年，追悼前方殉国文化战士》，《解放日报》1942年10月19日。

解剖自己并不比解剖别人留情面。""由于事实的教训,明白了唯有新兴的无产阶级才有将来。"同时张贴了毛泽东的"鲁迅的方向,就是中国新文化的方向"。大会主席团由丁玲、周扬、萧三、塞克等人组成,吴玉章在大会讲话中指出:"鲁迅在语言问题上是反对宗派主义的",萧三在演讲中说:"鲁迅先生是没有歪风的完人",显而易见的是,演讲者都紧密联系"整风"实际来纪念鲁迅。

1942年延安的鲁迅纪念文章,最引人注目的是对鲁迅文本的重新发表。对鲁迅文本的重新发表,开始了以鲁迅话语的历史权威规范现实中的知识分子的过程。1942年5月20日,《解放日报》以《鲁迅对于左翼作家联盟的意见》为题名,全文发表了鲁迅1930年3月2日在左翼作家联盟成立大会上的讲话。重新发表鲁迅原文,显然不是将之当成"历史文本",而是将之作为"现实文本",有着强烈的现实针对性。对此,《解放日报》的编者有着充分的自觉,在编者按语中这样写道:"这是一九三〇年三月二日鲁迅先生在左翼作家联盟成立大会上的讲演。其中对于左翼作家与知识分子的针砭,对于文艺战线的任务,都是说得很正确的,至今完全有用。今特重载于此,以供同志们的研究。"[①]重新发表鲁迅1930年针对左翼作家联盟的意见,从中提炼出鲁迅"对于左翼作家与知识分子的针砭,对于文艺战线的任务"的论述,并强调这些论述"至今完全有用",针对的显然是1942年整风运动中延安文艺界的知识分子。

作为一种象征或一个阶层的"知识分子",在当代曾经声名狼藉,甚至人人避之唯恐不及,这种贬抑知识分子的倾向,在毛泽东1942年的论述中就已经初现端倪。1942年延安整风开始后,毛泽东曾多次谈到知识分子问题。1942年2月1日,在中共中央党校开学典礼上的演说《整顿党的作风》

[①] 《解放日报》1942年5月20日。

中，毛泽东以略带戏谑和嘲弄的语言，对所谓"知识分子"的"知识"，表示了质疑和否认："有许多知识分子，他们自以为很有知识，大摆其知识架子，而不知道这种架子是不好的，是有害的，是阻碍他们前进的。他们应该知道一个真理，就是许多所谓知识分子，其实是比较地最无知识的，工农分子的知识倒比他们多一点。"①在与工农分子的比较中，知识分子所引以为傲的"知识"，就这样被取消了，知识分子的身份认同也变得可疑起来。

1942年5月2日，在《在延安文艺座谈会上的讲话》中，毛泽东在谈到学生出身的自己"感情变化的经验"时，再次谈到对知识分子的认识："拿未曾改造的知识分子和工人农民比较，就觉得知识分子不干净了，最干净的还是工人农民，尽管他们手是黑的，脚上有牛屎，还是比资产阶级和小资产阶级知识分子都干净。"②还是在和工人农民的比较中，这次，知识分子被判定为思想感情"不干净"，需要重新进行改造。

我们结合上述毛泽东对于知识分子的论述，可以看到，《解放日报》重新发表鲁迅《对于左翼作家联盟的意见》，在当时整风运动的政治大气候下，是"应时而生"，密切配合着毛泽东的"知识分子"论述，赋予了该文对于"左翼作家与知识分子的针砭"的现实意义的。

1942年10月19日，在鲁迅逝世六周年纪念专刊上，《解放日报》以"特载"的方式，全文刊登了鲁迅的《答托洛斯基派的信》、《论"费厄泼赖"应该缓行》两篇文章。在整风运动期间重载这两篇当时被称为"社会论文"的文章，是有着明确的现实针对性的，编者在按语中说："在这整顿三风期中，我们在这里重载了《论"费厄泼赖"应该缓行》和《答托洛斯基派的信》，先生那种坚定不移的，锐利无当的，'韧性'的战斗精神，反自由主义精神，

---

① 《整顿党的作风》，《毛泽东选集》第三卷，人民出版社1991年版，第815页。
② 《在延安文艺座谈会上的讲话》，同上书，第851页。

对我们的教训和示范，特别有它现实的意义。"①结合延安整风的具体的历史语境，这里对鲁迅"韧性的战斗精神"和"反自由主义精神"的强调，其"现实的意义"直接指向当时延安具有"自由主义精神"的"小资产阶级知识分子"。在当时，将鲁迅的《答托洛斯基派的信》直接运用于对王实味等"托派分子"的批判，在延安几乎成为一种共识。周文在《鲁迅先生的党性》中曾明确指出这一点：

> 鲁迅先生《答托洛斯基派的信》，在我们今天反托派分子王实味的斗争中，把它翻出来看，还富有它的现实意义，他所指出的托派的政治思想和"理论"，是破坏抗日统一战线，"有背于中国人现在为人的道德"的。这封信，实在是一面清澈的明镜。把王实味的"理论"拿去一照，就很清楚的、爪牙毕露的、照出王实味是一个怎样的东西。②

鲁迅文本的重新发表，将鲁迅的意义纳入整风运动的框架中，为现实的整风提供历史资源，充分体现了1942年延安纪念鲁迅的现实导向性。但这其实不过是对鲁迅的一种引用方式，虽然引用者有自己的语言环境和现实针对性，但大体上还保持了鲁迅文本的完整。相比同期延安知识者对鲁迅的阐释，鲁迅文本的重新发表建立起的"鲁迅与整风"的联系，要松散得多。

整风运动中谈鲁迅，延安知识者首先注意到的是鲁迅的立场问题。周文的《鲁迅先生的党性》一文，是延安知识分子在整风运动中最早论证鲁迅与中国共产党的关系，强调"鲁迅的党性"的文章。周文认为鲁迅虽然对几个与他对立的战友不满，但并不因此发展到不满于党，而对托派行为采

---

① 《鲁迅先生逝世六周年祭》，《解放日报》1942年10月19日。
② 周文：《鲁迅先生的党性》，《解放日报》1942年6月22日。

取旁观态度，而是恰恰相反，周文说：

> 他（引者注：鲁迅）是坚定不移的站在党的立场，虽在大病中，也要挺身而出，不怕那时的白色恐怖怎样厉害，他公开地宣布他是共产党的同志："为着现在中国人的生存而流血奋斗着，我得引为同志，是自以为光荣的。"他就以这种坚定的党的立场，把托派打击得体无完肤，狗形毕露，以保卫党，保卫无产阶级，保卫统一战线。①

对鲁迅"立场问题"的强调，在当时的延安成为占据主流地位的声音。《解放日报》在鲁迅逝世六周年发表的社论《纪念鲁迅先生》中也着重指出鲁迅的"政治立场"：

> 鲁迅先生有着最明确的政治立场，最清楚的原则的战斗态度。……而对革命的队伍，对于革命的政党，则"愿意遵奉其命令"，则"俯首甘为孺子牛"，并且以得引为共产党的同志而自豪。②

论证鲁迅站在"党的立场"，强调鲁迅的"党性"，整风运动中的鲁迅，逐渐成为"党的鲁迅"。而"党的鲁迅"又成为规训"小资产阶级知识分子"的现实力量，萧三的文章就是典型个案。萧三的《整风学习中读鲁迅》③，以整风精神阐发鲁迅文本，使得鲁迅文本完全成为整风运动的注脚，又时时"现身说法"，将鲁迅文章完全转化为"批评教育小资产阶级知识分子"的整风文献。

---

① 周文：《鲁迅先生的党性》，《解放日报》1942年6月22日。
② 《纪念鲁迅先生》，《解放日报》1942年10月19日。
③ 萧三：《整风学习中读鲁迅》，《解放日报》1942年10月18日。

在《整风学习中读鲁迅》中，萧三开门见山，一起笔就点明了"鲁迅与整风"的密切关联：

> 在整顿学风、党风、文风这一学习运动中，我们常常提到鲁迅。谈他的为人，引他的言论，来自己反省，自己警惕。认为他是浑身充满了正义感、正气，只有正风，没有邪风、歪风的，我们都应向之学习的一个非常正派的"完人"。

萧三认为"假如鲁迅今天还在，他无疑地是我们整风运动中的一员健将。现在呢，在这方面，仍然如生前一样，他是我们的导师。"在萧三看来，整风运动中涉及的许多问题，每一项都已在鲁迅的著作中出现过：

> 我们整风学习中反教条主义，反主观主义，重研究调查，加强党性，反宗派主义，反党八股这许多问题，在鲁迅的著作里每一项都尖锐地提出来过。因此今天读他的遗著，每一篇都可拿来作为我们的良药；他的为人，确是我们的模范。

谈到整风运动中的立场问题，艺术与政治的关系问题，萧三强调鲁迅虽然在组织上不是共产党员，但"无产阶级的立场很稳，党性很强"：

> 还是在序《呐喊》的时候，他便说过，他之从事于写作是"遵着命令"。遵谁的命呢？他自己回答说："不过我所遵奉的，是那时在压迫之下的革命的前驱者的命令，也是我自己本来愿意遵奉的命令，决不是皇上的圣旨，也不是金元和真的指挥刀。"——这里他明显地说了

文艺是为政治服务的见解，而且注释了革命者应有的自觉的纪律。

在萧三看来，鲁迅"从事于文艺，是自觉地遵奉革命前驱者的命令"，这是他党性之强的另一面。对于鲁迅的文本中的沉默、沟壑和空白，萧三作了以"整风话语"为核心的教条主义注解和发挥，我们且看他如何指出鲁迅与"无产阶级"和"大众"的关系：

> 他"横眉冷对千夫指，俯首甘为孺子牛"。——看吧，鲁迅甘心情愿做无产阶级的牛。而且真作了："我好像一只牛，吃的是草，挤出的是牛奶，血"！
>
> "由历史所指示，凡有改革，最初，总是觉悟的智识者的任务。但这些智识者，却必须有研究，能思索，有决断，而且有毅力。……他不看轻自己，以为是大家的戏子，也不看轻别人，当作自己的喽啰。他只是大众中的一个人，我想，这才可以做大众的事业"《且介亭杂文》——《门外文谈》——注意，鲁迅觉得，"他只是大众中的一个人"。

如果说在某种意义上，毛泽东《在延安文艺座谈会上的讲话》是政治革命领袖对延安知识分子的外在规训的话，这种规训的力量其实也要通过知识分子的内在反省，内化为"自我意识"才能实现。萧三在《整风学习中读鲁迅》中频频"现身说法"，时时以"自我反省"来表白自己。可见，在萧三那里，其实已经开始了知识分子"从灵魂深处爆发革命"的自我改造之旅。

在《整风学习中读鲁迅》中，在引用了一段毛泽东的整风论述后，萧三沉痛地自责："上面一段话，都是警句，对于我们，特别对于我自己，几乎每句都是一鞭子；打得心里很痛！"在谈到鲁迅的翻译工作时，萧三首先说：

"诗"与"史"的缠绵

"鲁迅自己一生便埋头苦干,作了许多翻译介绍别国的,尤其是俄国——苏联的理论和作品到中国来的工作。"接着萧三转入到严厉的自我批判中:"我特别在这里提一提这件事以作自我反省、批判、鞭策:这个工作,我做的太少太少了!"《整风学习中读鲁迅》全文都贯穿着这种自觉的自我反省意识,文章最后说:

> 作为革命军队中"文军总司令"的鲁迅,是思想革命的先驱。在整风学习运动中,我们纪念他死去的六周年,就应更加深精读他的著作,以自我反省,自我警惕。

对于《整风学习中读鲁迅》的文体,萧三有着充分的自觉,他说:"以上许多字,完全不是我自己写文章,而只当是在整风学习中读鲁迅著作的一些笔记。"所以,在这篇文章中,表达的与其说是萧三独立的"个体意识",不若说是当时在延安已经弥漫开来的"公共舆论"。萧三最后号召要有人好好研究鲁迅:"将他(引者注:鲁迅)的凡是批评、教育小资产阶级、知识分子的文章汇录出来,对于我们的整风运动,一定有很大的益处。"实际上,《整风学习中读鲁迅》正是萧三所作的鲁迅"批评、教育小资产阶级、知识分子的文章汇录"之一种。

1942年《解放日报》上的鲁迅纪念,除了对鲁迅文本的重新发表,延安知识者以整风话语对鲁迅进行阐释外,还出现了一种新的方式:以不能被具体分析的集体组织的方式发言,加强批评强势。署名为"中央印刷厂文艺小组"的文章《我们的话——为了纪念鲁迅先生逝世六周年》[①]就是典型的例子。这里的"中央印刷厂文艺小组"在某种意义上就是掌握着整风

---

① 中央印刷厂文艺小组:《我们的话——为了纪念鲁迅先生逝世六周年》,《解放日报》1942年10月19日。

话语权的报社编辑部本身,这是一种现代文学中独特的构造不能被具体分析的,以集体组织"中央印刷厂文艺小组"的署名来强化权威机构的批评劲势的文学现象。

《我们的话——为了纪念鲁迅先生逝世六周年》想要论证的中心问题是延安整风中确立的文艺的工农兵方向:"文艺应该更面向大众,作家应该更群众化和工农化,这是老早就有了的方向。"在这个大前提下论述鲁迅,强调的是鲁迅"他在活着的时候真正的爱过我们的阶级我们的弟兄","他是真正爱着群众,时时刻刻为群众工作和着想的",显然,这里的"我们"——"中央印刷厂文艺小组",是站在工农群众代表的立场上发言的,因为"我们"代表着"群众",所以能直接向延安文艺界"提议":

在今年向这位先导举行祭礼的时候,我们向延安的文艺界诚挚的提议,那就是依着鲁迅先生的一切为群众的精神,依着今天整风的精神,来深刻的检讨一下几年来的群众文艺工作罢。我们相信着,这对于延安的文艺界会有好处,对于我们这些初学者将会更有好处。

当谈到"中央印刷厂文艺小组"所得到的来自延安作家们的帮助"没有计划和没有步骤"、"非常不具体和不经常",针砭了延安作家之后,问题的性质被上升到这样惊人的高度:"它应该是一个关系到新文艺运动方向整体的问题之一,也是一个作家与群众的正确关系的问题之一。"文章最后号召"在工厂、在农村、在部队中一切爱好文艺的同志们"在需要作家帮助时,"那就大胆的向你附近的作家们提出自己的要求吧!我们深信在鲁迅先生的旗帜下成长起来的任何作家,他们都不会轻易拒绝你底诚挚的请求"。至此,应该帮助群众,成为对"在鲁迅先生的旗帜下成长起来的任何作家"

的基本要求。

与"中央印刷厂文艺小组"这样不能落实其具体所指的群体代言人形象相类似,当时还出现了以"我们"这种能带来凝聚力的代词为发言主体、表达中共意识形态话语的声音,《我们的话——为了纪念鲁迅先生逝世六周年》就是显例。

《我们的话——为了纪念鲁迅先生逝世六周年》中对文艺的工农兵方向的强调,与1942年《解放日报》鲁迅纪念社论《纪念鲁迅先生》[①]的精神是一脉相承的。社论认为,鲁迅指示了正确的方向:

> 要求着作家们去亲身深入地参加革命建设和斗争,不脱离当前每一历史时期的革命政策和路线,具体地为它服务、工作,"和革命共同着生命,和深切地感受着革命的脉搏"。

显然,这个方向与毛泽东"文艺为工农兵服务"的方向是完全一致的:"我们革命的文艺界将坚决遵循这个方向和毛泽东同志的指示,面向工农兵大众去,这样来纪念自己的大师。"

1942年《解放日报》上的鲁迅纪念,以"整风"为主题词,整风话语渗透到对鲁迅的一切言说中,对鲁迅作品的解读也不例外。张仃《鲁迅先生作品中的绘画色彩》[②]从绘画的角度来解读鲁迅作品中对色彩的表现,视角独特,但在整风的历史氛围下,作者也不免认为:"倘以唯物主义分析的话,色彩是有阶级性的。"以色彩的阶级性来解释鲁迅作品中色彩的黯淡,张仃说:"鲁迅先生浸透了劳苦大众的感觉与情绪,不能感兴太鲜艳的色彩,实

---

① 《纪念鲁迅先生》,《解放日报》1942年10月19日。
② 张仃:《鲁迅先生作品中的绘画色彩》,《解放日报》1942年10月18日。

在也没有太鲜艳的色彩可以唤醒鲁迅先生的感觉——封建阶级把人民对于色彩的享受都剥夺了,把颜色分出阶级来。"

综上所述,在1942年整风运动中,无论在重庆,还是在延安的鲁迅纪念,都打上了强烈的"整风"烙印,相对而言,《解放日报》上鲁迅纪念的"整风"色彩更为鲜明,通过鲁迅文本的重新发表、社论、知识者的自我反省、鲁迅文本的再解读等方式,《解放日报》呈现出了具有浓郁中共意识形态色彩的鲁迅纪念景观。

四 纪念的消歇

1942年之后的鲁迅纪念,无论在重庆还是在延安,都日渐消歇。体现在《新华日报》和《解放日报》上的,也正是这种纪念消歇的趋势。不过总体而言,这种消歇的趋势在延安比在重庆更为明显:从1943年开始,延安再也没有举行过大规模的鲁迅纪念大会,《解放日报》再也没有以专辑的形式集中刊发过鲁迅纪念文章。

在整风话语全面渗透到鲁迅纪念中的1942年,重庆的鲁迅纪念活动就已经逐渐消歇。1942年重庆对鲁迅的纪念活动体现在《新华日报》上的,只有两则短短的消息:10月19日刊登一则短讯说"民族文化导师鲁迅六周年祭,今晚七时举行纪念会,地址在中苏文化协会"。但这纪念会后来显然不了了之,因为随后10月20日的一则短讯又说:"鲁迅祭日纪念会因故未开,参加者默然引退"。

1943年,重庆依然没有纪念活动。《新华日报》10月20日报道《鲁迅逝世七周年,渝市无纪念仪式,各书店遗著销路很旺》,报道中说"今年仍没有举行大规模的纪念会",只不过书店为招徕生意,降价出售鲁迅遗著:"许多书店为了纪念这个中国的文豪,青年的导师,都自动的减价出售鲁迅先生的遗著和其他的文艺书籍。"

1943年延安的鲁迅纪念也全面停顿，这年10月19日的《解放日报》取代往年的鲁迅纪念活动和纪念文章的是对毛泽东《在延安文艺座谈会上的讲话》的全文发表。

1942年以后，国统区的作家大多失去生活保障，处于战乱流离中的作家们贫病交加，自顾不暇。1943年4月24日，《新华日报》以《张天翼病剧，境遇惨淡医疗中辍，湘粤学生募款援助》为标题报道了著名作家张天翼的贫困窘迫状况，呼吁各界捐款。张天翼患病无钱治疗的消息在《新华日报》上引起了旷日持久的对于作家生存状况的讨论。显然，张天翼的贫困不是个别情况，一时之间，《作家们贫了瘦了，本报又收到捐款一起》[1]、《作家生活为什么这样惨》[2] 之类披露作家窘迫生活状况的报道在《新华日报》上屡见不鲜。

在延安的作家们经济状况也不佳，有些作家甚至连治病、结婚、分娩等基本的生活条件都不具备，需要依靠举贷才能完成。为救助延安贫困作家，鲁迅基金管理委员会曾宣布发放文艺贷金：

> 鲁迅基金管理委员会近得边府文委会拨助基金五千元，现已领得该款五分之二，故即日开始贷款，凡延安文艺界因疾病、结婚、分娩等需款者，均可向该会提出申请，与延大何思敬同志接洽。其规定为每月以五人为限，每人以一百五十至二百元为限。[3]

一方面是经济生活的困窘，另一方面是政治生活的忙碌。1942年后，

---

[1] 《新华日报》1944年9月12日。
[2] 《新华日报》1944年10月1日。
[3] 《鲁迅基金管委会放发文艺贷金》，《解放日报》1942年5月11日。

遵循"文艺为工农兵服务"的大方向,响应"文章下乡,文章入伍"的号召,文艺界人士纷纷走上前线,走向工厂和农村。国统区作家纷纷走向战场,比如著名作家田汉就上了前线,《新华日报》曾报道《田汉到了前线,搜集抗战资料》[①];延安的作家们也异常忙碌,当时曾有一则报道,题名就是《延安作家纷纷忙——有的赴战地,有的到农村》[②],可见当时作家们生活状况之一斑。

作家们经济生活的窘迫,政治生活的忙碌紧张,当然影响到他们的心境,使他们无暇顾及对鲁迅的纪念。但1942年后延安鲁迅纪念的消歇,更重要的原因还在于毛泽东《在延安文艺座谈会上的讲话》的全文发表,使得敏感的延安作家们逐渐意识到:毛泽东文艺思想已经逐渐取代了鲁迅文艺思想的权威地位。

研究者们已经注意到,《在延安文艺座谈会上的讲话》是毛泽东早在1942年5月,在延安整风运动期间的座谈会上就发表了的讲话,却迟至1943年10月19日鲁迅逝世七周年纪念日才正式在《解放日报》上公开发表,发表时间与讲话时间相隔一年半之久。

显然,《在延安文艺座谈会上的讲话》是作为鲁迅纪念文献发表的,在编者按语中说:"今天是鲁迅先生逝世七周年纪念。我们特发表毛泽东同志一九四二年五月在延安文艺界座谈会上的讲话,以纪念这位中国文化革命的最伟大与最英勇的旗手。"[③]毋庸置疑,发表时间的延宕,蕴含着耐人寻味的深意:毛泽东特意选择鲁迅纪念日来发表延安文艺座谈会上的讲话是有象征意义的,这标志着从此以后,在延安毛泽东的文艺思想全面取代了鲁迅的文艺思想,文艺上的"工农兵方向"取代了"鲁迅的方向"。

---

① 《田汉到了前线,搜集抗战资料》,《新华日报》1944年8月27日。
② 《延安作家纷纷忙——有的赴战地,有的到农村》,《新华日报》1944年9月23日。
③ 《在延安文艺座谈会上的讲话》编者按,《解放日报》1943年10月19日。

"诗"与"史"的缠绵

在延安,"鲁迅的旗帜"被"毛泽东的旗帜"悄悄置换的历史过程,在萧三1945年发表在《解放日报》上的《学习七大路线——祭鲁迅六十五岁冥寿》[①]中得到了戏剧性的呈现。顾名思义,萧三《学习七大路线——祭鲁迅六十五岁冥寿》是一篇为鲁迅诞辰六十五周年而作的纪念文章,这篇文章的主体部分,却是为了进一步验证毛泽东关于鲁迅的如下论断:

> 为什么说"鲁迅的方向是中国新文化的方向"?为什么称"鲁迅是我们的导师"?
>
> 为什么说"鲁迅的骨头是很硬的"?说"鲁迅是非党的(党外的)布尔塞维克"?

对于这些问题,萧三的回答是:"是因为鲁迅有明确的阶级立场,无产阶级和人民大众的立场。"但到全文的结论部分,萧三由对毛泽东的鲁迅论的发挥和演绎,不知不觉中转向了对毛泽东本人的"英明"和"伟大"的热情歌颂,并且指出,全中国人民必须随着"毛泽东同志这杆光辉的旗帜前进":

> 近来参加学习我党七大文件——《论联合政府》,又正值《解放日报》登载着美国共产党反对白劳德修正主义——投降主义的一些文章(可说是学习《论联合政府》,学习七大路线之最有意义和最生动具体的参考材料之一),更加体会到我党领袖毛泽东同志的思想之正确与经得起三次革命——大革命、土地革命、抗战——的考验,都不是偶然的。这就是英明。这就是伟大。全党只有好好掌握毛泽东思想,才

---

① 萧三:《学习七大路线——祭鲁迅六十五岁冥寿》,《解放日报》1945年8月6日。

不致离开马列主义,因为它就是马列主义这个普遍真理与中国革命实际结合的产物。全中国人民只有跟随着毛泽东同志这杆光辉的旗帜前进,努力奋斗,在艰苦的进程中,稳稳地站住自己的立场,克服一切"左"右倾机会主义,投降主义及其残余,才能得到最后的解放。

萧三"为了纪念鲁迅先生六十五冥寿,写这篇短文,也就是学习中的一种笔记",文中由对鲁迅的诞辰纪念最终依然归结到对毛泽东的歌颂。在萧三那里,"毛泽东旗帜"取代"鲁迅旗帜"的过程,已经悄然完成。

对于国统区的作家而言,鲁迅纪念的消歇更多与国民党的政治高压有关。在当时,连民间自发组织的小型鲁迅纪念会也不能公开举行。1944年,一篇署名"倩影"的鲁迅纪念文章《夜祭》①中就描述了在夜幕降临的时候,几个青年学生悄悄纪念鲁迅的压抑情景:

> 一间小小的屋子被一种沉闷得可怕的空气所压住,有六七个熟悉的同学坐在这里,没有一个人说话,只有一缕缕青色的烟雾在缭绕,桌上有一瓶酒一堆花生,和一厚叠鲁迅先生的杂感集,我知道这是主人为了今夜的祭礼才从书箱里取出来的。

这夜晚的祭奠"沉闷得可怕",参与者"没有一个人说话",压抑得让人窒息,难怪其中一个参与夜祭的青年发出了"我们伤心鲁迅先生的死,而我们更伤心的是为什么我们只能这样偷偷摸摸的来纪念"的悲愤追问。其实,在当时国民党的政治高压下,"偷偷摸摸的来纪念"已经是纪念鲁迅的常态。

事实上,在当时的重庆,即使由有"国母"之称的孙夫人宋庆龄主持的

---

① 倩影:《夜祭》,《新华日报》1944年11月18日。

"诗"与"史"的缠绵

鲁迅纪念会也会受到国民党特务的阻挠和破坏。1944年，重庆的鲁迅逝世八周年纪念，《新华日报》上发表了消息：《鲁迅先生逝世八周年，陪都文化界沉痛纪念》①。这次纪念会由宋庆龄、沈钧儒、茅盾等主持，以小型茶话会的形式举行。沈钧儒、胡风、茅盾、孙伏园、张西曼等都在会上讲了话，但显然纪念会的进展并不顺利，在这篇报道的副标题中以小号字体写道："茶会在艰苦环境中举行，在混乱中散会"。《新华日报》的报道对茶会"在混乱中散会"的具体情形语焉不详，但胡风在他的回忆中谈到了这次茶会中发生的一场冲突：

  主席（沈钧儒？）致了开会辞后，一个青年马上站了起来，说是刚从沦陷后的上海来的，他在上海时知道许广平投敌了，所以不应该开会纪念鲁迅（大意），云。这出乎我意外，立刻动了火。我虽然不相信许广平会投敌，但也只好就他的话站起来驳了他："我不相信许广平会投敌，但即使如此，为什么会影响纪念鲁迅先生？汪精卫不是孙中山的大信徒吗？但早已连三民主义都带去叛国投敌了，是不是我们就不应该纪念孙中山先生呢？……"

  马上几个特务纷纷站起来斥责我"污辱总理"。②

特务以"许广平投敌"的谣言来阻挠鲁迅纪念会的召开，引起纪念会现场混乱，不欢而散，但正如胡风所说的："这一群特务所布置的阴谋，反而暴露了他们自己，这事后来在报纸上都没敢登载。"③《新华日报》关于这

---

① 《新华日报》1944年10月21日。
② 胡风：《忆几次鲁迅先生逝世纪念会》，《胡风全集》第六卷，湖北人民出版社1999年版，第536页。
③ 同上。

次纪念会的报道，中间被加上了好几段"……"。当时在国民党新闻检查制度下，用"……"代替"被删"字样。显然，这篇报道被删除了好些内容。

1944年重庆的鲁迅纪念不能公开开大会，只好用小型茶话会的形式举行，但依然受到国民党特务的破坏，在当时阴暗的政治空气下，国统区的鲁迅纪念势必也走向消歇。

从此以后，直到抗战胜利后的1946年，为了争取国内和平，建设独立、和平、民主、统一的新中国，"鲁迅的方向"重新成为凝聚知识分子进行统战的力量，重庆又掀起新一轮鲁迅纪念的高潮。而延安的鲁迅纪念，则从此不再进行。

以上我们以中国共产党机关报《新华日报》和《解放日报》为例，分别考察了抗战期间重庆和延安的鲁迅纪念情况，可以发现：在民族话语和阶级话语相互交织的抗战时代，作为政党意识形态工具的鲁迅，大体上经历了一个由"民族的鲁迅"到"党的鲁迅"的历史过程；鲁迅的形象，也经历了一个由"民族战士"到"文化革命伟人"的复杂过程。

鲁迅与《莽原》：《新青年》理想的幻灭

一　《莽原》的缘起

（一）《新青年》"散掉"后的鲁迅：在"寂寞"中寻觅"战友"

20世纪20年代初期，随着"五四"的落潮，新文化运动统一战线分化，围绕着《新青年》聚集起来的战斗队伍解体了，鲁迅由"呐喊"逐渐转入"彷徨"，其心境是寂寞的。写于1922年的《呐喊·自序》可以看成鲁迅的精神自传，在自序中，鲁迅回忆最初在《新青年》上做文章的情景，其情感基调是"寂寞"，"寂寞"在全文里出现了10次，犹如不断循环往复的咏叹调。此后鲁迅又多次表达《新青年》团体散掉后挥之不去的寂寞感："自从支持着《新青年》和《新潮》的人们，风流云散以来，一九二〇至二二年这三年间，倒显着寂寞荒凉的古战场的情景"[①]；由于寂寞感的浓郁，北京在鲁迅眼里成了"沙漠"："后来《新青年》的团体散掉了，有的高升，有的退隐，有的前进，我又经验了一回同一战阵中的伙伴还是会这么变化，并且落得一个'作家'的头衔，依然在沙漠中走来走去"[②]。在各种迥然不同的语境中，鲁迅念念不忘的都是《新青年》。某种意义上，《新青年》成为鲁迅的精神原点，是他以后不断重返，反复汲取精神滋养的思想故乡。而"《新青年》的团体散掉了"，对于鲁迅则是一种深刻的心

[①] 《〈中国新文学大系〉小说二集序》，《鲁迅全集》第6卷，人民文学出版社1981年版，第245页。本文引用《鲁迅全集》皆为1981年版，以下不再注明。

[②] 《南腔北调集·〈自选集〉自序》，《鲁迅全集》第4卷，第456页。

鲁迅与《莽原》：《新青年》理想的幻灭

理创伤，使他倍感"寂寞"。

20世纪20年代中期，鲁迅的心绪依然被这种"寂寞"缠绕。1925年1月1日，鲁迅作《希望》，起笔就是"我的心分外地寂寞"，他追问自己："然而现在何以如此寂寞？难道连身外的青春也都逝去，世上的青年也多衰老了么？"①1924—1925年间鲁迅作《彷徨》，当1933年山县初男索取《彷徨》并要求题诗时，鲁迅曾作《题〈彷徨〉》一诗回顾自己在这"彷徨时期"的心情，落笔依然是"寂寞"："寂寞新文苑，平安旧战场。两间余一卒，荷戟独彷徨"②。

然而，即使战场如此寂寞荒凉，战士的心还是渴望着战斗，鲁迅依然寻觅着新的战友："新的战友在那里呢？"③1925年，当联合战线的呼声日益高涨时，鲁迅寻找战友的心情更为迫切。直到1925年3月，在不断的寻觅中，鲁迅似乎找到了能够并肩战斗的战友。

1925年3月23日，鲁迅在给许广平的信里说，对于中国这漆黑的染缸，"正在准备毁坏者，目下也仿佛有人"④，虽然"只是准备"，但已经流露出找到战友的喜悦了。鲁迅说这番话时，从其日记中的记载可知，"以不好见客出名"⑤的鲁迅当时身边聚集了一群青年。当时与他来往最密切的是高长虹、向培良、荆有麟等人。此时，从1924年12月"长虹来并赠《狂飙》及《世界语周刊》"⑥起，高长虹已经访问鲁迅13次了。高长虹等激进青年对于当时黑暗的社会具有强烈的反抗性，正是鲁迅所谓"正在准备毁坏者"。在3月31日的信中，鲁迅再次提及这些青年，认为他们是 "不问成败而

---

① 《野草·希望》，《鲁迅全集》第2卷，第177页。
② 《题〈彷徨〉》，《鲁迅全集》第7卷，第150页。
③ 《南腔北调集·〈自选集〉自序》，《鲁迅全集》第4卷，第456页。
④ 《两地书·六》，《鲁迅全集》第11卷，第26页。
⑤ 《致李秉中》，同上书，第430页。
⑥ 《日记》，《鲁迅全集》第14卷，第522页。

要战斗的人,虽然意见和我并不尽同,但这是前几年所没有遇到的",同时,鲁迅表示"我现在还要找寻生力军,加多破坏论者",①在寂寞的空气中,鲁迅对高长虹等人寄予组成"联合战线"的期待:"要成联合战线,还在将来"②;4月8日的信里,鲁迅重申:"我现在还在寻有反抗和攻击的笔的人们,再多几个,就来'试他一试'"③,4月11日,鲁迅与高长虹、向培良等"五人吃酒",筹备《莽原》出刊事宜;4月24日,《莽原》周刊第一期出版。从鲁迅寻找"生力军"、"破坏论者"到《莽原》的创刊,其间的线索历历分明:《莽原》正是鲁迅在《新青年》团体"散掉"后,突破寂寞重围,寻找新战友,"试他一试"的产物。

(二)《猛进》、《语丝》、《现代评论》与《莽原》的创刊

在1920年代,日常的文学生活依然是以期刊为中心展开的,《莽原》的创刊与当时整体的期刊环境密切相关。在《莽原》创刊之前,北京已有三种影响较大的定期刊物:《猛进》、《语丝》与《现代评论》。鲁迅继承《新青年》"思想革命"理想的实践,在当时北京的这些刊物上都不能充分展开,鲁迅迫切需要营造自己的阵地,才最终导致《莽原》的创刊。

《猛进》周刊1925年3月6日创刊于北京,正是在《猛进》上,鲁迅明确表达了继承《新青年》"思想革命"传统的信念。鲁迅认为:"现在的办法,首先还得用那几年以前《新青年》上已经说过的'思想革命'。"④《猛进》创刊伊始,鲁迅即给予热情的支持。在《莽原》创刊前,鲁迅在《猛进》第三、五期上分别发表了《通讯(一)》、《通讯(二)》。有感于当时社会上反对改革的空气十分浓厚,"满车的'祖传','老例','国粹'等等,都想

---

① 《两地书·八》,《鲁迅全集》第11卷,第33页。
② 同上书,第32页。
③ 《两地书·一〇》,同上书,第40页。
④ 《华盖集·通讯》,《鲁迅全集》第3卷,第22页。

来堆在道路上,将所有的人家完全活埋下去"①,鲁迅对新起的《猛进》寄予殷切的期待:"但我希望于《猛进》的,也终于还是'思想革命'。"②《莽原》创刊后,鲁迅还在百忙之中坚持为《猛进》写稿,先后在《猛进》上发表《并非闲话》、《十四年的"读经"》、《碎话》等多篇杂文。向来避开宴会的鲁迅,在1925年8月13日日记中即有"午赴中央公园来今雨轩之猛进社午餐"的记载③,可见鲁迅对《猛进》的殷切关注。但对倾向于政治的《猛进》,鲁迅也表露过失望和不满:"《猛进》很勇,而论一时的政象的文字太多。"④其实,鲁迅和《猛进》的分歧是早就存在的,对于鲁迅主张的"思想革命",《猛进》主编徐旭生不无疑虑,他认为"《语丝》,《现代评论》和我们的《猛进》,就是合起来,还负不起这样的使命"⑤;对于徐旭生提议将《语丝》、《现代评论》和《猛进》集合起来,办一个专讲文学思想的月刊,鲁迅则是坚决反对的,认为如果还是这几个人,"则因为希图保持内容的较为一致起见,即不免有互相迁就之处,很容易变成和平中正,吞吞吐吐的东西,而无聊之状于是乎可掬"⑥。鲁迅和《猛进》思想上的分歧是一目了然的,《猛进》始终是个政论性期刊,鲁迅希望《猛进》继承《新青年》,致力于改革国民性,袭击旧文明的"思想革命"的理想,最终未能实现。

《莽原》的创刊,与《语丝》有着千丝万缕的精神联系。某种意义上,《莽原》是以《语丝》为范型的。《莽原》初起,许广平即有"甚似《语丝》"⑦的评语,即敏锐地注意到了《莽原》与《语丝》的相似性。在表层形式上,《莽原》命名方式与《语丝》几乎一样,都很偶然,随意。荆有麟在《鲁迅回

---

① 《华盖集·通讯》,《鲁迅全集》第3卷,第21页。
② 同上书,第22页。
③ 《日记》,《鲁迅全集》第14卷,第557页。
④ 《两地书·八》,《鲁迅全集》第11卷,第32页。
⑤ 徐炳昶:《华盖集·通讯》,《鲁迅全集》第3卷,第23页。
⑥ 《华盖集·通讯》,同上书,第24页。
⑦ 许广平:《两地书·一六》,《鲁迅全集》第11卷,第58页。

"诗"与"史"的缠绵

忆断片·〈莽原〉时代》说到《莽原》名称的来源:"当时便想到刊物的名称。最后还是培良,在字典上翻出"莽原"二字,报头是我找一个八岁小孩写的,鲁迅先生也很高兴那种虽然幼稚而却天真的笔迹"①,这情形正如《语丝》的命名:"那名目的来源,听说,是有几个人,任意取一本书,将书任意翻开,用指头点下去,那被点到的字,便是名称"②,对于《莽原》在命名形式上对《语丝》的模仿,鲁迅有着充分的自觉:"那'莽原'二字,是一个八岁的孩子写的,名目也并无意义,与《语丝》相同,可是又仿佛近于'旷野'。"③而《莽原》与《语丝》在命名形式上的相同,也暗示着《莽原》对《语丝》办刊风格的模仿。实际上,在深层的精神气质方面,《莽原》也是以《语丝》为模范的。1929年,鲁迅曾概括《语丝》的风格特点为:"任意而谈,无所顾忌,要催促新的产生,对于有害于新的旧物,则竭力加以排击"④,比照一下鲁迅在《〈莽原〉出版预告》中对《莽原》的期待:"但总期率性而言,凭心立论,忠于现世,望彼将来云"⑤,《语丝》的"任意而谈"与《莽原》的"率性而言",都强调言论的自由无拘,二者何其相似!

对于创刊于1924年10月,执当时思想界牛耳的《语丝》,虽然在后来"与西滢战"时,鲁迅被对方封为"语丝派首领"⑥;1927年10月,《语丝》在北京被查禁后,又一度由鲁迅在上海主编,《语丝》是与鲁迅渊源最深的刊物之一,但在1925年,鲁迅说"我对于《语丝》的责任,只有投稿"⑦,却也是实情。在1925年,鲁迅与《语丝》的关系颇为暧昧,甚至有某种疏

---

① 荆有麟:《鲁迅回忆断片·〈莽原〉时代》,《鲁迅先生二三事——前期弟子忆鲁迅》,河北教育出版社2000年版,第252页。
② 《三闲集·我和〈语丝〉的始终》,《鲁迅全集》第4卷,第166页。
③ 《两地书·一五》,《鲁迅全集》第11卷,第53页。
④ 《三闲集·我和〈语丝〉的始终》,《鲁迅全集》第4卷,第167页。
⑤ 《集外集拾遗补编·〈莽原〉出版预告》,《鲁迅全集》第8卷,第424页。
⑥ 《而已集·革"首领"》,《鲁迅全集》第3卷,第471页。
⑦ 《集外集·通信》,《鲁迅全集》第7卷,第97页。

离感,这也是促使鲁迅创办《莽原》的原因之一。

鲁迅与《语丝》,首先是人际上的有意疏离。《语丝》最初的编辑者是孙伏园,但《语丝》创刊不久,孙伏园即出任《京报副刊》编辑,周作人成为《语丝》的实际编辑者①。此时周作人和鲁迅已兄弟失和,周氏兄弟刻意避免在同一场合出现,直至老死不相往来。其情形正如川岛所言:"从一九二三年八月鲁迅先生迁出八道湾故居以后,弟兄俩就如同'参商'"②,无论是《语丝》的创刊会议,还是后来的"语丝社茶会",周作人"几乎每次都参加",鲁迅则"始终未参加过"。③《语丝》的发刊词由周作人代拟;《语丝》广告中所列的16个长期撰稿人名单,由周作人领衔,鲁迅则名列第五;鲁迅与《语丝》的联系全靠孙伏园、李小峰、章川岛等青年从中穿针引线。所以说,1925年的鲁迅在《语丝》是自觉处于边缘位置的。鲁迅曾说:"《语丝》是他们新潮社里的几个人编辑的。我曾经介绍过两三回文稿,都至今没有消息,所以我不想寄给他们了。"④当《语丝》由周作人编辑并以"语丝社"名义结社聚谈,在某种意义上成为周作人"自己的园地"时,鲁迅是以文坛上的"野草"自居的。

鲁迅与初期的《语丝》,在思想上也不能同气相求。初期《语丝》是多元共生的,并没有统一的战线和声音,川岛说"这十六个人并不气类完全相同"⑤,鲁迅自己也说:"这刊物本无所谓一定的目标,统一的战线;那十六个投稿者,意见态度也各不相同"⑥,《语丝》16个长期撰稿人中,就有后来"自称只佩服胡适陈源两个人"⑦、与鲁迅交恶的顾颉刚。《语丝》

---

① 贾植芳主编:《中国现代文学社团流派》(上卷),江苏教育出版社1989年版,第352页。
② 川岛:《忆鲁迅先生和〈语丝〉》,《编辑生涯忆鲁迅》,河北教育出版社2000年版,第208页。
③ 同上书,第206页。
④ 《致李霁野》,《鲁迅全集》第11卷,第436页。
⑤ 川岛:《忆鲁迅先生和〈语丝〉》,《编辑生涯忆鲁迅》,第204页。
⑥ 《三闲集·我和〈语丝〉的始终》,《鲁迅全集》第4卷,第166页。
⑦ 《两地书·四六》,《鲁迅全集》第11卷,第126页。

"诗"与"史"的缠绵

同人态度的歧异,从徐志摩投稿事件中可见一斑。鲁迅"不喜欢徐志摩那样的诗",而语丝社同人"有人赞成他,登了出来"。当《语丝》第三期上发表徐志摩的译诗《死尸》时,鲁迅曾作《"音乐"?》讽刺徐志摩所宣扬的"神秘论",导致"语丝社同人中有几位也因此很不高兴我"①。其实,在《现代评论》创刊前,胡适、徐志摩都曾在《语丝》上发表过文章。《语丝》第二期登有胡适的《译诗一篇》,第三期载有徐志摩的译诗《死尸》,而胡、徐二人都是后来与鲁迅恶战的"现代评论派"成员。因此鲁迅认为《语丝》"虽总想有反抗精神,而时时有疲劳的颜色"②,对于《语丝》的"疲劳",鲁迅也是不能满意的。

如果说《莽原》的创刊,是由于鲁迅对当时北京舆论界的《语丝》和《猛进》各有期许而又各有不满,准备另起炉灶的话,那么,鲁迅将这两种刊物是当成盟友,纳入联合战线的;而《莽原》之起,针锋相对的批判对象却是《现代评论》。《莽原》的创刊,显然有与《现代评论》分庭抗礼之意。

《现代评论》于1924年12月在北京创刊,围绕着《现代评论》聚集了徐志摩、胡适、陈西滢等自由主义知识分子,鲁迅跟这些人是格格不入的。对于胡适,鲁迅早在思想上与之分道扬镳。胡适在1922年提出"整理国故",劝人"踱进研究室",鲁迅在1925年依然坚持认为这些口号"毁了事情颇不少"③。1925年鲁迅碰到的两个大钉子,一个是"咬文嚼字",一个是"青年必读书",正是与"踱进研究室"、"搬入艺术之宫"等论调针锋相对的。对于徐志摩,则因鲁迅的杂感《"音乐"?》对徐志摩神秘谈的讽刺而结怨,鲁迅后来说:"这是我和后来的'新月派'积仇的第一步"④。鲁迅坚决反

---

① 《集外集·序言》,《鲁迅全集》第7卷,第5页。
② 《两地书·八》,《鲁迅全集》第11卷,第32—33页。
③ 《华盖集·通讯》,《鲁迅全集》第3卷,第25页。
④ 《集外集·序言》,《鲁迅全集》第7卷,第5页。

鲁迅与《莽原》：《新青年》理想的幻灭

对与胡适等主持的《现代评论》合作，认为："《现代评论》的作者固然多是名人，看去却很显得灰色"①。"《现代评论》有多猖狂"②正是鲁迅创办《莽原》的原因之一。高长虹曾引鲁迅的话说："再过一百年也还是这样，这里有《莽原》，那里有《现代评论》"③，的确，《莽原》与《现代评论》颇有势不两立的态度，《莽原》创刊后，即对于《现代评论》展开了尖锐持久的斗争。《莽原》的言论往往针对着《现代评论》，《莽原》也因此成为后来鲁迅"与西滢战"最重要的阵地。

二 《莽原》与"莽原风波"：鲁迅《新青年》理想的幻灭

（一）批评的匮乏："思想革命"构想的挫败

《莽原》既起，鲁迅冀望于《莽原》的，首先是《新青年》上主张过的"思想革命"。对于当时的"思想革命"，由于受日本文艺理论家厨川白村《苦闷的象征》影响甚深，鲁迅将之分解为"文明批评"和"社会批评"，并希望在《莽原》这块阵地上，培养出一些这种批评者来："中国现今文坛（？）的状况，实在不佳，但究竟做诗及小说者尚有人。最缺少的是'文明批评'和'社会批评'，我之以《莽原》起哄，大半也就为了想由此引些新的这一种批评者来，虽在割去敝舌之后，也还有人说话，继续撕去旧社会的假面。"④

"思想革命"的任务落实到文体上，就是对"议论"的重视。在鲁迅看来，"《新青年》其实是一个论议的刊物"⑤。因此之故，对于《莽原》，鲁迅在文体上强调偏于议论，希望发表更多《新青年》"随感录"式的杂文。鲁迅

---

① 《两地书·八》，《鲁迅全集》第11卷，第32页。
② 荆有麟：《鲁迅回忆断片·〈莽原〉时代》，《鲁迅先生二三事——前期弟子忆鲁迅》，第252页。
③ 长虹：《呜呼，现代评论化的莽原半月刊的灰色的态度！》，《走到出版界》，上海泰东图书局1928年印行，第161页。
④ 《两地书·一七》，《鲁迅全集》第1卷，第63页。
⑤ 《〈中国新文学大系〉小说二集序》，《鲁迅全集》第6卷，第238页。

"诗"与"史"的缠绵

很警惕于《莽原》的刊物类型,对《莽原》的定性,鲁迅希望它成为一种"思想杂志"。在鲁迅亲拟的《〈莽原〉出版预告》中,他强调《莽原》的内容"大概是思想及文艺之类",这里"思想"在"文艺"之前,"思想"优先于"文艺",措辞是很谨慎的。鲁迅不满意当时的《妇女周刊》,说它"几乎还是一种文艺杂志,议论很少"①。《莽原》创刊伊始,鲁迅即表达了自己的忧惧:"评论很少,倘不小心,也容易变成文艺杂志的"②,在《两地书》中,鲁迅多次谈到《莽原》的来稿,啧有烦言,对其逐渐形成的"文艺杂志"的倾向深表忧虑。

综观鲁迅在《两地书》中有关《莽原》的议论,在"高鲁冲突"前,鲁迅对于《莽原》的不满主要集中在"议论很少"这方面。"这些人里面,做小说的和能翻译的居多,而做评论的没有几个:这实在是一个大缺点"③,这是1925年4月22日《莽原》尚未出版时,鲁迅对于《莽原》作者队伍的评价就不乐观,认为"做评论的没有几个",是"一个大缺点";在《莽原》第一期出刊后,鲁迅抱怨来稿中批评文字的缺乏:"可惜所收的至今为止的稿子,也还是小说多"④;《莽原》第二期出版后,鲁迅即表达了他对于《莽原》变成文艺杂志的忧虑:"寄来的多是小说与诗,评论很少,倘不小心,也容易变成文艺杂志的";编辑到第六期结束,鲁迅对于《莽原》文风的柔弱,缺乏战斗力,表示无奈:"《莽原》实在有些穿棉花鞋了,但没有撒泼文章,真也无法"⑤;第九期《莽原》编辑出版后,鲁迅对于《莽原》的不满已经溢于言表,失望于作者们的"不做文章",带着讥刺的语气了:"《莽原》

---

① 《两地书·一九》,《鲁迅全集》第11卷,第69页。
② 同上。
③ 《两地书·一五》,《鲁迅全集》第11卷,第53页。
④ 《两地书·一七》,同上书,第63页。
⑤ 《两地书·二四》,同上书,第80页。

鲁迅与《莽原》：《新青年》理想的幻灭

的投稿，就是小说太多，议论太少。现在则并小说也少"①；到《莽原》出版到 12 期，鲁迅抱怨《莽原》议论稿源缺少，开始"闹饥荒"："我所要多登的是议论，而寄来的偏多小说，诗。先前是虚伪的'花呀''爱呀'的诗，现在是虚伪的'死呀''血呀'的诗。"②从《两地书》中可以看出，对于《莽原》，这种"统观全稿，殊觉未能满足"③、"统看全稿，实在不见得高明"④的看法一以贯之，贯穿了鲁迅主持《莽原》周刊的整个时期。

鲁迅对《莽原》的不满，诚如鲁迅自己所说，"但我也不知道是真不佳呢，还是我的希望太奢"⑤，这是鲁迅在 1925 年 4 月 23 日《莽原》周刊第一期出版前发表对于《莽原》"未能满足"的意见后，反省自己的态度时所言。今天我们回顾历史，可以看到，鲁迅对《莽原》"思想革命"的规划遭到了失败，其不满和抱怨乃事出有因。

就刊物性质而言，鲁迅希望《莽原》成为《新青年》式的"思想杂志"，但《莽原》最终仍然是"文艺期刊"；在刊物文体上，鲁迅提倡《新青年》"随感录"式的杂文，希望培养批评者，对社会和文明多所议论，但《莽原》所多的是小说，诗，《莽原》上犀利的批评者依然只有鲁迅单枪匹马一个人，《莽原》周刊贡献于新文学的，除了鲁迅的杂文外，就是黄鹏基、尚钺、向培良等的小说；在刊物风格上，鲁迅希望《莽原》文风能"辣"。所谓"辣"就是如匕首、投枪般犀利敏锐的风格，这也就是为了"保持它粗糙泼辣的青年态度"⑥。鲁迅在给许广平的信中感慨"季黻是很细密的，可惜他文章不辣"⑦，但《莽原》的作者群中，"很能做文章"的高长虹"泼辣有余，

---

① 《两地书・三三》，《鲁迅全集》第 11 卷，第 99 页。
② 《两地书・三四》，同上书，第 100 页。
③ 《通讯（致向培良）》，《鲁迅全集》第 7 卷，第 272 页。
④ 《两地书・一五》，《鲁迅全集》第 11 卷，第 53 页。
⑤ 《通讯（致向培良）》，《鲁迅全集》第 7 卷，第 272 页。
⑥ 尚钺：《怀念鲁迅先生》，《鲁迅回忆录》（散篇）（上册），北京出版社 1999 年版，第 41 页。
⑦ 鲁迅：《鲁迅景宋通信集：〈两地书〉的原信》，湖南人民出版社 1984 年版，第 194 页。

可惜空虚"①，未名社诸君"小心有余，泼辣不足"②，鲁迅自己则苦于"我的东西却常招误解"、"易流于晦涩"③，因此鲁迅感慨《莽原》上没有"撒泼文章"。

（二）"莽原风波"：高长虹与《新青年》的背道而驰

《莽原》时期不但是鲁迅身边聚集青年最多的时期，也是鲁迅全部著述中"青年论述"最丰富的时期。

《莽原》初期，鲁迅对青年寄予了殷切的期待。在原载于《莽原》周刊第二期的《灯下漫笔》中，鲁迅希望青年们在"想做奴隶而不得的时代"和"暂时做稳了奴隶的时代"之外创造第三样时代，对青年发出热情的呼吁："创造这中国历史上未曾有过的第三样时代，则是现在的青年的使命！"在载于《莽原》周刊第五期的《灯下漫笔》（二）里，鲁迅认为"所谓中国的文明者，其实不过是安排给阔人享用的人肉的筵宴，所谓中国者，其实不过是安排这人肉的筵宴的厨房"，他激励青年说："扫荡这些食人者，掀掉这筵席，毁坏这厨房，则是现在的青年的使命！"一向犀利冷峻的鲁迅，在《莽原》时期站出来，热情洋溢地为青年鼓与呼，这样热烈激昂的态度，在鲁迅一生中是少有的。

但到 1927 年 9 月，对于青年，鲁迅有了"杀戮者"的发现。在发现"青年杀戮青年"后，鲁迅坦言"我恐怖了"，并且说"我的一种妄想破灭了"。这是怎样一种"妄想"呢？鲁迅分析道："我至今为止，时时有一种乐观，以为压迫，杀戮青年的，大概是老人。这种老人渐渐死去，中国总可比较地有生气。现在我知道不然了，杀戮青年的，似乎倒大概是青年，而且对

---

① 《致韦素园》，《鲁迅全集》第 11 卷，第 513 页。
② 同上。
③ 《两地书·一二》，《鲁迅全集》第 11 卷，第 47 页。

鲁迅与《莽原》：《新青年》理想的幻灭

于别个的不能再造的生命和青春，更无顾惜。"①这是鲁迅文本中第一次明确出现"青年"和"老人"的对比，而且在价值判断上对"青年"产生了深刻的质疑。只要回顾一下鲁迅说这番话之前，因《莽原》而起，持续了三个月之久的"莽原风波"，我们发现：其实这种"青年"与"老人"对立对举的思路，贯穿了高长虹为争夺《莽原》而向鲁迅发难的全过程。"莽原风波"起后，高长虹称鲁迅为"世故老人"，他时时以"青年"自诩，打着"青年"的招牌向鲁迅进攻，无形中高鲁之争被转化为"青年"与"老人"的对立。在论争中，高长虹讽刺鲁迅是"新青年时代的思想家"，鲁迅也反唇相讥，直呼高长虹为"新时代的新青年"。今天看来，虽然"高鲁冲突"有各种复杂的原因，但排除论争中意气用事的成分，从冲突双方奉送给对手的封号上，我们发现：无论是"新时代的新青年"，还是"新青年时代的思想家"，其核心价值观都凝聚在"新青年"上，这两个封号象征性地揭示了"莽原风波"的实质。正是由于对《新青年》理解的大相径庭，导致高鲁最终分道扬镳，直至反目成仇。

《莽原》周刊之突起于北京，与高长虹其人及其主持的《狂飙》周刊的命运沉浮密切相关，这是毋庸置疑的。由于《狂飙》周刊难以为继，并于1925年3月停刊，高长虹才带着原狂飙社一干人等加入莽原社。对于商议创办《莽原》周刊的"五人吃酒"，《鲁迅日记》1925年4月11日记载有云："夜买酒并邀长虹、培良、有麟共饮，大醉"②，这次创刊酒会的参加者中有原狂飙社盟主高长虹和主将向培良，所以高长虹认为《莽原》的发生，"与《狂飙》周刊的停刊显有关连，或者还可以说是主要的原因"③是符合实际情况的，《莽原》的创刊，与《狂飙》的停刊有着明显的历史牵连。正是由

---

① 《而已集·答有恒先生》，《鲁迅全集》第3卷，第453页。
② 《日记》，《鲁迅全集》第4卷，第542页。
③ 长虹：《给鲁迅先生》，董大中：《鲁迅与高长虹》，河北人民出版社1999年版，第388页。

于失去了阵地，高长虹等"狂飙文人"才希望借助于鲁迅的影响力，重新集结自己的队伍，发表他们的言论。

实际上，《莽原》周刊时代，以高长虹为首的原狂飙社成员确实是作者群的主体。考察整个《莽原》周刊，狂飙成员的创作有79篇（其中含长虹《弦上》系列连续发表8次，燕生《胡景翼先生的遗念》系列连续发表3次），译文2篇；未名社成员的创作11篇，译文11篇。总体而言，狂飙社成员的创作在数量上占绝对优势，几乎是未名社成员的四倍。而在创作的影响力上，狂飙社成员也较未名社成员更为深远持久。鲁迅为《中国新文学大系》编选小说时，回顾莽原时期的成果，对狂飙社成员的文学成就给予充分肯定："中坚的小说作者也还是黄鹏基，尚钺，向培良三个。"① 实际上，除了鲁迅的杂文外，《莽原》周刊贡献于新文学，成就最突出的是小说，而小说作者又以狂飙社成员为主体。

所以说，鲁迅创办《莽原》，是倚重原狂飙社青年的，尤其是其中狂飙社盟主高长虹。高长虹自己说"我曾以生命赴《莽原》矣"②，鲁迅在十年后回顾莽原社时也说"奔走最力者为高长虹"③，实为公允之言。

鲁迅"思想革命"的理想，在《莽原》上最重要的体现者，也正是被鲁迅赞誉为"很能做文章"的高长虹。鲁迅自己说高长虹"意见也有一部分和我相合"④，许广平也认为《莽原》周刊第一期上高长虹的《棉袍里的世界》"颇有些先生的作风在内"⑤，甚至因此不能判断是否为鲁迅所作，可见高鲁二人精神气质的相似。鲁迅选择高长虹，还因为高长虹具有强烈的反抗性。在1925年3月1日的《狂飙宣言》中，高长虹宣布"我们要作强者，打倒

---

① 《〈中国新文学大系〉小说二集序》，《鲁迅全集》第6卷，第250页。
② 长虹：《给鲁迅先生》，《鲁迅与高长虹》，第388页。
③ 《且介亭杂文二集·〈中国新文学大系〉小说二集序》，《鲁迅全集》第6卷，第250页。
④ 《两地书·一七》，《鲁迅全集》第11卷，第62页。
⑤ 许广平：《两地书·一六》，同上书，第58页。

鲁迅与《莽原》：《新青年》理想的幻灭

障碍或者被障碍打倒"①，鲁迅很赞赏这种态度，后来在《〈中国新文学大系〉小说二集序》中全文引用了这篇宣言。而鲁迅冀望于《莽原》"由此引些新的这一种批评者来"的任务，也主要落实在高长虹身上。高长虹后来回忆说："鲁迅，以后又加上周作人，都希望我多写批评文字。"②高长虹发表在《莽原》上的批评文字，如《新文学的希望》、《中国与文学》，议论虽尚幼稚，却显示了建构文学史的努力，是《莽原》上罕见的文学批评。《莽原》上的杂文写作，鲁迅之外，高长虹是笔力最健的作者。在个人发表数量上，高长虹位居第一，共发表作品21篇（其中组诗《弦上》分八次发表），全部《莽原》周刊32期，几乎每期都有高长虹的作品（仅6期没有）。在版面编排上，高长虹的文章有七篇被安排在"头版头条"的显赫位置，也从一个侧面体现了编辑者鲁迅对高长虹的爱重和提携。

但正是高长虹，与鲁迅《新青年》"思想革命"理想是背道而驰的。鲁迅在《莽原》创刊前，对高长虹等即有"意见和我并不尽同"③的看法；高长虹后来也说"我们思想上找差异本来很甚"④，可见高鲁对彼此思想上的差异是有充分自觉的。与鲁迅"破脸"后，高长虹在《1925，北京出版界形势指掌图》中剖白心迹，一再明确指出，当他想要闯入北京出版界，批评实际生活时，批评的目标正是《新青年》："我同高歌向来不满意《新青年》时代的思想"⑤，当《莽原》初起时，高长虹准备从事批评，其矛头所向也是《新青年》："我那时是想开始批评从《新青年》所沿袭下来的思想。"⑥不满意于《新青年》时代，所以高长虹"决意想群策群力开创一新的时代"⑦，

---

① 《〈中国新文学大系〉小说二集序》，《鲁迅全集》第6卷，第251页。
② 长虹：《一点回忆——关于鲁迅和我》，《鲁迅与高长虹》，第467页。
③ 《两地书·八》，《鲁迅全集》第11卷，第32页。
④ 长虹：《给鲁迅先生》，《走到出版界》，第45页。
⑤ 长虹：《1925，北京出版界形势指掌图》，《鲁迅与高长虹》，第394页。
⑥ 同上书，第399页。
⑦ 长虹：《给鲁迅先生》，《走到出版界》，第48页。

对于鲁迅，高长虹则表示："我是非常希望鲁迅先生到我们新时代来的，鲁迅先生也可以说是非常希望我到旧时代去的"①，高长虹语境中的"旧时代"，也就是他所谓的"《新青年》时代"。此时高长虹将"高鲁冲突"上升到新旧时代冲突的高度，以"新时代"的代言人自居，将《新青年》作为自己的假想敌，于是鲁迅等坚持《新青年》理想的人在他眼里就成了"新青年时期的遗老与遗少"②。

和鲁迅一样，高长虹也主张"思想革命"，但他认为这次"思想革命"的主角应该是"青年"："如想再来一次思想革命，我以为非得由几个青年来做这件工作不可。"③高长虹冀望鲁迅等"已经成名的人"的是："我想能够得到他们的帮助便是最好的了。"④对于"老人"，高长虹也以是否为"青年"提供"帮助"划分了等级："帮助青年的是最好的老人，旁观的是次好的老人。"⑤比附历史，寻找这种"帮助"的合理性，高长虹拿来参照的正是《新青年》："如蔡孑民昔日之帮助《新青年》者"⑥，一旦他所期待的"帮助"不能如愿，鲁迅等"新青年时代的思想家"就成了高长虹的"绊脚石"，成为他"思想革命"的对象。

"莽原风波"起，长虹在《狂飙》周刊上，以《走到出版界》为总题，清算"思想上的新青年时期"，笔锋所向正是鲁迅、胡适、周作人等"新青年时代的思想家"。《走到出版界》集中清理"新青年时期"，比较重要的篇章有《思想上的新青年时期》、《时代的命运》、《新青年时代的喜剧》等。为了颠覆"新青年时代的思想"，狂飙社成员甚至对鲁迅等人展开了非理性

---

① 长虹：《时代的命运》，《走到出版界》，第156页。
② 长虹：《琐记两则》，同上书，第158页。
③ 长虹：《1925，北京出版界形势指掌图》，《鲁迅与高长虹》，第401页。
④ 同上。
⑤ 长虹：《南京的青年朋友们起来吧！》，《走到出版界》，第129页。
⑥ 长虹：《1925，北京出版界形势指掌图》，《鲁迅与高长虹》，第403页。

的人身攻击。以狂飙社对于胡适的批评为例:《狂飙》周刊对于胡适的批评,有培良的《从终身大事说到胡适之从胡适之说到现在的戏剧》,长虹的《评胡适中国哲学史大纲》等,前者评论胡适的戏剧创作,后者评述胡适的哲学史写作,然而都并非客观冷静的学理分析,而是充斥着讽刺与谩骂。更有甚者,培良在"有话大家说"栏目发表《胡适考》,得出结论说"胡适并无其人,初由新青年假托,终于成了一个很大的箭垛式的人物"①,为了解构《新青年》,狂飙成员的虚无主义情绪发展到了极端。

其实,高长虹对鲁迅的攻击,所遵循的依然是《新青年》的思想逻辑,也就是"青年必胜于老人"的历史进化论。这种用进化论眼光看待青年的思路,几乎是"五四"一代人的共识,鲁迅亦然。在这个意义上,批判者和被批判者分享着同样的思想资源,只不过各取所需而已。

在中国思想史上,较之于"老人","青年"自身就被赋予了一种价值,导致对"青年"的反思变得非常困难。20世纪的中国,自从达尔文的生物进化论传入中国,中国进步知识分子即大为服膺,且在实践中将之发展成一种社会达尔文主义。"青年"赢得西方理论的支撑后,甚至获取了伦理上的纯洁性,直至成为社会上一种普遍的价值取向。1900年,梁启超作《少年中国说》,将"少年"与"中国"联系起来,"少年"成为"中国"民族国家想象的载体,"中国少年"也因此具有了一种终极意义上的价值优越性。"五四"以来,由于李大钊等新文化先驱激情澎湃地歌咏"青春"的诗篇,更由于《新青年》杂志(初名《青年杂志》)对于旧文化摧枯拉朽之力,对于新文化筚路蓝缕之功,使得"青年"更加深入人心。本质上,五四新文化运动是一场"青年运动"(后来每年的5月4日也因此被命名为"青年节")。但人们很难意识到,当"青年"成为一种不加反思的价值观时,其

---

① 培良:《胡适考》,狂飙社编辑《狂飙汇刊》,光华书局出版,第448页。

中潜藏着的暴力和压迫问题也就变得尖锐起来。

就鲁迅而言,他在青年时期即广泛阅览西方自然科学和社会科学著作,阅《时务报》,读《天演论》,深受维新思潮和进化论思想的影响,逐步形成了进化论的社会发展观。1932年,"莽原风波"尘埃落定,鲁迅回顾自己的心路历程时还说:"我一向是相信进化论的,总以为将来必胜于过去,青年必胜于老人。"①但"和长虹战"后,目睹了青年的沉沦,又亲身遭受来自青年的伤害,鲁迅的进化论思路"轰毁"了,他笔锋一转接着说:"然而后来我明白我倒是错了",对进化论给予了坚决否定。

对于"永远的反对派"鲁迅来说,任何既定的价值观都应该重新考量,"青年"亦然。当"青年"成为一种话语霸权,并成为新的思想专制和压抑的力量时,鲁迅是时刻准备着反抗的。早在《莽原》创刊之前的1925年4月8日,鲁迅就在给许广平的信里说:"现在我想先对于思想习惯加以明白的攻击,先前我只攻击旧党,现在我还要攻击青年。"②对于成为"思想习惯",甚至造成新的思想桎梏的"青年"价值观,鲁迅有清醒的批判态度;对待"青年",鲁迅并不一概而论,而是有着区别对待的辨证眼光,在载于《莽原》周刊第四期的《编完写起》中,鲁迅写道:"青年又何能一概而论?有醒着的,有睡着的,有昏着的,有躺着的,有玩着的,此外还多。但是,自然也有要前进的。"但促使鲁迅思路"轰毁",并最终抛弃看待"青年"的进化论历史观的契机,主要还是高长虹的发难。我们只要对照一下从前鲁迅对待青年的态度:"对于青年,我敬重之不暇,往往给我十刀,我只还他一箭"③,和他在"和长虹战"中准备应战时的决绝态度:"无论什么青年,

---

① 《三闲集·序言》,《鲁迅全集》第4卷,第5页。
② 《两地书·一〇》,《鲁迅全集》第11卷,第40页。
③ 《三闲集·序言》,《鲁迅全集》第4卷,第5页。

我也不再留情面"、"拳来拳对，刀来刀当"①，即可发现，对鲁迅"青年"理想造成毁灭性打击的正是"莽原风波"。

（三）"实际斗争"时代的"思想革命"

鲁迅在《莽原》上实践《新青年》"思想革命"理想的挫败，除了上述原因外，也与1920年代中期以后的时代氛围有关。

从周刊到半月刊，《莽原》横贯1925年到1927年，正是革命思潮风起云涌的时代，中国社会的主题已由"思想革命"逐渐转入"实际斗争"。

1925年《莽原》创刊前，女师大风潮即已发生，《莽原》周刊见证了女师大风潮的潮起潮落；《莽原》创刊一个月后，发生了震惊中外的"五卅"惨案。1926年，屠杀中国人民的"三一八惨案"发生，1927年更发生了"四一二"、"四一五"等多起血腥的反革命大屠杀。在风雷激荡的时代，《莽原》成为声援"女师大风潮"、抨击"三一八惨案"的重要阵地。但"实际斗争"因此也于《莽原》的"思想革命"任务有了消极影响，鲁迅在1925年6月谈到《莽原》周刊稿源的缺乏时抱怨说："大约大家专心爱国，要'到民间去'，所以不做文章了"②，即是敏锐地注意到了"实际斗争"起后人心浮动，无暇顾及写文章，更无法从事"思想革命"的情形。但话虽如此，由于对黑暗势力的憎恶，鲁迅自己后来也身不由己，参与到实际斗争中去，导致被章士钊免职，遭段祺瑞通缉，最终为避难而远走厦门。鲁迅赴厦门，影响于《莽原》最显著的，是从此半月刊的编辑之职由韦素园担任，高长虹遂借"投稿风波"而发难，莽原社于是解体。

在一个"实际斗争"的时代重张"思想革命"的旗帜，鲁迅的主张从一开始就具有某种悲剧色彩，属于鲁迅一贯的"绝望的反抗"之一种。所以，

---

① 《两地书·七九》，《鲁迅全集》第11卷，第212页。
② 《两地书·三三》，同上书，第99页。

在《莽原》上实践《新青年》"思想革命"理想的挫败,似乎也在鲁迅的意料之中,鲁迅早就说过"但那效果,仍然还在不可知之数"①。

事实上,由于"实际斗争"的兴起,在编辑《莽原》前后,鲁迅一直在反思和质疑"思想革命"的力量。在《莽原》创刊前,鲁迅即有"改革最快的还是火与剑"②的论断,对于自己"终于不外乎用空论来发牢骚,印一通书籍杂志"③颇觉无奈,颇有"知其不可而为之"的悲凉。《莽原》创刊后,面对实际斗争形势的发展,鲁迅有很沉痛的感慨:"我现在愈加相信说话和弄笔的都是不中用的人,无论你说话如何有理,文章如何动人,都是空的"④,此时,鲁迅甚至对写作本身的意义都产生了怀疑。

《莽原》时代鲁迅的合作者高长虹也注意到了《新青年》"思想革命"与当时"实际斗争"的冲突,他反对《新青年》时代的思想,其立论便是"新青年时代的思想又同样是多空谈而不识实际"⑤。他用来消解《新青年》"思想革命"的,正是"实际斗争":"当时虽然是打着思想革命的招牌,然而工作却已偏重到事实方面。"⑥

今天我们回顾历史,重新考察《莽原》之于鲁迅的意义,除了探访"鲁迅的幽灵"外,更会重新思考"青年"与"老人"这一悠久的命题。无论是鲁迅所属的《新青年》时代,还是1920年代的"新青年"高长虹所要开创的"新时代",此刻都已事过境迁,成为高长虹所谓的"时间里的过客"。在鲁迅生活着的时代,鲁迅饱受形形色色的官僚文人的口诛笔伐;在鲁迅逝世数十年后的今天,鲁迅也依然"阴魂不散",有关鲁迅的话题仍然能够

---

① 《两地书·一〇》,《鲁迅全集》第11卷,第40页。
② 同上书,第39页。
③ 《两地书·八》,《鲁迅全集》第11卷,第32页。
④ 《两地书·二二》,同上书,第74页。
⑤ 长虹:《中国与俄国》,《走到出版界》,第135页。
⑥ 长虹:《1925,北京出版界形势指掌图》,《鲁迅与高长虹》,第410页。

激起一轮又一轮新的论争。但鲁迅编辑《莽原》，实践《新青年》"思想革命"理想的挫败，以及围绕《莽原》而起，与"新青年"高长虹的思想冲突和人际纠葛，仍然是鲁迅所言"我的魂灵上是有这么多的，人我所加的伤"[1]中最深刻的血痕，这"战友乱发的流弹"，也是鲁迅认为"最悲苦"[2]者。鲁迅在他的时代没有碰到真正的敌手，在与鲁迅的论争中，高长虹是历史的失败者，但他敢于挑战鲁迅的权威，想要撼动已经巩固了的思想秩序，虽然失败，也仍然是悲壮的努力。

---

[1] 《故事新编·铸剑》，《鲁迅全集》第2卷，第426页。
[2] 鲁迅：《杂感》，原载《莽原》周刊第三期。

当孔子遭遇鲁迅……
——读《鲁迅与孔子》

古之中国,最伟大的人物莫过于"大成至圣先师"孔子了。鲁迅生前,偏偏与孔子"势不两立"。早在"五四"时代,鲁迅即是新文化运动中激烈反孔的一员猛将。1935年4月29日,鲁迅写下了《在现代中国的孔夫子》,他不但明白地表示自己"绝望于孔夫子和他的之徒";而且无情地揭露孔夫子之在现代中国,实为权势者捧起来的"摩登圣人"。

一瞑之后,言行两亡,身后是非谁管得?鲁迅大概万万想不到,自己身后,竟会频频"遭遇孔夫子"。1936年10月19日,鲁迅逝世。由于这个重大损失的对照,鲁迅的存在价值之巨大,被强烈地反衬出来。人们发现,鲁迅与孔子,具有充分的可比性。此后人们论及鲁迅时,核心话题之一即是"鲁迅与孔子"。

最早将鲁迅与孔子相提并论的人是郭沫若。1936年11月4日,在日本东京的鲁迅追悼会上,郭沫若将人们对孔子的哀辞:"呜呼孔子,孔子孔子,孔子以前,既无孔子,孔子以后,又无孔子,呜呼孔子,孔子孔子",以仿词手法,改头换面成为:"呜呼鲁迅,鲁迅鲁迅!鲁迅以前,无一鲁迅!鲁迅以后,无数鲁迅!呜呼鲁迅,鲁迅鲁迅!"[①] 在郭沫若看来,从前中国

[①] 原载1936年11月6日东京《留东新闻》周刊第5卷第13期,转引自王锦厚《决不日夜记着个人的恩怨——鲁迅与郭沫若个人恩恩怨怨透视》,重庆出版社2010年版,第286页。

最伟大的人物是孔子,已成古人的鲁迅,其重要性较之孔子,有过之而无不及。

最有影响力的、堪称划时代的"鲁迅与孔子"比较论,是由毛泽东做出的。1937年10月19日,在陕北公学鲁迅逝世周年纪念大会的演讲中,毛泽东一锤定音,判定了鲁迅的历史地位。毛泽东如是说:"鲁迅在中国的价值,据我看要算是中国的第一等圣人,孔夫子是封建社会的圣人,鲁迅是新中国的圣人。"① 显然,毛泽东这番话蕴含着丰富的潜台词,但其多元内涵常常被阐释者有意无意地简化成:鲁迅,其实正是鲁迅自己曾经撰文批判过的"在现代中国的孔夫子"。

天地玄黄,历史的戏剧性往往令人瞠目结舌。如今,距离轰轰烈烈的"五四"不过九十余年,先驱者们的"呐喊"言犹在耳,新文化运动却已是明日黄花,甚至让人有恍如隔世之叹了。世事此起彼伏如转轮,今之中国,又到了"孔夫子和他的之徒"大行其道的时代了。

这是21世纪的中国:鸿儒言必称国学,白丁跟风说孔子。"百家讲坛"大讲《论语》,明星学者高谈儒学,孔子被华丽丽地装饰起来。"时尚化"了的孔子,不但"通行于古",而且"适用于今"了。而且,道大无所不包,孔子再也不必悲叹"道不行,乘桴浮于海"了。孔子之道已经乘着国际化的东风漂洋过海,"孔子学院"全球开花,孔夫子又成了"摩登圣人"了。

与对孔子的众口一词恰成鲜明对照的,是对鲁迅的争议不断。然而,"道之不行,已知之矣",因为据说20世纪才是鲁迅的世纪;如今,时过境迁,历史已经风驰电掣般地驶入21世纪了。

然而,鲁迅果真是"在现代中国的孔夫子"吗?孔子PK鲁迅,我们将何去何从?这是一个严峻的问题,一个摆在每个当代中国人面前必须作出

---

① 毛泽东:《鲁迅论——在"陕公"纪念大会上演辞》,1938年11月《文献》卷之二。

慎重选择，并给出理性回答的问题。

在此背景下，我们说，出版于 21 世纪的第一个十年末期，王得后先生 43 万言的新著《鲁迅与孔子》，显系有所为而作。

《鲁迅与孔子》是一部针砭时弊之书。

《鲁迅与孔子》有着强烈的现实针对性。它产生的现实语境，正是孔子被"时尚化"，同时鲁迅受到冷落，甚至让人觉得"过气"的当下。王得后先生从人生的根本问题出发，梳理鲁迅与孔子对于"生死"、"温饱"、"父（母）子（女）·血统"、"妇女"、"发展"等五个问题的不同思考。作者的基本观点是：

> 孔子的伟大，在掌握着人际关系中君臣、父子、夫妇的三个根本关系，在人际关系中定位人的社会地位，规范人的社会生活。孔子的这三种关系，是封闭性的，家长制的，服从性的，抹杀个性、扭曲人性的，甚至于达到"君要臣死不得不死，父要子亡不得不亡"，男的随意三妻四妾，休妻，而女性只能"从一而终"，守寡，乃至殉夫的地步。而鲁迅的伟大在"立人"，为"立人"掌握着人一要生存并不是苟活，二要温饱并不是奢侈，三要发展并不是放纵；在以人的每个个体的生存为本位，然后在人际关系中定位人的社会地位、社会生活，发展个性。[①]

将孔子的"三纲"，与鲁迅的"三个当务之急"两相对照，孰是孰非？要鲁迅还是要孔子？问题的答案，其实一目了然。

《鲁迅与孔子》之所以能切中时弊，是因为王得后先生秉承着鲁迅的精神血脉，具有体贴底层的情怀。作者这样解说他心目中的鲁迅："鲁迅关注

[①] 王得后：《鲁迅与孔子》，人民文学出版社 2010 年版，第 6—7 页。

的是'人'的生命价值,特别是被压迫者、被侮辱者、弱者、幼者的生命价值。所以鲁迅从来不歧视、不低估奴隶的求生欲望和求生的忍从;对于被压迫、被侮辱的奴隶,对于弱者和幼者,鲁迅寄予人性的感同身受的关怀。鲁迅是被压迫、被侮辱的奴隶群中的一员。"①作者眼光向下,关注边缘和弱小,站在弱势群体的立场上立论。因为眼光向下,作者看到了"凡自杀,归根结底,大多是他杀";看到了盛世中国的农民子女,依然只有读大学才能走出穷乡僻壤;看到了歧视女性,至今还是一个世界性的问题;看到了就业艰难,数百人竞争一个公务员位子……

因为眼光向下,作者对鲁迅有着朴素而深切的理解。作者认为,鲁迅与孔子的第一个根本分歧,是在对于人的认识,对于人的生命的价值观的分歧。鲁迅是以生物性为基点的,理想的人性的"人";孔子是以"道"为规范的,家族制度与礼教的"人"。②关于人的生物性甚至动物性这个朴素的真理,在认识论的层面如今已是老生常谈;但在现实生活中,衣食无忧的学者文人,往往对此熟视无睹,充耳不闻。他们讳言人的动物性,唱高调,发宏论,其立论根基依然是"存天理,灭人欲"。其实,古之百姓,一向自称蚁民,自比于蝼蚁,那是意识到了自身的"动物性"的;今之百姓,也常有"动物性"的自觉,诸如"蚁族"、"蜗居"等流行用语,仍自比于蝼蚁、蜗牛,可见古今同一。"房奴"现象普遍存在,人们为物所役,为房作奴,如此社会之怪现状,断非高坐书斋,进行史料爬梳、逻辑推演者可以想象。在"人欲"、动物性尚未满足的前提下,奢谈"天理"、"道德性"者,在己身,是已经解决了"人欲";在国家意识形态,则是高唱主旋律,有意"瞒和骗"。

《鲁迅与孔子》是一部忧患之书。

---

① 王得后:《鲁迅与孔子》,人民文学出版社 2010 年版,第 60 页。
② 同上书,第 421—422 页。

241

"诗"与"史"的缠绵

王得后先生"生于旧社会,长在红旗下",以己身的命运浮沉,见证时代的沧桑变迁。"人生忧患识字始",作者经历了新中国成立,经历了"反右"斗争,经历了"史无前例"的"文化大革命",经历了改革开放,经历了世纪末人文精神的大沉沦……因此,《鲁迅与孔子》绝非端坐书斋的高头讲章,而是关注现实的性情文章。作者毫不掩饰自己落笔为文时的"热烈情绪",也从不讳言自己的现世关怀。在《鲁迅与孔子》中呈现出来的,既是"心构之史",也是"身作之史"。

所以,当读者在书中看到作者情不自禁地离开题旨,以旁逸斜出的杂文笔法,自由穿行于"历史"与"现实"之间,那是不足为奇的。作者正是60年中国当代史的亲历者、见证人。且看作者对孔夫子"君子和而不同,小人同而不和"的一段精彩发挥:

> 如果排除孔子的偏见,姑不论"君子"、"小人"的差别,"和而不同"实质上是社会的常态,是人类的常态;社会的最小单位,人类的最小单位,夫妇的二人世界,不是说"家家有本难念的经"吗?这就是哪怕只有"夫妇二人",依然是"和而不同"的状态。"同而不和"也是一种常态,另一种常态,高压下的常态。这种"常态"实际是变态。这要人为加以高压必然出现的"常态":表面上是"同"了,实际上却是"不和"的。最突出的历史现实,是文化大革命时代的"大联合"。那种各个方面、各种力量,无贤不肖各种人物"面和心不和","台上握手,台下踢脚"的社会,何其恐怖乃尔! ①

这段颇具"鲁迅风"的文字,因孔子"和而不同"、"同而不和"论而起,

---

① 王得后:《鲁迅与孔子》,人民文学出版社2010年版,第245页。

借题发挥,从"夫妇"谈到"文革",批判的锋芒从人们习焉不察的家庭伦理,到惨绝人寰的民族浩劫,凡所议论,皆因作者亲历十年"文革",有深厚的人生底蕴做基础,能够细致入微。

《鲁迅与孔子》,是一部在学理上"正本清源"之书。

面对明星学者混淆视听,公然在大众传媒上宣讲"认命"、"知足常乐"和"安贫乐道",把《论语》煲成一锅"心灵鸡汤",同时将孔子"时尚化"的滚滚潮流,《鲁迅与孔子》的作者表达了强烈质疑:"当今明星教授大讲《论语》而《论语》亡。"

在编排体例上,《鲁迅与孔子》原典意识凸显。作者精心选择了杨伯峻、钱穆、李泽厚、北京大学哲学系1970级工农兵学员等四家《论语》译文。以学术大家的《论语》译文,与时下明星学者的"时尚版《论语》"PK,后者强作解人、歪曲原典的荒谬处即历历在目。在四大家的《论语》译文之外,作者又辅之以李零的精彩论断[①],再加上作者"王按"的查漏补缺,可谓众声喧哗。如此一来,既有文本之内的字斟句酌,也有文本之外的探幽索隐,通过多重声音的交相回响,达到了正视听的目的。

当然,在《鲁迅与孔子》的语境中,鲁迅与孔子,并非一般学院派著述那样,围绕着"现实"与"历史"这一对二元对立的范畴循环展开。在当下评述孔子,实际上评说的已是"孔子",后者是加了引号的。诸大家的《论语》译文,以及"王按",呈现的并非一个"知识考古学"意义上的孔夫子。《鲁迅与孔子》的终极目标,也并非"历史语义学"层面的学理探究,而是试图呈现一个有关孔子的话语场,在此场域中寄托微言大义,通过"正本清源",最终实现作者"现实批判"的目的。将孔子"重新历史化",最

[①] 《鲁迅与孔子》选用了如下《论语》译文:杨伯峻《论语译注》,钱穆《论语新解》,北京大学哲学系1970级工农兵学员《论语批注》,李泽厚《论语今读》,李零《丧家狗——我读〈论语〉》。

终"回到孔夫子",并非《鲁迅与孔子》的首要目的。因此,在孔子诠释史上,被作者所选取的各家译文,全是今人所作。

最后,《鲁迅与孔子》作者的情感态度,他的价值判断,也很引人注目。显然,作者是内在于鲁迅,而外在于孔子的,这也正是《鲁迅与孔子》的独特性所在。作者自云,从大学毕业一直研读鲁迅,迄今54年。生年不满百,从不及而立,到年逾古稀,对于鲁迅,作者坚持了一生的热爱。并且"吾道一以贯之",以己身践行鲁迅所倡导的价值观。这在当下学人中不说绝无仅有,也是极其罕见的。见惯了那种"口是"而"心非","今是"而"昨非"的"伪士",他们言说鲁迅,不过是一种生存策略,一种文字游戏,一种名利场上的争夺,因此言不由衷,心不在焉,他们是鲁迅所谓"做戏的虚无党",雄辩滔滔地言说鲁迅,然而从不信他。当今之世,内在于鲁迅的人少,因此难能可贵,因此无可厚非。和谐中国,内在于孔子的人永远是历史上和现实中的绝大多数。大体而论,几乎每个中国读书人心中都供奉着一尊孔夫子的牌位,这是大家心照不宣的。以鲁迅的是非为是非,以鲁迅的爱憎为爱憎,是耶非耶?读者自有公论。

辑四

杂说

人文科学研究与建设和谐社会

在故纸堆中皓首穷经,在青灯黄卷之下咬文嚼字,强调"板凳要坐十年冷"的人文科学研究,与热热闹闹、风风火火的社会主义现代化目标——建设和谐社会有什么必然联系吗?如果说在上《前沿学术论坛》之前,我还对这个问题困惑不已的话,那么,在听了袁行霈先生和李零先生的讲演后,我心中的疑虑就涣然冰释,因为我找到了问题的答案:人文科学研究是建设和谐社会不可或缺的重要环节。

和谐社会的基本内涵,落实到"和谐"二字上,而这"和谐"的价值观,就正是中国传统文化的精髓和核心。中国传统文化是一种格外讲究"和谐"的文化,"和谐"的思想几乎体现在日常生活的方方面面:在我们的家庭生活中,讲究的是"家和万事兴";我国人民主张和平,"以和为贵";人际交往中讲究"和而不同",各美其美;甚至在生意场上,也讲究"和气生财"。"和谐"的基本内涵体现为如下几个方面:人与自然的和谐共存,那是"天人合一";此外还有人与社会的和谐,人与他人的和谐相处,人内心世界的和谐宁静等。

人文科学研究,是为了追求"真善美","求真、向善、致美"为其最高学术境界,而这真善美的境界,就正是和谐社会所要实现的最终目标。在这个意义上,人文科学研究与社会上各行各业一样,殊途同归,都是为了建设和谐社会。

"诗"与"史"的缠绵

袁行霈先生和李零先生都是从事古典研究的学者,袁行霈先生的研究领域是中国古代文学,李零先生的研究领域主要是中国古典文献学。两位先生在各自的学术领域中卓然有成,其学术成就与人格风范在学术界有口皆碑。两位先生都过着"两耳不闻窗外事,一心只读圣贤书"的纯粹学者的生涯,却以独特的方式身体力行,为建设和谐社会作出了卓越的贡献。这两位德高望重的人文学者,正是通过他们的讲演,向我们生动地诠释了人文科学研究与建设和谐社会之间密不可分的联系。

袁行霈先生讲演的题目是:《渊明影像:文学史与绘画史的交叉研究》,这是一堂赏析课,以一个具体生动的案例——古代绘画中有关陶渊明的影像,如《归去来辞图》、《渊明归隐图》等,生动形象地演绎了文学史与绘画史交叉的研究方法。先生的神情从容不迫,先生的讲演娓娓道来,先生丰神俊朗而又和蔼可亲,深具大家风范。在整个讲演过程中,先生常常沉醉于古人关于陶渊明的绘画所描摹的美好境界中,他让我们熄了灯,在宁静安谧的黑暗中,凝神观看那来自古代的美丽画卷。在研究方法的启示上,先生注重文学史与绘画史的交叉渗透与和谐互补;在品画论人时,先生注重自然景观与民俗风情的双向考察,和谐共存;而先生讲述陶渊明的潇洒风貌与高风亮节时,流露出的沉醉与迷恋的神情,那种发自内心的对书卷与生活的热爱,本身就是对身心"和谐"二字的生动再现。先生自身人格的和谐与优美,已然融化在他的学术研究中,虽然在表面上了无痕迹,如盐溶于水。先生在讲述中,时常强调陶渊明的田园世界是历代士大夫的精神家园,陶渊明是一个象征着知识分子理想人格的符号,陶渊明在美丽的大自然中找到了内心的宁静,陶渊明在与贩夫走卒、田夫野老的交往中,得到了人际的和谐与温暖。在"润物细无声"的讲演之中,先生已经潜移默化地将学术研究与人格修为的和谐关系具体地展示在我们眼前。先生的古典文学研究,是享受型的,是一个自己从枯燥的研究中发现美,却通过学术演讲和学术写作向大家揭示美的过程。

如果说袁行霈先生的研究以"致美"向我们昭示着"和谐"的独特内涵的话,李零先生的研究则以文献研究学者特有的"求真"品格向我们敞开了"和谐"的另一个层次。李零先生的讲演题目是:《三种古文献的定名:视日、日书和叶书》,这个题目涉及的内容非常专门,是出身于现代文学专业的我以前闻所未闻的,所以先生的讲演给我耳目一新的感觉。先生条分缕析地介绍了三种古文献定名的由来,强调学术研究中要注意实事求是,遵循严格的史学方法,"名从其祖",论从史出,尊重古文献本身的名字,而不能将后人的命名附会和强加到古文献上,以意为之。先生联系现实,针砭时弊,谈到社会上广为流传的文革史、共运史和党史的写作,因为没有认真处理历史与文学的关系,多采用一大堆添油加醋,甚至牵强附会的文学化表述,以致漏洞百出,让人不忍卒读。先生强调了做史的方法:求真。学术的生命在于真实,只有以求真务实的心态,才能切身地回到历史现场,才能真正地"尚友古人"。在汗牛充栋的古籍中辛苦爬梳,与我们古人所创造的辉煌灿烂的文化对话,也是一个与千载之下的古人和谐相处,与卷帙浩繁的古籍和谐共存的过程,对于历史学者来说,养成求真的品格,才能"将古代还给古代",才能与古代文明和谐共存,并使之最终成为现代人的精神滋补品。

袁行霈先生"致美"的学术境界,与李零先生"求真"的学术品格,其实异曲同工,相映成趣,他们最终所要达到的效果都是"和谐"。两位先生风貌迥异:袁行霈先生儒雅,李零先生洒脱;袁行霈先生温和,李零先生峻急。但两位先生身上都打上了深深的人文烙印:他们的气质明朗豁达,生动地昭示了人文科学研究者的"和谐"境界。

"诗"与"史"的缠绵

我在北大所学的专业是中国现当代文学，主要研究方向是中国新诗研究和鲁迅研究。在来北大读博之前，我曾在高校工作过两年。在我自己的科研和教学经历中，我深刻地体会到袁行霈先生和李零先生"致美"和"求真"的学术境界对于促进个人身心和谐，以及国家建设和谐社会的重大意义。

在硕士阶段，我主要关注的领域是中国新诗研究。新诗是在古典诗歌的美学规范逐渐解体的情况下登上历史舞台的，胡适主张"作诗如作文"，表面上，新诗似乎不如古诗那样，有优美的文辞和隽永的意境，但新诗中有新的美学，它倾听民生疾苦，走进底层生活，继承了历代诗人忧国忧民的传统，打破了粉饰太平、歌功颂德的滥调，对于消除社会不公、促进各阶层和谐共存，起到了良性作用。而新诗以其明白晓畅、刚健清新的新的美学风范，打破了矫揉造作、寻章摘句的旧文学腔调，在文学史上有革命的意义。诗歌革命是文学革命之一端，而中国现代史上的文学革命又天然地承载着"思想革命"的历史使命，所以，中国新诗的历史功绩已有定论。而在目前市场经济的滚滚红尘中，人们往往在急功近利、人欲横流的社会竞争中失去了精神的家园，此时人们更加需要"诗意地栖居在这个大地之上"，诗歌依然是人类心灵的栖息地。所以，我所从事的新诗研究，因其独具"致美"功能，可以毫无夸张地说，依然是建设和谐社会中最重要的事业之一。

在博士阶段，我的研究领域转向了鲁迅研究。在和谐社会，人民安居乐业，一切和谐而美好，似乎不再需要鲁迅式的批判锋芒了，其实此言大谬。只要我们抱持"求真"之心，不在现实面前闭上眼睛，我们就会发现，和谐社会中依然有不和谐音：学术腐败屡见不鲜，假冒伪劣层出不穷；甚至有极少数政府官员耽于享乐，对民众疾苦视而不见，充耳不闻……可见，我们的社会依然处于社会主义初级阶段，人文环境依然未能尽善尽美，我们依然需要鲁迅式的直面现实的勇气，发挥人文学者的文化批判功能，抨击假丑恶，弘扬真善美。和谐社会的良性运转，需要其自身机制不断地自我调整、自我完善，鲁迅式不顾个人利害，敢于针砭时弊的文人风骨在当今时代依然有意义。在这个意义上，我所研究的鲁迅的思想和文学，并非高高在上的象牙塔里的学术，而是有着人文关怀和社会承担，与建设和谐社会的伟业密不可分。

在我自己高校从教的所见所闻中，我也深深体会到两位先生所昭示的境界：真正有意义的人文科学研究，最终能达到学者人格的和谐与优美。身边无数活生生的例子反复向我证实了人文科学领域中，"学术与人格"其实是一个问题的两个方面，它们都以达到"和谐"为最高境界。两位先生的为人与为学，本身就是"和谐"的生动例证。

血统论：观察"潘知常事件"的一个角度

正如潘知常的一个学生所言，潘知常那点事在如今的学术界根本算不了什么大不了的事情，顶多算点毛毛雨。可以说还有很多潜伏着的比潘知常学术品格更恶劣、剽窃情节更严重的所谓名学者名教授。但潘知常为何被凸显出来，成为臭名昭著的典型？为何偏偏是潘知常走向前台，成为众矢之的？原因固然纷纭，其中很重要的一条即是潘知常触犯了学术圈中一条重要的潜规则：血统论。为了在一个盛行血统论的学术圈生存下去，潘知常作了变态的扭曲的挣扎；而南大校友对潘知常事件的态度也折射出狭隘的血统论思想。

学术圈像一切"圈子"一样，有它的游戏规则，有它维持自身同一性的一整套运作体系，画定着学界新陈代谢的自足自满的圆圈，"血统论"即是学术界心照不宣的潜规则之一。中国是一个有着两千多年封建传统的老大帝国，血统论的传统源远流长，根深蒂固；传统中国学术传承中的"官学"与"私学"之争，在当下的中国已经成为过眼云烟，但讲究学派师承，在乎门第出身的思想依然牢不可破。只不过以前是讲究书香门第，现在是在乎师出名门，受过名牌大学的正规系统教育。一个学人要在学界站稳脚跟，他往往首先需要证明的是自己血统纯正，出身高贵。一个"出身低微"的人要在学界显声扬名，确立学术地位，即使他有真才实学，也要经过格外严酷的学术竞争，甚至采取一些"非常道"才能做到，从潘知常身上我们可以看到这种挣扎的痕迹。我们可以设想,潘知常1988年(32岁)被特聘为副教授,1993年(37岁)被特聘为教授,在讲究论资排辈的中国,在存在着许多"白发讲师"的学界,这样的速度可以说是坐"直升机"了。出身低微的人往往要付出额外的努力才能与身世显赫者站在同一起跑线上,而潘知常暴得大名,本来就引人注目,他之用来对抗血统论的方式是以"非常"方式炒作自己,以狂狷的外在表现来实践"十年寒窗无人问,一派狂言天下闻"的自我包装,我们由此可以理解他为何疯狂抄袭和狂乱地放言高论之一端。

潘知常事发,在互联网上成为人人喊打的"过街老鼠"之后,南大校友桂永清在《潘知常的学历引发的疑问》一文中探微索隐,把人们的视线由对潘知常个人学术操守的指责引向了潘知常的"低微出身"的质询,此时,长期在南大新闻系官方网站上语焉不详的潘知常简历中的教育背景问题就浮出水面了:原来潘知常1982年本科毕业于郑州大学,"本科没有受过像样的教育,又缺了硕士、博士阶段的训练"(董健),所以其学风不正也正是事出有因。百年学府南京大学出了个败坏学术声誉的潘教授,势必严重影响这所国内一流大学的清誉,爱护南大的校友们急于在这桩学术丑闻中抹去"南大"二字,把人们的注意力引向对潘知常"发迹"的"来龙去脉"的考证,其实也是人情之常。但一个简单的逻辑是:既然潘知常昔日低微的出身潜伏着今日学术腐败的根苗,为何当时正是这位董健教授,本着"英雄不问出处"的不拘一格的爱才惜才之风,亲手把潘知常引进南京大学?也许这里潜藏着的源于血统论的傲慢与偏见才是让我们触目惊心的:微薄的出身常常是失足的根源,就像"龙生龙凤生凤,老鼠生来会打洞"一样势在必然。我们看到在轻描淡写的血统论的笼罩下,南大轻而易举地把事情的责任推向了无辜的郑州大学,而南大作为"学界现形记"的出事现场,似乎由此得以耸身一摇，丑闻旁落，无损于其典雅庄严的贵族血统。

在血统论的支配下，有名牌高校的教授主张就是要讲究出身于名牌高校、重点学府，甚至公然叫嚣研究生招生要"近亲繁殖"，保持血统的纯正。虽然谁都知道，其实学术体的成长也像生物体一样，大部分时候都是杂交品种产量更丰；在今天这个学术交往愈益频繁，信息共享程度呈"爆炸式"增长的时代，持"血统论"者坚持的早已不是学术的纯正，而是对自我的迷恋，在风雷激荡的时代大潮中，他们需要彰显的是自己那高贵的出身和优越的教育背景，他们自己没齿难忘，更提醒别人也要记忆犹新。带有浓厚自恋色彩和封建气息的血统论是催生学术腐败的催化剂，更是学术腐败的遮羞布。我们期待着学界消除血统论残余的那一天，虽然在"血浓于水"的中国，这一天的到来似乎遥遥无期。

后现代文化语境中的马克思主义与当前文学批评

在 20 世纪、21 世纪之交进行的千年思想人物的评选中，马克思依然被认为是影响了人类历史进程的千年思想第一人，这说明，产生于 19 世纪的马克思主义，在解释我们面对的当下世界的诸多理论和实践问题时，依然具有雄辩的思想活力；在后现代文化覆盖全球，人类社会在经济、政治、文化等诸多领域已经发生了翻天覆地的变化的今天，形形色色的各种理论思潮旋生旋灭，而马克思主义始终屹立在思想的前沿，葆有其先锋品格。

然而这是一个全球化的时代，这是一个后现代的时代，我国虽然还处在社会主义发展的初级阶段，但文化的全球共享已经使得后现代社会的许多文化症候在我国大量存在。仅以文学和文化方面而言，后现代社会的许多表征对我们已经不再陌生。

从 1990 年代以来，我国开始了经济市场化的进程，随之而起的 90 年代的文化景观虽然大多昙花一现，但却都表现出鲜明的后现代品格。虽然我国尚未进入发达的工业社会，更谈不上是后工业社会，但哲学文化思潮的发展却伴随着改革开放而具有了与世界文化同步的特点。从 90 年代伊始出现的"王朔现象"，直到今天出现的"超级女声"现象，都具有鲜明的后工业文化症候。在今天的中国，大众文化的兴起已经是一个不争的事实。

现在，马克思主义与后现代主义相遇了，共处一个话语空间，它们之间是否如一些后现代理论家所宣称的那样具有"相同"或"相通"之处？马克思主义是否就是后现代主义的理论渊源之一？这一问题关系到马克思主义的历史命运，关系到马克思主义如何与时俱进，保持时时创新的理论品质而不偏离马克思主义的本质。

表面看来，马克思主义与后现代文化至少有一点是相通的，那就是批判性。

和人类历史上一切具有原创性的伟大思想一样，马克思主义在诞生之初，就把其犀利的批判的锋芒指向资本主义社会。马克思认为哲学"就是要对现存的一切进行无情的批判"①，这是马克思所认识到的哲学的使命，马克思认为批判的深入应该发展到"对王国的批判就变成对尘世的批判，对宗教的批判就变成对法的批判，对神学的批判就变成对政治的批判"②，马克思从方方面面展开了对资本主义的无情的揭露和批判。在《1844年经济学哲学手稿》里面，他对资本主义劳动的"异化"本质给予了无情的批判；在《共产党宣言》、《资本论》里他对资本主义的政治、经济进行了总体批判，马克思发现了"剩余价值"，洞悉了资本剥削的秘密，并最终断言：资本主义生产方式在它内部孕育出了自己的掘墓人，无产阶级将会因为同机器大工业的广泛而深切的联系而团结起来，最后埋葬资本主义制度。人类社会的发展经历了从原始社会到奴隶社会到封建社会再到资本主义社会的漫长而艰辛的历程，一定会最终走向共产主义社会。在人类历史上，还从来没有哪一种思想对现存社会的批判能达到这样的广度和深度，马克思以空前的思想批判力揭开了资本主义温情脉脉的面纱，彻底颠覆了资本主义社会的价值体系，敲响了资本主义走向没落的历史丧钟。马克思反对一切形式的人对人的压迫和剥削：资本对劳动的剥削，有产者对无产者的压迫，人

---

① 《马克思恩格斯全集》第一卷，人民出版社1956年版，第410页。
② 同上书，第453页。

类一切形式的不合理现象都是马克思批判的对象。

后现代主义在其产生之初也充满了批判的张力，后现代主义是对现代性的批判。在西方，从笛卡尔的"我思故我在"，到培根的"知识就是力量"，独尊理性的西方文明向来排斥非理性的存在，长期以来理性占据着霸权地位，它把非理性放逐到边缘地带，使得后者只能成为一个无名的"他者"，置身于一个灰色的不被指认的隐秘部位，后现代主义的崛起改变了这一状况。后现代主义质疑理性至上的西方文明传统的合理性，揭露了在知识谱系后面潜伏着的权力关系，如福柯的《疯癫与文明》就是运用知识考古学的方法对知识的清洗和质疑的代表性作品。此时此刻，一直寂寂无闻的非理性觉醒了，也要寻求它自己的位置。后现代主义以反主体性、"去中心化"为特征，它的矛头所指是长期以来在西方占统治地位的"逻各斯中心主义"，是伴随着资本主义现代化进程而出现的过度膨胀的工具理性，是对与西方工业化进程相始终的人与人、人与自然、人与社会、人自我的关系的全面异化的清醒的认识和批判。我们说，在对资本主义社会的批判功能上，后现代主义与马克思主义有相通之处，在某种程度上，后现代主义对资本主义文化领域的批判延续和发展了马克思主义的批判主题。但是否可以说，产生于20世纪的后现代主义思潮与产生于19世纪的马克思主义是息息相通、一脉相承的呢？其实，在表面的相似后面，掩藏着更多的深刻的分歧。

首先，是批判范围的迥异。

马克思对资本主义的批判是对其全方位的否定和颠覆，批判的范围囊括了资本主义社会从政治、经济到文化的方方面面，马克思主义的全部理论努力都是为了揭示资本主义必然走向灭亡的历史命运；而后现代主义则着力于从文化观念、知识状况来对资本主义进行批判，其批判的力度明显要小些。如果我们说马克思的批判是从根本上动摇资本主义统治基础、是对资本主义制度的彻底瓦解,是一种"宏大叙事"的话,那后现代主义对资本主义的批判只能说是一种"小型叙事",是企图对资本主义的观念形态进行局部的修补和缝合的微观工程。

其次,是批判立场的迥异。

马克思主义认识世界是为了改造世界,马克思主义揭示了资本主义蕴含的种种不可避免的矛盾,同时向人们展示了未来社会发展的宏伟蓝图,给我们描画了一个光辉灿烂的理想社会:共产主义社会,所以在马克思主义的批判里面,除了批判的激情以外,还有理想之光的照耀。虽然人类社会目前面临着许多问题,似乎这理想的实现还遥遥无期,但通过马克思主义在社会主义中国的崭新的实践,我们可以断言:马克思主义所预言的共产主义社会绝非理论的乌托邦,它是建立在对人类社会历史的科学考察基础之上的伟大理想,揭示了人类历史不可抗拒的客观规律。而后现代主义对资本主义文化的批判,对理性中心主义的解构和颠覆,缺乏的正是这能照耀未来之路的理想之光,所以后现代主义的文化批判很容易陷入自身无法克服的悖论中。在消解了理性中心主义之后,后现代主义滑向了虚无主义和相对主义的深渊,后现代主义面对的常常是一片理论的废墟,在被自己踩平的理论废墟上怎样建立新的理论大厦,是后现代主义者无能为力的。因为他们与马克思主义者的批判根本不同在于,他们只有解构的激情,而缺乏建构的力量。

正因为马克思主义与后现代主义在本质上是迥然有别的,所以我们可以把马克思主义作为批判的武器,用来正确评析当下中国甚嚣尘上的后现代主义文化现象,以保持我们清醒的批判立场。

受后现代主义思潮影响,我国文学批评中出现了许多芜杂的现象,辨析这些思想误区,同样离不开马克思主义的指导。

首先是批评标准的丧失，文学批评中的相对主义和虚无主义情绪日益彰显。后现代主义践踏了理性的权威，打倒了理性的偶像，最终面对的是一堆话语的碎片。我国文学批评中这几年浮躁风气的盛行，各种"侃文学"、"玩文学"的现象层出不穷，批评家也"失语"，面对文学现象时丧失了评价的能力。

世纪末的文坛充满了喧嚣和迷乱，在一个后现代主义大行其道的时代，中国社会在1980年代所奉行的那种昂扬的理想主义和蓬勃的思想活力被抛掷出了人们意识的中心。在文学批评的历史场域，在"五四"前后传入中国的马克思主义文论，在其具体的理论实践中，经历了从早期无产阶级文学运动到1930年代"红色的三十年代"的左翼文学运动，再到以毛泽东延安文艺座谈会上的讲话为代表的马克思主义文论的中国化，直到新中国成立以后，在社会主义国家的领导下，马克思主义文论进一步与我国的文学艺术实践相结合，并逐渐形成了一套具有中国特色的马克思主义文论体系，对指导和发展我国的社会主义文学事业起到了决定性的作用，马克思主义也在与中国具体的文学实践的结合中，形成了崭新的理论生长点，激发出了新的理论活力。然而自从1980年代，后现代主义文化思潮传入中国，并随着在90年代中国社会经济的大转型时期新的大众文化的兴起，拜金主义、商品化浪潮的涌现，导致文学艺术等传统的人文学科迅速边缘化，在一片人文精神失落的讨论声中，后现代主义思潮以其强大的解构能量，开始在文学批评界畅行无阻。

首当其冲的是对经典的亵渎，偏离了马克思主义文论的历史标准。脱离具体的历史语境，以今人要求古人，觉今是而昨非，缺乏基本的对历史的理解和同情。鲁迅等现代文学大师成为批评家快意恩仇的对象，在世纪末又掀起了一次规模宏大的鲁迅论争。论争的焦点涉及的大多不是什么新的理论探讨，而是关于鲁迅私生活、人格缺陷等非学理性因素。先有王朔向鲁迅开骂，后有葛红兵发表了带有总结性质的"二十世纪中国文学的两份悼词"，企图为20世纪中国文学盖棺论定，一笔抹杀新文学作家的成就，充满了虚无主义的情绪，是典型的骂派酷评的作风，空洞的意气之争和狂乱的情绪宣泄掩盖了心平气和的富于建设性的学理讨论，批评的浮躁可见一斑。与此同时，世纪末兴起了轰轰烈烈的为新文学大师排座次的批评浪潮，虽然这其中也有总结百年文学发展的良苦用心，但很快却变成了类似于水泊梁山英雄排座次的裹挟着江湖恩怨和帮派意气的炒作行为，新文学传统所凝定下来的大师如茅盾、郭沫若等在新的文学秩序中的位置变得岌岌可危，而通俗文学作家如武侠小说的作者金庸则在大师榜上赫然有名。新的文学秩序的排列，新的文学经典的形成，很快就汇入了商业文化大潮，在后现代的文化语境中，它很快就消解了自身思想的活力，变成了与传媒合作，为媒体制作新闻卖点的文化事件。在一个消解传统，向一切权威和中心挑战的时代，批评行为常常会降低为广告行为和娱乐事件，丧失了自己的品格，以一种决绝的反叛的姿态始，而以与媒体的合谋终。

其次是对文学作品批评的审美标准的迷失。马克思主义文论强调历史的标准和审美的标准的统一，反对文学创作中的公式化和概念化，反对文学成为席勒式的"时代精神的传声筒"，主张文学作品以其优美的形态感染人，没有美的形态的艺术品只是宣传品。但在后现代主义的笼罩下，中国文学批评界如获至宝，阵阵风潮涌起：时而是"后殖民主义"，时而是"新历史主义"，种种以"新"和"后"冠名的文学批评话语层出不穷，把具体而丰富的文学作品全然当作了这些时髦的外国理论的注解和形象演绎，使得作品摆脱了其丰富内涵和中国特色，成为国外各种花样翻新的思潮的例证，成为某种观念的负载体。由此，血肉丰满的作品被肢解了，变得支离破碎，作品的新颖独特的艺术形式探索的努力也被遮蔽了。同时对文学现象也失去了概括能力，徒劳地以"后"和"新"来命名纷纭的文坛现状，于是在"新诗潮"之后出现了所谓"后新诗潮"，类似于在所谓的"新新人类"中命名韩寒、郭敬明等作家为"80后"，文坛由此呈现出一派追"新"逐"后"的奇观。文学本不应该以"新"和"后"作为自相标榜的品格，是否"新"和是否"后"更多的是一个时间向度上的问题，没有任何价值标准蕴含在其中。

后现代语境中的文学批评的失范，批评偏离马克思主义的历史和美学原则，直接导致了批评公信力的下降，批评对于创作指导能力的逐步丧失，批评对于创作发言的权威也渐渐丧失。而其直接的后果是文学创作因得不到批评有力的针砭和正确的导引，渐渐也走入迷途。世纪末的文坛更加喧嚣嘈杂，各种背离文学艺术本体的现象涌现出来。文学曾经是我们追求的人类灵魂的家园，但现在它更像是一个充满喧哗与骚动的市场，各种文学现象粉墨登场，各种文学思潮潮起潮落，但我们对于文学的那些温暖而美好的记忆却正在遭受威胁。

首先是文学创作中沉重的肉身终于攀上了轻逸的精神，并且迅速成为文学表达的核心主题。在20世纪90年代就有一些关注个人化写作的女性作家，独自品味着内心世界的杯水波澜，细细描摹私人化生活空间，就当时的文坛现状而言，以陈染、林白等作家为代表的女性作家的个人化写作，的确开创了新的文学表现空间，有助于消解长期以来的宏大叙事所导致的对人个体生命本体的遮蔽，但随之而起的以卫慧、棉棉为代表的更年轻一些的70年代人则以"身体写作"把这种写作的私密化发展到极端，把写作变成了单纯的欲望的表达：对读者而言是欲望的窥视，对作家而言是欲望的释放；而到了"下半身"写作的时代，诗歌艺术，这曾经的人类艺术殿堂中的瑰宝，一下子由神圣不可侵犯的心灵和头脑的产物变成了鄙俗不堪的下半身的写照。于是，文学中"精神"与"肉身"的问题变得格外醒目，人们再也无法承受那"生命中不能承受之重"，我们终于放弃了精神的负荷而沉醉于肉体的狂欢。理性、传统、精神、知识，那都是属于上半身的，而感性、现实、肉体、欲望，这些下半身的感性存在长期处于理性的压抑之下，现在伴随着后现代文化对理性的解构，被压抑的感性生命力终于觉醒，并露出了它狰狞的真面目。

综上所述，文学批评中后现代主义思潮的兴起，曾经给中国当代文学的阐释带来了新鲜的思想活力，但其泛滥和无度则又导致了批评最终的失语和失范，甚至批评的缺席；只有坚持马克思主义文学批评的历史的和美学的原则，并在批评实践中发展马克思主义的文艺思想，我们才能更充分地了解当下文学现象，引导我国文学朝更健康有序的方向发展。

后 记

收在这个集子里的文字，最早的一篇写于 2003 年，最近的一篇写于 2011 年，时间跨越八年。

翻检旧作，宛如与昔日之我狭路相逢，让人无处可逃；然而，"纵使相逢应不识"——时间的流逝已使人面目全非。旧作稚拙，羞于示人，为"敬惜字纸"故，本应任它烟消云散，如今搜罗旧文，编成一册，只为了留下岁月的印痕，标识生命的流逝。

八年之间，我从湖北到北京，再到海南，北上南下，虽不敢说走南闯北，但也经历了八方风雨，见识了人情冷暖。此刻摩挲旧作，那些求学于武汉大学、北京大学，工作于长江大学的旧日时光，仿佛纷至沓来，历历在目。

八年只是弹指一挥间。如今我已结束壮怀激烈的青年时代，步入灰色可掬的中年时代。常常我会切身感受到时光无情的催逼，似乎有来自无限远方的声音在命令我："要坚守对自己许下的美好承诺！"

这番话，写给未来的自己。是为记。

程振兴

2012 年 6 月 11 日于海甸岛墨石斋